MIRA®

Der Preis dieses Bandes versteht sich einschließlich der
gesetzlichen Mehrwertsteuer.

Umwelthinweis:
Dieses Buch wurde auf chlor- und säurefreiem Papier gedruckt.

Sandra Henke

Flammenzungen

Erotischer Roman

MIRA®

MIRA® TASCHENBUCH
Band 35045
1. Auflage: September 2012

MIRA® TASCHENBÜCHER
erscheinen in der Harlequin Enterprises GmbH,
Valentinskamp 24, 20354 Hamburg
Geschäftsführer: Thomas Beckmann

Originalausgabe

Konzeption/Reihengestaltung: fredebold&partner gmbh, Köln
Umschlaggestaltung: pecher und soiron, Köln
Redaktion: Bettina Lahrs
Titelabbildung: Harlequin Enterprises S.A., Schweiz
Satz: GGP Media GmbH, Pößneck
Druck und Bindearbeiten: CPI – Ebner & Spiegel, Ulm
Printed in Germany
Dieses Buch wurde auf FSC®-zertifiziertem Papier gedruckt.
ISBN 978-3-86278-456-1

www.mira-taschenbuch.de

PROLOG

Bei jeder Bewegung rasselten die Ketten, mit denen sie an die Wand gefesselt war. Mit jedem Tag hasste sie dieses Geräusch mehr. Es jagte ihr eine Gänsehaut über den Leib. Sie würde sich nie daran gewöhnen. Nicht an die Stahlmanschetten, die ihre Haut an den Hand- und Fußgelenken abschürften, auch nicht an das ängstliche Warten darauf, dass sich die Tür am Ende der Treppe öffnete und *er* auftauchte.

Mit jedem Sonnenuntergang, den sie durch das winzige Kellerfenster sah, das zu hoch war, um es zu erreichen, schwand ihre Hoffnung auf Rettung ein kleines Stück mehr. War der Jahrhundertsommer, von dem alle in Louisiana vor ihrer Entführung gesprochen hatten, schon vorbei? Sie konnte nicht sagen, wie viel Zeit sie in diesem Verlies bereits verbracht hatte.

Obwohl sie allein hier unten war, meinte sie das Knarzen *seiner* Ledersohlen zu hören, wenn er die Treppe herabstieg, sichtbar erregt auf sie zukam und den kreisrunden blutroten Knebel hochwarf und auffing wie einen Ball, den sein Hund apportieren sollte. Sie winselte jedes Mal furchtsam, wenn es Zeit zum Spielen war.

Am Anfang ihrer Tortur hatte sie versucht, ihm sein selbstgefälliges Grinsen aus dem Gesicht zu kratzen, doch das hatte sie bereut. „Es gibt Frauen, die stehen darauf, wenn man ihnen Nadeln unter die Fingernägel sticht", hatte er gesagt und ihre Hand in einem Schraubstock fixiert. „Du wirst noch lernen, es zu genießen."

Mit jedem seiner Besuche in diesem dunklen Loch steigerte er ihre Qual. Kaum hatte sie sich einigermaßen an die Peitsche gewöhnt, schlug er sie mit dem Rohrstock. Eine mit Leder überzogene Variante stand schon bereit; sie lehnte an der Wand gegenüber, um ihr Angst einzuflößen, selbst wenn dieses Monster gar nicht da war. Aber dazu brauchte sie kein Mahnmal, denn er verfolgte sie bis in ihre Träume. Der kalte Blick seiner kobaltblauen Augen, der Geschmack seiner Küsse, seines Schwanzes, seines Afters, der Geruch seines Duschgels, seiner Ausdünstungen und seiner Geilheit – das alles ließ er bei ihr zurück, wenn er ging.

Nachts wachte sie schweißgebadet auf. Sie konnte kaum noch etwas essen, sodass er die Stahlmanschetten durch kleinere hatte ersetzen müssen, weil ihre Handgelenke zu dünn geworden waren. Er brachte ihr fettige Speisen und zuckersüßen Nachtisch, manchmal auch Gewichtsaufbaupräparate und Energydrinks für Sportler, die er, so wie er aussah, sicher selbst auch zu sich nahm, aber sie bekam kaum etwas davon runter, denn ihr Lebenswille schwand. Seit einem Monat fielen ihr die blonden Haare büschelweise aus, und ein Backenzahn wackelte.

Trotz ihrer schlechten Verfassung setzte er seine Abrichtung, wie er es nannte, fort. „Ich habe schon viele Sklavinnen trainiert, aber du wirst mein Meisterstück werden. Du wirst die Erste sein, deren Willen ich breche." Seine Worte hatten sich ebenso bei ihr eingebrannt wie der Leuchtstab in ihre Fußsohle. „Ich kann es kaum erwarten zu beobachten, wie der Wandel sich vollzieht. Wirst du eine leere Hülle sein und nutzlos für mich? Oder mechanisch meinen Anweisungen folgen? Oder wirst du mich anbetteln, dir wehzutun, weil du süchtig nach Schmerz geworden bist? Ich bin ein Forscher und du mein Forschungsobjekt, das verbindet uns auf ewig, Blondie, egal wie das Experiment enden wird."

Erst wenn ihre Verzweiflung so überwältigend war, dass sie nicht länger jammerte, wütend tobte oder um Gnade bettelte, sondern nur noch heiser wimmerte, fickte er sie. Endlich, denn danach ließ er sie erst mal in Ruhe.

Bis zur nächsten Lektion.

Was sie jedoch wirklich beunruhigte, war nicht etwa ihre aufkeimende Todessehnsucht, sondern die Metallringe, die er am Vortag in die Wand zu ihrer Rechten geschlagen hatte. Pfeifend hatte er Ketten daran befestigt und gemeint: „Dir wird es mit ein bisschen Gesellschaft besser gehen. Eine Freundin wird dich motivieren, deinen Teller leer zu essen."

Seitdem konnte sie an nichts anderes mehr denken. Er plante, eine weitere Frau zu entführen, um sie in diesem Verlies zu foltern und zu missbrauchen. Vor ihren Augen! Das würde sie nicht ertragen. Allein die Vorstellung ließ sie bittere Galle hochwürgen.

Einmal hatte er einen Ganzkörperspiegel vor sie gestellt und sie gezwungen, ihr Spiegelbild anzuschauen, während er Kanülen in die empfindliche Haut ihrer Brüste stach. Der Anblick ihres gefolterten Busens war entsetzlich gewesen, ebenfalls das Zittern ihres Körpers, seine Blöße und Schutzlosigkeit. Was sie aber weitaus mehr schockiert hatte, war ihr eigenes Gesicht – tränenüberströmt, sabbernd und leidend.

„Nein!", krächzte sie, da ihre Stimme noch heiser war von den Schreien der letzten Nacht. „Ich kann nicht mehr."

Mühsam erhob sie sich von dem Betonboden, den er genauso schwarz angestrichen hatte wie die Decke. Wie sie diese erdrückenden Backsteinwände hasste! Sie raubten ihr die Luft zum Atmen.

Sie musste ihre letzten Kraftreserven aufbringen, um auf den Metallring zu steigen, der einen halben Meter über dem Boden angebracht und an dem ihre Fußfessel fixiert war. Dann hielt sie sich an einem Haken weiter oben fest, an den *er* sie fesselte, wenn er sie ausgestreckt haben wollte.

Ein seltsamer Nebel legte sich über ihre Sinne. Er wirkte

beruhigend. Alles wird gut werden, flüsterte eine Stimme in ihrem Kopf, gleich ist die Marter vorbei. Lächelnd formte sie eine Schlaufe aus der Kette, die ihre Hände verband, und zog sie durch den obersten Ring. Ohne zu zögern, stellte sie sich auf die Zehenspitzen und steckte den Kopf hindurch.

Gleich bin ich erlöst, war ihr letzter Gedanke. Dann sprang sie.

1. KAPITEL

August dieses Jahres
New Orleans, Obdachlosenasyl

Eigentlich hatte Amy im Hauptflügel des alten Backsteingebäudes, das früher einmal eine Grundschule gewesen war, nichts zu suchen. Die Essensausgabe, ihr Arbeitsbereich, befand sich im ehemaligen Lehrerzimmer gleich neben dem Hinterausgang, der auf den Parkplatz führte. Doch das Geräusch der Dusche zog sie magisch an.

Sie blieb im Korridor stehen, sah sich um und krallte ihre Hände in den Saum ihres weißen Kittels, ihrer Arbeitsuniform. Der Gang führte nach rechts zu den Schlafsälen der Obdachlosen, links ging es zu den Waschräumen. Niemand war zu sehen. Sie hörte nur das Rauschen des Wassers, das eine magnetische Wirkung auf sie ausübte.

Langsam schlich sie näher, darauf bedacht, keinen Mucks von sich zu geben, damit der Mann, der gerade duschte, ja nicht mitbekam, dass sie versuchte, einen Blick auf seinen nackten Körper zu erhaschen. Lorcan, welch ein außergewöhnlicher Name. Welch ein seltsamer Kerl! Vor zwei Wochen war er das erste Mal hier aufgetaucht und hatte sie vom ersten Moment an fasziniert. Seine Frisur war herausgewachsen und erweckte den Anschein, als hätte er sein Gesicht eigenhändig mithilfe eines Messers freigeschnitten. Ein Bart verdeckte seine untere Gesichtshälfte, aber seine Augen wirkten so jung und lebendig, manchmal sogar feurig. Unter diesen zerzausten hellbraunen Haaren musste sich ein schönes Gesicht verbergen, da war sich Amy sicher. Seine kräftigen Arme und der breite Rücken ließen erahnen, dass unter der schmutzigen Kleidung ein paar ansehnliche Muskeln steckten. Den Beweis dafür würde sie gleich bekommen.

Ihr Herz pochte immer aufgeregter. Leise ging sie vorwärts. Schritt für Schritt kam sie näher. Das Plätschern klang immer lauter.

Plötzlich hörte es auf. Im nächsten Moment stand auch schon Lorcan vor ihr. Nackt. Und alles, was sie denken konnte, war: Sein Hintern ist ja genauso braun gebrannt wie seine Unterarme. Wie war das möglich?

Er versuchte erst gar nicht, seinen Schritt mit der Hand zu bedecken. Lässig verschränkte er die Arme, als wäre es völlig normal, entkleidet vor einer Fremden zu stehen. „Ich habe vergessen, mir ein Badetuch aus der Kleiderkammer zu holen."

Amy befahl ihren Füßen, sie aus dieser peinlichen Situation zu retten, doch sie gehorchten ihr nicht. Verlegen wollte sie sich wegdrehen, schließlich war es unhöflich, so zu starren, doch sie konnte nicht anders, als seinen durchtrainierten Körper ausgiebig zu betrachten. Während sie seinen Schaft musterte, zuckte dieser. Amy schnappte nach Luft. Die unerwartete Reaktion riss sie aus ihrer Lähmung. „Einen Moment, ich hole dir eins."

Abrupt wandte sie sich ab, hastete den Korridor zurück und lief in den Raum, in dem sie Hosen, Oberteile, Schuhe und Hygieneartikel, allesamt Spenden von Privatpersonen oder Firmen aus New Orleans, an Bedürftige ausgaben. Sie griff ein Frotteetuch aus einem der Regale, drehte sich um und wollte zu ihm zurückgehen. Doch da stand Lorcan schon direkt hinter ihr.

Stumm nahm er es ihr ab. Während er sich abtrocknete, schaute er Amy provozierend an. Fasziniert stellte sie fest, dass seine Brustmuskulatur bei jeder Bewegung hüpfte. Er stellte einen Fuß auf einen Hocker, wodurch die Sehnen an seinen Beinen hervortraten, und wischte durch seinen Schritt. Sollte sie ihn fragen, ob sie sein Glied hochhalten sollte, damit er seine Hoden trocken tupfen konnte? Bevor sie den Mut fand, bemerkte sie, dass ihre Hilfe nicht mehr notwendig war, denn sein Penis streckte sich ihr bereits stramm entgegen.

Nachdem Lorcan fertig war, schlang er das Badetuch um Amys Taille und zog sie zu sich heran. In seiner unmittelbaren Nähe wagte sie kaum zu atmen. Wasser tropfte von seiner Löwenmähne auf ihr Dekolleté, rann unter ihren Kittel und kitzelte ihren Busen. Sekundenlang verharrten sie regungslos.

Als Lorcan sie küsste, wehrte sie sich nicht. Sein Bart war so feucht wie seine Zunge, die sich sanft zwischen ihre Lippen schob. Er duftete nach Seife und köstlich nach Mann. Sein Kuss begann zärtlich, wurde aber bald leidenschaftlicher, bis sie sich stürmisch leckten und endlich ihrer Sehnsucht nachgaben. So oft hatte Amy ihn verstohlen angeschaut, so oft hatte er im Speisesaal gegessen und dabei seinen Blick nicht von ihr abwenden können, während sie hinter der Theke das Essen ausgab. Nun war der Damm zwischen ihnen gebrochen, und sie schlangen die Arme umeinander, öffneten ihre Münder, so weit sie konnten, und ließen ihre Zungen einen wilden Tanz vollführen, den niemand sah.

Nach einer Weile ließ er das Frotteetuch einfach fallen. Er hob Amy hoch, trug sie zur Waschmaschine, in der die gesammelte Kleidung vor der Ausgabe an mittellose Menschen gewaschen wurde, und setzte sie darauf. Ihre Fingerspitzen prickelten, als sie die Hände über seinen Bauch gleiten ließ, der wundervoll hart und glatt war, so wie es ihr gefiel. Sie streichelte über seine Bizepsmuskeln und spürte ein Pochen in ihrer Mitte. Lorcan war so attraktiv, so verschlossen und geheimnisvoll. Das machte sie unglaublich an!

Er spreizte ihr die Beine. Aufreizend langsam schob er den Saum ihres Baumwollkleids bis zu ihren Hüften hinauf. Dann legte er seine Hände rechts und links an ihren Slip und blinzelte. Amy verstand. Sie hob den Po an, damit er ihr das Höschen ausziehen konnte, worauf ihre Spalte zu pulsieren begann. Ihm ihren entblößten Schoß zu präsentieren erregte sie. Aufgrund ihrer Vollrasur blieben ihm ihre geschwollenen Schamlippen und die Feuchtigkeit an ihrer Öffnung bestimmt nicht verborgen.

Ihr Brustkorb wogte auf und ab, als Lorcan sich zwischen ihre Schenkel kniete. Sein Atem strich über ihre Scham. Auf ihren Oberschenkeln zeigte sich eine wohlige Gänsehaut. Zärtlich küsste er die Innenseiten, streifte mit dem Mund ihren Venushügel und hinterließ mit seiner Zunge eine heiße Spur auf beiden äußeren Schamlippen. Amy legte den Kopf in den Nacken und stützte sich hinter ihrem Rücken auf der Waschmaschine ab, während Lorcan ausgiebig ihre Möse leckte. Seufzend gab sie sich ihm hin. Als er zusätzlich mit zwei Fingern in sie eindrang, stöhnte sie laut auf. Sie spannte den Hintern an, ihre Zehen bewegten sich unablässig, und sie rang nach Luft.

Viel zu früh erhob er sich. Doch sie kam nicht einmal dazu, ihre Enttäuschung kundzutun, denn er zog ihren Po mit einem Ruck bis zur Kante vor. Sogleich stieß er kraftvoll in sie hinein. Es überwältigte sie, von ihm ausgefüllt zu werden. Sein Phallus strahlte eine Hitze aus, die ihren Unterleib entflammte. Sie hielt sich an seinen imposanten Oberarmen fest, während er begann, sich in ihr zu bewegen. Seine Lenden schaukelten vor und zurück. Jeder Stoß brachte sie dem Wahnsinn näher. Sie biss in seine Schulter, saugte sich erregt an seiner Haut fest, denn sie spürte, wie ihre Mitte kontrahierte und …

„Amy, hallo? Erde an Ms LaBauve." Sachte wurde sie von ihrer Kollegin Wanda geknufft.

Amy schreckte aus ihrem Tagtraum auf und errötete, denn einer der Gäste, wie die Obdachlosen genannt wurden, stand mit seinem Teller vor ihr und wartete darauf, dass sie ihm Kartoffelbrei auffüllte.

2. KAPITEL

Nervös lockerte Amy mit den Fingern ihren weizenblonden schulterlangen Schopf. Erst gestern hatte sie sich Stufen schneiden lassen. Schon heute bereute sie es, denn ihre Haare schienen am Kopf zu kleben. Null Volumen. Mit der neuen Frisur hatte sie genau das Gegenteil von dem erreicht, was sie beabsichtigt hatte. Wie Wanda diese Spaghettihaare als kess bezeichnen konnte, blieb ihr ein Rätsel. Eigentlich sollte sie sich in diesem Obdachlosenasyl mit angegliederter Suppenküche keine Gedanken über ihr Aussehen machen. Aber seit Lorcan hierherkam, trug sie sogar während ihrer gemeinnützigen Arbeit Lippenstift, wenn auch in einem dezenten Pfirsichton.

Wanda neigte sich zu ihr und feixte leise: „Du starrst ihn schon wieder an."

„Wen?", fragte Amy mit unschuldiger Miene.

Ihre Freundin zwinkerte. „Lorcan natürlich."

Da er in diesem Moment von seinem Platz am hintersten Esstisch aufschaute, und zwar geradewegs zu ihr, senkte sie verlegen den Blick. „Unsinn! Ich war nur in Gedanken."

„Er zählt noch nicht zu den hoffnungslosen Fällen", ließ Wanda beiläufig fallen und wischte mit einem Lappen die Soßenspritzer zwischen den Warmhalteplatten weg. „Sein Atem stinkt noch nicht, und seine Pupillen sind klar."

Wie lange würde er es schaffen, sich gegen die Versuchung zu wehren, die Einsamkeit und Hoffnungslosigkeit zu ertränken oder wegzukoksen? Amy bediente den nächsten Gast und vermied es tunlichst, Lorcan noch mehr Aufmerksamkeit zu schenken. Er sollte nicht merken, dass sie ihn attraktiv fand. Wie immer saß er abseits von den anderen. Schweigend aß er und verstrickte sich weder in Gespräche, noch geriet er in Kämpfe. Er nutzte regelmäßig das Angebot, in der Gemeindeeinrichtung zu duschen und seine Kleidung zu waschen, aber er blieb niemals über Nacht. Viele der Clochards schliefen auf der Straße, weil die Nächte im Sommer angenehm warm blieben und sie es nicht mehr gewohnt waren, sich in geschlossenen Räumen aufzuhalten. Wo mochte er sich hinlegen? Auf eine Parkbank, in einen Hauseingang oder in eine U-Bahn-Station? Bei der Vorstellung krampfte sich ihr Magen zusammen.

„Ich würde mich trotzdem von ihm fernhalten." Wanda musterte ihn kritisch. „Niemand sitzt unschuldig im Kittchen, egal wie sehr er das beteuert."

Ohne eine Antwort abzuwarten, ging sie in die Küche. Just in diesem Moment erhob sich Lorcan und kam auf Amy zu. Stumm hielt er ihr seinen Teller hin. Seine Fingernägel waren kurz geschnitten und sauber. Auch das bewies ihr, dass er kein gewöhnlicher Stromer war. Noch hatte er sich nicht aufgegeben. Aber mit jedem Tag auf der Straße schwand seine Chance darauf, wieder in ein normales Leben zurückzufinden. Er brauchte dringend Hilfe, lehnte es aber ab, mit dem Sozialarbeiter der Wohnungslosenhilfe zu sprechen.

„Du weißt doch, dass es keinen Nachschlag gibt, damit Nachzügler nicht leer ausgehen." Wanda hatte ihr geraten, streng mit den Stadtstreichern zu sprechen, um sich von Anfang an Respekt zu verschaffen, aber bei Lorcan gelang ihr das nicht. „Erst wenn die offizielle Öffnungszeit vorbei ist, verteilen wir den Rest an alle."

„Bitte", sagte er sanft, und in Amys Ohren klang das so verführerisch, als würde er mit ihr flirten. Tat er das nicht sogar, wenn auch nicht mit Worten? Das Timbre seiner Stimme ging ihr durch und durch. Diese hellblauen Augen, aus denen er sie neugierig musterte, erinnerten sie an die Eisblumen auf den Fenstern ihrer Tante Bridget, die sie vor zwei Jahren im Dezember in Minnesota besucht hatte. Glücklicherweise fiel die Temperatur in Louisiana selbst im Winter selten unter zehn Grad plus. Eigentlich hätte Lorcans stechender Blick sie beunruhigen müssen, aber eben weil es in New Orleans keinen Frost gab, übte seine Augenfarbe eine besondere Faszination auf sie aus.

Sie biss sich auf die Unterlippe und schaute über ihre Schulter in die Küche, aber weder Wanda noch Finley, der Koch, waren zu sehen. Auch Seth, der Security Guard, der die Nachtschicht im Asyl hatte, zeigte sich nicht. Schnell füllte sie Lorcans Teller ein zweites Mal.

Sein warmes Lächeln ließ ihren Puls hochschnellen. Mochte er auch durch seine Introvertiertheit und seinen Körperbau gefährlich wirken, so flößte er ihr eine Furcht ein, die sie unpassenderweise erregte. An diesem Tag trug er ein beige-blau kariertes Hemd, dessen Ärmel er herausgerissen hatte, sodass seine gebräunten Oberarme zu sehen waren. Die obersten Knöpfe standen auf, seine Brust war trainiert und haarlos. Trotz seiner Muskeln machte er einen geschmeidigen Eindruck.

Schließlich nickte er ihr zum Dank zu, sah sie noch einige Sekunden lang an, als könnte oder wollte er sich nicht von ihr losreißen, und kehrte leichtfüßig zu seinem Platz zurück.

Innerlich erschrak Amy, als Wanda plötzlich mit einem Radio neben ihr stand. Sie hatte ihre Kollegin nicht kommen hören, ließ sich aber nichts anmerken. Der Moderator ratterte die Wettervorhersage so schnell herunter wie ein Maschinengewehr.

„Alle reden ständig von einem Jahrhundertsommer."

Seufzend stellte Wanda das Empfangsgerät in die Durchreiche zur Küche, sodass beide Räume beschallt wurden.

Amy zuckte die Achseln. „Der wurde für letztes Jahr auch schon angekündigt."

„Bisher sind es nur sechsunddreißig Grad Celsius, auch nicht mehr als sonst Anfang August", pflichtete Wanda ihr bei.

„Mir reicht das." Um nicht ständig an Lorcan denken zu müssen, drehte sie ihm den Rücken zu, doch es half nicht.

„Aber bei über vierzig Grad spinnt die Klimaanlage in der Uni." Wandas Mundwinkel zuckten. „Vielleicht fällt der Unterricht dann aus."

„Studentin müsste man sein." Amy seufzte. Sie waren beide 26 Jahre alt, und Wanda studierte an der Loyola Universität Gesellschafts- und Sozialwissenschaften, während Amy bereits seit drei Jahren in der Verwaltung von Waggaman, einem Vorort von New Orleans, arbeitete – und dort war „Hitzefrei" ein Fremdwort. Eigentlich mochte sie ihre Heimatstadt. Manchmal jedoch befürchtete sie, dort zu versauern, daher hatte sie sich letzten Dezember auf etwas eingelassen, das sie fast den Job gekostet hatte.

Ein Mann mit fettigen langen Haaren, die er lose mit einem Schnürsenkel zusammengebunden hatte, stellte sich vor die Theke. „Ich will auch noch was!"

„Das geht nicht, tut mir leid." Prüfend sah sie auf die Uhr, die über dem Durchgang zu den Schlafsälen hing. „Frag bitte in zwanzig Minuten nach, ob noch Essen übrig ist."

„Ich will aber jetzt was essen." Er knallte seinen Teller auf den Tresen. „Hab Hunger, verdammte Scheiße."

Amys Anspannung wuchs. Nach acht Monaten Dienst erkannte sie einen Krawallmacher sofort. Jetzt war es wichtig, ruhig zu bleiben und sich nicht provozieren zu lassen.

„Hier drinnen wird nicht geflucht. Du bist doch nicht das erste Mal zu Besuch und kennst die Regeln."

„Besuch? Gäste? Diese Bezeichnungen sind doch für 'n Arsch." Mit dem Ärmel des zerschlissenen Pullovers, den er trotz der Hitze an diesem Abend trug, wischte er sich den Sabber vom Mund. „Hast wohl was gegen Indianer, was?"

„Nur gegen Betrunkene", sagte Amy bestimmt und straffte die Schultern, dabei hätte sie sich am liebsten in den Schutz der Küche zurückgezogen. „Setz dich wieder hin oder geh. Eigentlich hätten wir dich mit der Fahne gar nicht reinlassen dürfen." Sie war wie immer zu gutmütig gewesen. Das rächte sich nun.

Streitsüchtig hob er seinen Teller an und ließ ihn auf die Theke fallen, sodass es schepperte und er die Aufmerksamkeit aller im Saal auf sich zog. „Gib mir was zu fressen, Blondie!"

Wanda wedelte furchtlos mit dem Putzlappen herum, dabei überragte der aggressive Kerl sie um zwei Köpfe. „Hast du was an den Ohren? Du musst warten, wie alle anderen auch."

„Und warum hat der Weiße da drüben was bekommen?" Ungeniert kratzte er sich im Schritt und roch an seinen Fingern, bevor er auf Lorcan zeigte. Cholerisch schrie er: „Ich verklage euch wegen Diskriminierung!"

Finleys Gesicht erschien in der Durchreiche. Als er den stämmigen Querulanten erblickte, weiteten sich seine Augen, und er, selbst dürr wie ein Zahnstocher, verkroch sich wieder in der Küche.

„Ich hole Seth. Dauert nur eine halbe Minute", sagte Wanda zu Amy und schrie dann in die Küche: „Komm gefälligst her und steh deinen Mann, Finn!"

Sie rannte aus dem Speiseraum und ließ Amy mit dem Randalierer allein, doch der Koch blieb verschwunden.

Besten Dank auch, dachte Amy. Beruhigend sprach sie auf den Indianer ein: „Bitte nimm wieder Platz. Du weißt, dass mit dem Wachmann nicht zu spaßen ist. Inzwischen sind es nur noch fünfzehn Minuten bis zum Ende der Öffnungszeit."

„Haste was mit dem Knastbruder laufen, oder warum gibste dem was und mir nicht?" Kraftvoll knallte er seine Hände auf die Theke und neigte sich so weit vor, dass sie seinen Alkoholatem roch.

Amy trat instinktiv einen Schritt zurück und stieß gegen die Wand.

Triumphierend grinste er. Er richtete sich wieder auf, nahm den Kochlöffel aus dem Püree und wollte gerade aus dem Topf essen, als plötzlich sein Arm nach hinten gebogen wurde. Vor Schmerz verzerrte er das Gesicht. Dann brüllte er wütend, denn Lorcan legte von hinten den Arm um seinen Hals und hielt ihn in Schach. Der Löffel fiel zu Boden, der Brei spritzte in alle Richtungen. Einige Obdachlose applaudierten verhalten.

Entsetzt über die Gewalt schlug Amy die Hand vor den Mund. Aber in ihrem Inneren strahlte sie, weil Lorcan sie verteidigte.

„Hast du nicht gehört, was die Lady gesagt hat?" Ohne auf eine Antwort zu warten, bugsierte er den Störenfried zur Tür. „Sie hat dich mehrfach höflich gebeten. Du hättest auf sie hören sollen. Jetzt hab ich dich am Arsch. Und wehe, du kommst zurück! Solltest du doch so lebensmüde sein, wirst du beim zweiten Mal auf allen vieren hier rauskriechen, das verspreche ich dir."

Das waren mehr Worte, als er in den ganzen zwei Wochen, in denen er jeden Abend zum Essen, Duschen und Wäschewaschen kam, gesprochen hatte. Er stieß den zeternden Mann durch den Vorderausgang auf den Vorplatz der ehemaligen Schule und gab ihn frei.

Zornig fuhr der Störenfried herum, die Faust erhoben. Doch Lorcan war schneller und boxte ihm in den Magen. Der Raufbold klappte stöhnend zusammen. Er schwankte, hielt sich aber auf den Beinen. Lorcan trat ihm gegen die Schulter, sodass der bullige Indianer rückwärts taumelte und im Freien verschwand.

Felsenfest rechnete Amy damit, dass er wieder in dem diffusen Blaulicht der UV-Lampe, die über dem Eingang hing, um Moskitos zu rösten, auftauchen würde, doch er schien sich geschlagen zu geben.

Als Lorcan in das Gebäude zurückkam, schnaubte ein Mann, der in Amys Augen älter aussah als dieses Bauwerk: „Der Shoshone war ja auch besoffen. Keine Kunst, den rauszuwerfen."

„Warum hast du dich dann nich' um ihn gekümmert, wenn es 'n Kinderspiel war?", fragte sein Sitznachbar, der trotz der Hitze eine Wollmütze trug, und klatschte Beifall. „Und woher willste wissen, dass das 'n Shoshone war?"

„Für mich sind das alles Shoshonen." Der Alte zog die Nase hoch, griff seine Schachtel Zigaretten und verließ das Haus durch den Hinterausgang, der auf den ehemaligen Schulhof hinausführte und heute als Parkplatz diente.

Amy ging auf Lorcan zu. Ihr Herz pochte jedes Mal aufgeregt, wenn sie sich ihm näherte. Das gefiel ihr gar nicht, denn es machte sie unsicher. Schließlich war sie doch keine sechzehn mehr. Außerdem wusste sie rein gar nichts von ihm, außer dass er auf der Straße lebte und im Gefängnis gesessen hatte. Mochte er sie auch soeben beschützt haben, so bewies das keineswegs, dass er harmlos war. Er hätte wegen Vergewaltigung oder gar Mordes verurteilt worden sein können. Möglicherweise auch nur wegen Steuerhinterziehung.

Was auch immer er verbrochen hatte, er war nicht der richtige Umgang für eine junge Frau aus einer Kleinstadt wie Waggaman.

Aber hatte nicht jeder Mensch eine zweite Chance verdient?

„Danke, das war sehr mutig." Sie konnte ihm kaum in seine wunderschönen Augen blicken, so nervös machte er sie.

Milde lächelte er. „Oder lebensmüde."

Am liebsten hätte sie ihm die Haare aus dem Gesicht gestrichen, um es genauer betrachten zu können. „Nein, nein, wirklich nicht."

„Ich habe dich erschreckt, das habe ich dir angesehen." Er gab einen missbilligenden Laut von sich. „Es tut mir leid."

„Der Indianer hat mir einen viel größeren Schrecken eingejagt", beeilte sie sich zu antworten, aber er hatte recht.

Bisher hatte er sich immer zurückgehalten, er sprach stets leise und wenig und stellte seinen Teller und seinen Trinkbecher fast lautlos in die Spülwanne, nachdem er abseits der anderen gegessen hatte. Dass er den aufmüpfigen Obdachlosen so grob angepackt hatte, offenbarte ihr eine neue Seite an ihm, eine, von der sie gehofft hatte, dass er sie gar nicht besaß.

Sein muskulöser Körper, den sie bisher als anziehend empfunden hatte, strahlte mit einem Mal Brutalität aus. Von einer Sekunde auf die andere war er gewalttätig geworden. Er konnte ihr gefährlich werden, in mehr als einer Beziehung. Trotzdem kribbelte es in ihrem Magen.

Sein Blick streichelte ihren Körper, und sie wünschte sich, nicht diesen hässlichen Kittel zu tragen, der an ihr hing wie ein Sack. Sie strich darüber, als würden ein paar Falten weniger einen Unterschied machen. „Du bist der Einzige, der mir geholfen hat."

„Ja." Dieses kurze, einfache Wort hörte sich für Amy so sinnlich an, als hätte er ein erotisches Gedicht mit zwanzig Versen vorgetragen.

Er trat dicht an sie heran. Würde er sie berühren? Würde er einen Kuss aus Dankbarkeit einfordern? Sie wünschte es sich so sehr. Gleichzeitig wusste sie, dass sie dieses Verhalten nicht durchgehen lassen durfte, nicht vor den anderen Gästen des Asyls, die sie wie gebannt anstarrten.

Plötzlich stürmte Seth, gefolgt von Wanda, in den Speisesaal. „Weg von ihr!", brüllte er Lorcan an, der beschwichtigend seine Hände hob, aber keinen Zentimeter von Amy zurückwich. „Fass sie an, Penner, und du wirst es bereuen."

„Ist ja schon gut." Lorcan machte einen einzigen Schritt rückwärts, aber das betrachtete Seth wohl eher als Provokation, denn er stapfte auf ihn zu.

Mit vor Zorn gerötetem Gesicht baute sich Seth mit seinen fast zwei Metern vor ihm auf. „Jetzt pass gut auf, Knacki!"

„Exknacki", korrigierte Lorcan ihn gelassen, aber Amy bemerkte, wie sich seine Armmuskulatur anspannte.

„Mein Wort ist hier Gesetz." Der Wachmann neigte sich über ihn wie eine Krähe, die ihm mit dem Schnabel in die Nase hacken wollte. „Ich bin der Sheriff dieses Hauses."

Lorcans Miene wurde hart. „Wenn du meinst."

Grob packte Seth ihn am Hals. Ob er ihn schlagen oder nur hinauswerfen wollte, wusste Amy nicht zu deuten. Ihre

Sorge, dass es zu einer Prügelei oder Schlimmerem kommen würde, wuchs, als Lorcan die Hände an Seths Gürtel legte. Ganz so als wüsste er, dass der Sicherheitsmann heimlich ein Skelettmesser in seiner Hosentasche trug. Waffen waren auch für die Securitys verboten.

„Er hat mir geholfen", verteidigte Amy ihn. „Nicht er ist das Problem, sondern er ist derjenige, der das Problem beseitigt hat."

Wanda musterte die Anwesenden und stellte fest: „Der Indianer ist weg."

„Hurra, er ist ein verdammter Held", schrie der Mützenträger, der sich zuvor mit dem Alten gestritten hatte, und trommelte mit seinem Löffel auf den Tisch.

„Ein Dreck ist er. Abschaum", knurrte Seth und wandte sich an den Mann. „Hör mit dem Krach auf, oder ich stopfe dir den Löffel ins Maul."

Im nächsten Moment war es still im Saal, niemand wagte sich zu rühren.

Lorcans Hand glitt tiefer. Bevor sie in die Tasche des Nachtwächters eintauchen konnte, beeilte sich Amy zu sagen: „Nicht."

Er sah sie mit einem Blick an, der ihr das Blut in den Adern gefrieren ließ, aber sie wusste, dass seine Wut nicht ihr galt. Flehend schüttelte sie den Kopf und formte mit dem Mund ein lautloses: „Bitte." Er durfte nicht ausrasten. Seth würde ihn mit Genugtuung zusammenschlagen und ihm Hausverbot erteilen, was bedeutete, dass Amy ihn nie wiedersehen würde.

Lorcan wandte sich wieder seinem Kontrahenten zu, der grinsend darauf zu warten schien, dass Lorcan die Prügelei begann. Stattdessen ließ dieser ihn los und ging zu seinem Rucksack, der unter dem Stuhl lag, auf dem er gegessen hatte, bevor das Chaos ausgebrochen war. Der tarnfarbene Stoff war fleckig, die aufgenähten Buchstaben R.E.B.E.L.L. waren ausgefranst.

Gras klebte auf dem Rückenteil seines Hemdes. Amy fragte sich, ob er tagsüber auf der Grünfläche eines der zahlreichen Parks im Schatten eines Baumes gedöst hatte. Nachts war es für Obdachlose in einer Großstadt wie New Orleans nicht ungefährlich, sodass viele erst wagten, sich schlafen zu legen, wenn bereits die Sonne aufging. Mitleid regte sich in ihr. Selbst ein harter Kerl wie Lorcan war nicht unverletzlich.

Er schaute zu Boden, als würde er einer dort aufgemalten Linie, die in das Hauptgebäude führte, folgen. „Ich gehe duschen", murmelte er. Im nächsten Moment verschluckte ihn der Korridor.

„Feigling", rief Seth ihm hinterher und strahlte wie der Sieger eines Kampfes, den es nie gegeben hatte.

Wanda, die hinter ihm stand, verdrehte die Augen und rief in die Runde: „Wer von den Herren und Damen möchte einen Nachschlag?", worauf eilig die Stühle zurückgeschoben wurden.

Amy seufzte innerlich. Was für eine beschissene Schicht! Dies war ganz sicher nicht der richtige Abend, um heimlich einen Blick auf den nackten Lorcan in der Dusche zu werfen, wie sie es in ihrem Tagtraum getan hatte.

Glücklicherweise verlief der Rest ihrer Abendschicht ruhig, doch Lorcan traf sie nicht wieder. Wanda verließ mit Finley vor ihr die Essensausgabe, da die beiden den letzten Bus zum French Quarter noch erreichen wollten. In einem der Jazzklubs auf der Bourbon Street trat wohl eine bekannte Band auf, aber Amy hatte den Namen der Gruppe noch nie gehört. In ihren Ohren klang diese Musikrichtung ohnehin wie Katzengejammer, weshalb sie die Einladung, die Kollegen zu begleiten, abgelehnt hatte.

Sie verriegelte die Hintertür der ehemaligen Grundschule. Zuerst vernahm sie nur das Klacken ihrer Schuhe auf dem Asphalt des alten Pausenhofs. Doch je näher sie ihrem Wagen kam, desto mehr mischte sich das Grollen eines Mannes darunter. Dann hörte sie ein Geräusch, als würde jemand in einen Sandsack boxen, gleich darauf folgte ein unterdrückter Schmerzensschrei.

Amys Schritte verlangsamten sich. Ängstlich schaute sie über ihre Schulter zum Gebäude zurück. Sollte sie Seth suchen? Als sie ihm hatte Bescheid geben wollen, dass sie Feierabend machte, wie es den Vorschriften entsprach, war er nicht auf seinem Platz gewesen.

Alles in ihr rebellierte dagegen. Sie konnte ihn einfach nicht leiden. Er war ihr suspekter als jeder Stadtstreicher. Nie konnte man seine Reaktion einschätzen. Mochte seine Statur bei seinem Job auch hilfreich sein, in Amys Augen hätte er niemals eingestellt werden dürfen, da ihm jegliche Sozialkompetenz fehlte.

Sie entschied, so schnell wie möglich zu ihrem Auto zu gehen. Aber da ihre Sohlen bei jedem Schritt ein *Klack!* von sich gaben, war sie gezwungen, auf den Schuhspitzen zu schleichen, um keine Aufmerksamkeit zu erregen, und kam langsamer voran, als ihr lieb war.

Was mochte in dem Gebüsch, das den Parkplatz umgab, vor sich gehen?

Sie hatte ihren Wagen fast erreicht, als jemand hinter den Sträuchern zornig aufbrüllte, direkt neben ihr. Abrupt beschleunigte sich ihr Puls, doch statt loszurennen, blieb sie wie angewurzelt stehen.

Plötzlich taumelte ein Mann vor ihr aus den Büschen. Er

fiel auf den Asphalt, hielt sich den Bauch und stöhnte gequält. Seine rechte Gesichtshälfte war geschwollen, seine Augenbraue aufgeplatzt. Blut rann seine Wange hinab und sickerte in seinen hellbraunen Bart.

Entsetzt riss Amy ihre Augen auf. „Lorcan!“

Hatte Seth ihn so zugerichtet? Lorcans Gegner stapfte in der Dunkelheit heran. Er trat hart auf, was Amy zeigte, wie wütend er war, aber auch, dass er ein großer, schwerer Mann sein musste. Wie der Security Guard. Das würde Konsequenzen haben, schwor sich Amy.

Sie wollte gerade auf Lorcan zugehen, um ihm aufzuhelfen, als der Indianer, der ihn gegen Ende der Essensausgabe angegriffen hatte, aus dem Dickicht trat. Als er sie bemerkte, ging sie rückwärts, doch er scherte sich nicht um sie, sondern packte Lorcan am Hemdkragen und riss ihn brutal auf die Füße.

Warum wehrte sich Lorcan denn nicht? War er schon derart angeschlagen? Es hatte keinen Sinn, um Hilfe zu schreien, sagte sich Amy, weil die Chance, dass jemand sie auf dem Schulhof hörte, verschwindend gering war.

Einen Moment lang dachte sie daran, Seth zu holen. Aber sie befürchtete, dass der nur grinsend zuschauen würde, wie Lorcan fertiggemacht wurde. Sie traute ihm zu, dass er sagte: „Helfen? Klar doch! Aber nicht ihm, sondern dir, wenn du den Penner nachher vom Boden kratzt."

Der Indianer stieß Lorcan gegen die Schultern, sodass er mit dem Rücken gegen Amys Wagen taumelte, und boxte ihn in den Magen. Lorcan klappte zusammen, hielt sich jedoch auf den Füßen. Während der Indianer seinen Oberkörper an den Haaren wieder nach oben zog, holte er einen Gegenstand aus seiner Gesäßtasche.

Als Amy erkannte, was er mit einer gekonnten Handbewegung aufklappte, schrie sie auf. „Nein!" Der Schein der Laterne, unter der sie geparkt hatte, spiegelte sich in der Messerklinge wider.

Amy krallte die Finger in ihre Handtasche und spürte die Waffe, die sie immer zu ihrer Verteidigung bei sich trug. Als sie das Haus ihrer Großmutter erbte, hatte sie die Jagdwaffen ihres Großvaters in einem Karton entdeckt, der auf dem Kleiderschrank stand und mit Blümchenfolie beklebt war. Die Flinte und das Messer lagen immer noch in der Schachtel, obwohl Amy nun schon zwei Jahre lang in dem Haus wohnte. Seitdem ihr Cousin Skyler Castille ihr Patronen besorgt hatte, war der alte Revolver allerdings ihr treuer heimlicher Begleiter. Skyler besaß zwar ebenso wenig einen Waffenschein wie sie, dafür jedoch die richtigen Kontakte.

Der Indianer ritzte Lorcans Oberarme auf und lachte dröhnend. Ein dünnes Blutrinnsal lief Lorcan über den Bizeps. Er keuchte und wehrte sich kraftlos gegen den Hünen.

Er ist am Ende, erkannte Amy. Gleich würde sein Angreifer ihm die Klinge in den Bauch rammen. Einmal, zweimal, dreimal – so lange, bis sein Opfer sich nicht mehr rührte. Das durfte sie nicht zulassen!

Vor Aufregung zitterte sie am ganzen Körper. Ihre Hand glitt in ihre Kunstledertasche und umschloss den Perlmuttgriff des Colts.

Ohne noch länger zu zögern, riss sie die Waffe heraus, richtete sie auf den Indianer und rief: „Hau ab, und zwar sofort!“ Ihre Stimme zitterte, aber das änderte nichts daran, dass sie am längeren Hebel saß.

Demonstrativ spannte sie den Hahn und dankte Skyler stumm dafür, mit ihr auf seinem Grundstück am Lake Pontchartrain Schießübungen gemacht zu haben.

Ganz langsam wandte sich der Indianer zu ihr um. An seiner Miene konnte sie nicht ablesen, was in ihm vorging. Würde er sie attackieren? Wäre sie in der Lage, auf einen Menschen zu schießen? Würde sie es schaffen, nur seinen

Oberschenkel zu treffen? Als besonders treffsicher hatte sie sich bei den Übungen nicht herausgestellt, aber der Mann stand keine zehn Schritte von ihr entfernt.

Ihr Herz drohte ihren Brustkorb zu sprengen, so stark – beinahe schmerzhaft – pochte es.

Der Indianer klappte sein Messer zusammen und steckte es weg. Er warf Lorcan einen Blick zu. Ein Lächeln huschte über sein Gesicht, aber es wirkte keineswegs feindselig, sondern eher so, als würde er ihm dazu gratulieren, eine Frau wie Amy so sehr beeindruckt zu haben, dass sie ihn verteidigte. Wahrscheinlich deutete sie seinen Blick falsch und er verspottete Lorcan lediglich. Schneller als sie es bei seiner Statur für möglich gehalten hatte, rannte er über den Schulhof und verschwand durch das Tor auf die Straße.

Rasch ließ sie den Revolver in ihrer Handtasche verschwinden und schaute verstohlen zum Gebäude zurück. Hoffentlich hatten Seth und die Obdachlosen, die die Nacht im Asyl verbrachten, nicht gesehen, dass sie illegal eine Handfeuerwaffe bei sich trug. Dann würde sie erneut vor Richter Alternate stehen, und diesmal würde er garantiert kein mildes Urteil fällen.

Erschöpft glitt Lorcan zu Boden. Er seufzte, wischte sich übers Gesicht und schaute Amy müde an. Sie lief zu ihm und hockte sich vor ihn hin. Bestürzt betrachtete sie den Schnitt an seinem Arm.

„Das ist nur ein Kratzer", sagte er.

Tatsächlich verzog er keine Miene, als Amy ein Papiertaschentuch aus ihrer Handtasche holte und behutsam das Blut abtupfte. Notdürftig trocknete sie seine aufgeplatzte Augenbraue. Vor Mitleid zog sich ihr Magen zusammen. Lorcan sah wirklich mitgenommen und erschöpft aus.

„Komm, ich helfe dir auf." Sie legte seinen Arm auf ihre

Schulter und kam ihm so nah wie nie zuvor. Dort, wo er sie berührte, prickelte es köstlich, und ihr fiel das Atmen schwerer. Amy schob ihre Kurzatmigkeit auf die Sommernacht, die immer noch heiß und schwül war, doch es gelang ihr nicht, sich selbst zu belügen. Meistens trennte sie der Tisch, auf dem sich die Speisen für die Bedürftigen befanden, voneinander, nun war es nur der Stoff ihrer Kleidung. Mehr nicht.

Unter Ächzen und Stöhnen stand Lorcan auf. Er hielt sich den Bauch und krümmte sich.

„Ich werde dich ins Krankenhaus bringen", schlug sie vor und kramte in ihrer Tasche nach dem Autoschlüssel.

Doch er schüttelte seinen Kopf.

„Du könntest gebrochene Rippen haben."

„Danke, aber es geht schon. Ich werde meine Sachen holen und verschwinden." Er machte einen Schritt auf die Sträucher zu, blieb jedoch sofort wieder stehen. Sein Gesicht verzerrte sich vor Schmerz. Er stützte sich auf seinen Oberschenkeln ab.

„Keine Widerrede!", sagte sie und hielt ihn am Arm fest, doch sie zog die Hand wieder zurück, als sie spürte, wie wundervoll sich seine weiche Haut über den harten Muskeln anfühlte. „Du musst dringend von einem Arzt untersucht werden."

Mühsam richtete er seinen Oberkörper auf. „Und wie soll ich ihn bezahlen? Immer weniger Kliniken bieten kostenlose medizinische Hilfe an. Das ganze beschissene Sozialsystem geht den Bach runter."

„Die Notaufnahme wird dich schon nicht wegschicken. Sie müssen dich behandeln."

„‚Wegen eines Kratzers und einer Platzwunde?', werden sie sagen und mich wegschicken. Du hast keine Ahnung, wie es ist, ganz unten zu sein, weißt du?“

Ihr schlechtes Gewissen meldete sich. „Nein, das habe ich tatsächlich nicht, aber ich werde mich nicht entschuldigen, nur weil ich behütet aufgewachsen bin.“

„Das bin ich auch, doch meistens geht der Absturz verdammt schnell.“

Gerne hätte sie Näheres über ihn erfahren, aber er keuchte und hielt sich an ihrem Auto fest.

„Dir ist schwindelig. Setz dich auf den Beifahrersitz.“ Eilig schloss sie die Tür auf und schob ihn in Richtung Beifahrersitz. Sie hatte erwartet, dass er protestieren würde, doch er nahm bereitwillig Platz. „Wo ist dein Rucksack?“

Er knöpfte sein Hemd auf und betastete seinen Bauch. „Hinter den Büschen.“

Bei dem Anblick seines haarlosen Brustkorbs wurde Amy ganz anders. Er musste viel trainiert haben, und diese Mühe zahlte sich aus. Sie konnte ihren Blick kaum von ihm abwenden.

„Lass nur. Ich hole meinen Kram selbst.“ Er wollte sich erheben, aber sie drückte seine Schulter nieder und hielt ihn davon ab.

Zögerlich schaute sie zu der Grenzbepflanzung, die tagsüber einen hübschen grünen Rahmen für den Hof bildete, doch nun in der Nacht bedrohlich wirkte. „Du kannst doch kaum gehen.“

Amy atmete tief durch. Sie umschloss den Griff des Colts, zog ihn jedoch nicht aus ihrer Handtasche und marschierte zwischen dem Buschwerk hindurch. Gleich dahinter fand sie den tarnfarbenen Beutel. Sie schulterte ihn, kehrte zu ihrem Auto zurück und legte ihn auf die Rückbank.

Was sollte sie nun mit Lorcan machen? Sie konnte ihn nicht zwingen, in ein Krankenhaus zu gehen. Genauso wenig brachte sie es übers Herz, ihn einfach zurückzulassen, zumal sie mit Schuld daran trug, dass er verprügelt worden war. Hätte sie ihm nicht entgegen der Regel einen Nachschlag vor Ende der Öffnungszeiten gewährt, hätte der Indianer auch keine Probleme gemacht. Zudem hatte Lorcan sie vor dem Krawallmacher beschützt. Dafür hatte er mit seinem Blut gezahlt. Auf keinen Fall würde sie sich nun aus der Verantwortung stehlen.

Sie stieg ein und startete den Motor.

„Ich weiß, du meinst es gut", begann er sanft, doch dann gewann seine Stimme an Schärfe, „aber ich werde kein Krankenhaus betreten und diese arroganten Ärzte anbetteln, mich zu behandeln. Das mache ich nicht! Ich bin obdachlos, das bedeutet allerdings nicht, dass ich keinen Stolz mehr besitze."

Warum stieg er dann nicht aus? Er blieb, wo er war, und schaute sie trotzig an. Was erwartete er von ihr? Mit einem Mal verstand sie. Er hatte eine Mauer um sich herum aufgebaut und war nun nicht bereit, sie einzureißen, nur weil ihn jemand in die Mangel genommen hatte. Er brauchte Hilfe, aber er würde es niemals zugeben. Wenn man auf der Straße lebte, wurde man entweder hart oder ging an dem Leben ohne feste Bleibe, ohne Arbeit und ohne soziale Bindungen zugrunde.

Amy verdrehte die Augen, beugte sich über ihn und schloss die Beifahrertür. „Keine Sorge, ich erwarte nicht einmal ein Dankeschön von dir."

„Du wirst die Klinikrechnung nicht für mich zahlen, Amy!" Sachte packte er ihre Schultern und hielt sie davon ab, sich auf ihre Seite des Autos zurückzuziehen.

Es war das erste Mal, dass er ihren Namen aussprach. Sie lächelte in sich hinein und bemühte sich, ihn nicht spüren zu lassen, wie nervös seine Nähe sie machte. Seine durchdringenden blauen Augen, sein gestählter nackter Oberkörper und sein männlicher Duft lenkten sie einen Moment von dem ab, was sie sagen wollte.

Glücklicherweise fiel es ihr wieder ein. „Ich habe mehr Geld als du, keine Frage, aber ich bin alles andere als reich, sondern schlage mich so durch. Tut mir leid, du musst dich mit dem LaBauve-Lazarett begnügen."

Sie riss sich von ihm los und lenkte ihren Wagen vom Parkplatz, bevor sie darüber nachdenken konnte, dass sie gerade dabei war, einen wildfremden Mann mit nach Hause zu nehmen. Sie musste verrückt sein, ein derartiges Risiko einzugehen. Aber es ging ja auch nicht um irgendeinen Gast der Essensausgabe, sondern um Lorcan.

„Du bringst mich zu dir nach Hause?", fragte er erstaunt.

Hatte sie eine andere Möglichkeit? Außer Seth befand sich kein anderer Mitarbeiter im Asyl, und der Wachmann würde Lorcan lieber die letzten Rippen auch noch brechen, anstatt ihn zu verarzten. Stark verletzt schien Lorcan ohnehin nicht zu sein, denn er atmete ruhig, und das Blut in seinen Wunden gerann bereits. Sie würde ihn versorgen, ihm einen starken Kaffee aufbrühen und ihm Zeit geben, sich zu erholen. Dann würde sie ihn bitten, wieder zu gehen. Allein bei dem Gedanken fühlte sie sich mies, aber sie war nicht so dumm, sich von seinem guten Aussehen vollkommen blenden zu lassen. Es war riskant, ihn in ihr Haus zu lassen, denn sie wohnte allein.

Während der Fahrt von New Orleans über die Huey P. Long Bridge zu ihrem Heimatort, der nach dem Senator George Augustus Waggaman benannt war, schwiegen sie.

Amy lebte gerne in der Zehntausend-Einwohner-Gemeinde am Westufer des Mississippi. Hier gab es zwar keine Multiplex-Kinos und Boutiquen, dafür aber eine niedrige Kriminalitätsrate. Die Einwohner waren weder so wohlhabend, dass es sich lohnte, bei ihnen einzubrechen, noch bezogen sie staatliche Unterstützung. Direkt hinter der Abfahrt vom Highway 90 begann die Ortschaft Waggaman. Ein- und zweistöckige Häuser reihten sich rechts und links der Straße. Die Vorgärten waren gepflegt, Spielzeug lag hier und da auf dem Rasen.

Amy drosselte die Geschwindigkeit und parkte schließlich vor einem Grundstück, das nicht ganz so adrett aussah wie die benachbarten. Seit sie neben ihrem Job in der Verwaltung auch noch ehrenamtlich Essen im Obdachlosenasyl verteilte, fand sie kaum Zeit für etwas anderes. Nein, eigentlich war das eine Ausrede, gestand sie sich ein. Gartenarbeit hatte nie besonders weit oben auf ihrer Prioritätenliste gestanden.

Lorcan stieg aus. „Ah, Vorstadtidylle", meinte er sarkastisch, während er sich umschaute, und streckte sich. Doch sogleich atmete er scharf ein und hielt sich wieder den Bauch.

Geschieht ihm recht, dachte Amy.

Mit einem Blick, den sie nicht zu deuten wusste, schaute er sie an. „Rauchst du?"

Sie runzelte die Stirn. Was sollte diese Frage?

Er kam um das Auto herum zu ihr. „Trinkst du? Ich meine, Alkohol natürlich."

„Natürlich", sagte sie und meinte damit, dass sie ihn schon verstand, doch dann fiel ihr ein, dass er ihre Antwort falsch interpretieren konnte, und fügte hinzu: „Natürlich nicht."

„Keinen Tropfen?" Er zog seine Augenbrauen zusammen. „Nicht einmal ein Glas Sekt zum Geburtstag?"

„Nein." Nicht mehr seit dem Vorfall im letzten Dezember, der beinahe aus ihr ebenfalls eine Kriminelle gemacht hatte.

„Eine ehrenamtliche Tätigkeit in der Notunterkunft, ein kleiner Pkw, ein eigenes Haus ...“

„Das habe ich von meiner Großmutter geerbt“, warf sie ein, als müsste sie sich rechtfertigen. Eigentlich hatten es ihre Eltern vermacht bekommen, aber sie konnten sich nicht mit der Vorstellung anfreunden, in einem Shotgun House zu leben, und besaßen ohnehin schon ein eigenes, größeres Haus, daher hatten sie es Amy überschrieben.

Lorcan nahm seinen Rucksack von der Rückbank, warf die Wagentür geräuschvoll zu und schnaubte. „Es fehlt nur noch der weiße Zaun.“

„Meinen Ehemann und meine beiden Kinder – ein Mädchen und ein Junge – wirst du gleich kennenlernen“, bemerkte sie ironisch, um das Klischee der Mittelklasse perfekt zu machen.

Er stellte sich ihr in den Weg. „Du hast gar keine Familie.“

„Woher willst du das wissen?“ Ihr wurde mulmig zumute. Hatte er sich über sie erkundigt? Oder ihr sogar hinterherspioniert?

Er nahm ihre Hand, was augenblicklich dazu führte, dass sie sich anspannte, und streichelte über ihren Ringfinger. „Du trägst keinen Ehering.“

„Gute Beobachtungsgabe.“ War seine Berührung absichtlich sinnlich, oder wünschte sie sich das nur? Verlegen entzog sie ihm die Hand. Er löste Gefühle in ihr aus, die sie nicht haben sollte. Nicht für einen Mann wie ihn.

„Die habe ich im Knast entwickelt, denn dort weiß man nie, ob der Typ, an dem man vorbeigeht, einem nicht im nächsten Moment ein selbst gebasteltes Messer in den Rücken stechen wird. Deshalb habe ich gelernt, alles im Blick zu behalten und Details wahrzunehmen." Seine Miene wirkte mit einem Mal verschlossen und düster. Einige Sekunden lang schien er weit weg zu sein. Dann schulterte er seinen Rucksack und marschierte auf die Veranda zu.

Sie eilte an ihm vorbei, aufgebracht über das, was er zwischen den Zeilen gesagt hatte. „Ich bin kein naives Mädchen vom Lande." Energisch schloss sie die Tür auf.

„Das habe ich nie behauptet." Seine Stimme klang rauer als zuvor. „Aber ich könnte mir vorstellen, dass deine Rebellion gegen den Kleinstadtmief darin besteht, nackt zu schlafen. Liege ich richtig?"

Hitze stieg in Amys Wangen. Sie öffnete ihren Mund, um etwas Kesses zu erwidern, doch heraus kam nur ein empörtes Schnaufen.

Das Lächeln, das er ihr daraufhin schenkte, war unwiderstehlich. Er ging an ihr vorbei und kam ihr dabei viel näher, als es notwendig war. Sie spürte die Wärme seines Körpers. Wie er sie ansah! War das Verlangen? Oder projizierte sie ihr eigenes Begehren auf ihn? Eventuell machte er sich aber auch nur lustig über sie, die Landpomeranze, und spielte mit ihr.

Bevor sie ihm hineinfolgte, spähte sie in alle Richtungen, um sicherzugehen, dass niemand sie beobachtete. Sie hatte keine Lust, zum Gesprächsthema von Waggaman zu werden. Nicht ein zweites Mal. Aber wie sie ihr Glück kannte, stand einer der Nachbarn hinter seinen Gardinen und hatte bereits das Telefon in der Hand, um einen Rundruf zu starten, dass ein höchst fragwürdiger Mann bei ihr einkehrte.

Glücklicherweise stand Skylers Wagen nicht vor der Tür. Ihr Cousin wohnte nebenan, was ein Fluch und ein Segen zugleich war. Er hatte ihr die Patronen für den Revolver besorgt, half ihr bei Reparaturen und vertrieb hartnäckige Vertreter. Aber obwohl sie noch nie mitbekommen hatte, dass er ihren Eltern, die in der Nachbargemeinde Avondale lebten, Bericht erstattet hatte, fühlte sie sich manchmal überwacht. Sie versuchte es positiv zu sehen: Niemand konnte ihr etwas antun, da er sie im Auge behielt. Es sei denn, sie lud den Teufel selbst in ihr Refugium ein.

Lorcan stellte seinen Rucksack auf dem Sofa ab, hielt ihn jedoch an beiden Schulterriemen fest. „Nicht viele Menschen würden heutzutage noch in so ein Haus einziehen."

Sie trat hinter ihm ein. Die Luft im Inneren war zum Schneiden dick, unangenehm schwülwarm, aber zu lüften würde ihnen keine Abkühlung verschaffen. Dennoch schwärmte sie aus dem Brustton der Überzeugung: „Ich liebe es. Es ist schnuckelig und besitzt einen ganz eigenen Charme."

In ihren Augen war es etwas Besonderes, ein Kleinod. Es gab keinen Flur, sondern die einzelnen Räume waren hintereinander angeordnet. Man nannte Häuser wie das ihre Shotgun House, denn wenn alle Türen offen standen, konnte jemand mit einer Schrotflinte durch das komplette Gebäude schießen, ohne etwas zu treffen.

Erst im Frühjahr hatte Skyler ihr geholfen, die Fenster mit Silikon abzudichten, und gemeinsam mit ihrem besten Freund Nabil Laminat verlegt, sodass im kommenden Winter das Holzgebäude nicht ganz so schnell auskühlen würde wie im Jahr zuvor. Louisiana war nicht Alaska, aber wenn man es schön warm gewohnt war, fror man schon bei acht Grad. Das alte Haus hatte sich als zugig und die Heizung als altersschwach entpuppt, doch Amy hatte kein Geld für eine neue.

Amy führte Lorcan vom Wohnzimmer durch das Schlafzimmer – als sie an ihrem Bett vorbeigingen, stieg ihr Puls plötzlich an, und sie starrte stur geradeaus – ins Bad. „Hier kannst du erst mal deine Wunden auswaschen."

„Danke", sagte er und nahm das Handtuch an, das sie ihm reichte.

Nervös, da er sie musterte, nahm sie einige Dinge aus dem Schrank, der über ihrem Waschbecken hing. Eigentlich hatte sie geplant, Lorcan zu verarzten, doch jetzt hielt sie es für ratsam, ihm nicht noch einmal so nah zu kommen wie am Eingang. „Hier sind Wundheilsalbe und Pflaster, mehr habe ich leider nicht da."

„Das wird reichen." Er nickte, streckte seine Hand danach aus und runzelte die Stirn, als sie beides auf den Beckenrand legte, anstatt es ihm zu geben.

Ihre Wangen brannten, denn seine Augen funkelten, als ahne er, dass sie weitere Berührungen vermeiden wollte. Hautkontakt mit ihm brachte Amy durcheinander, und sie musste einen kühlen Kopf behalten, damit die Situation ihr nicht entglitt. „Ich bin in der Küche und setze Kaffee auf."

Bevor er etwas erwidern konnte, zog sie die Zwischentür hinter sich zu. Sie lauschte, doch sie hörte nur, dass er die Tür zum Schlafzimmer schloss. Wollte er sie nicht verriegeln, um zu vermeiden, dass sie hereinkam? Befand er sich überhaupt noch im Bad, oder durchwühlte er gerade ihre Sachen, auf der Suche nach Geld, Schmuck – oder Unterwäsche? Sie liebte ihr Shotgun House wirklich, doch in diesem Moment vermisste sie einen Flur, denn sie konnte die anderen Räume nicht im Blick behalten. Die einzige Möglichkeit bestand darin, den Hinterausgang zu nehmen, um das Haus herumzuschleichen und von außen durch die Fenster hineinzuschauen.

Während sie noch darüber nachdachte, vernahm sie das Plätschern der Dusche. Erleichtert atmete sie aus, stellte die altersschwache Klimaanlage an, die noch lautere Geräusche von sich gab als der Kühlschrank, und füllte Wasser in die Kaffeemaschine. Sie gab einen Löffel Kaffeepulver mehr als üblich in den Filter, denn sie vermutete, dass ein starker Mann wie Lorcan auch einen starken Kaffee bevorzugte, und schaltete das Gerät ein.

Ungeduldig lief sie in der Küche auf und ab. Nachdem die Dusche abgedreht worden war, tat sich lange nichts. Der Kaffee war längst fertig. Wo blieb Lorcan nur? Was tat er die ganze Zeit? Suchte er in ihren Badezimmerschränken nach Medikamenten? Oder war er längst abgehauen?

Beunruhigt ging sie zur Verbindungstür und hob die Hand, um anzuklopfen. Just in diesem Augenblick schwang die Tür auf. Nur einen Schritt entfernt stand Lorcan. Er hatte seine Wangen glatt rasiert und den Bart um seinen Mund herum gestutzt. Seine hellbraunen Haare waren zwar immer noch zu lang, um als Frisur durchzugehen, doch sie standen nicht mehr wild ab, sondern schmiegten sich feucht an seinen Kopf.

Er trug nichts außer einem Handtuch, das um seine Taille geschlungen war. Der Knoten war so nachlässig gebunden, dass er aussah, als könnte er sich jeden Moment lösen.

4. KAPITEL

Oktober, ein Jahr zuvor
New Orleans, Buckley MacConmara

Lorcan vernahm *ihr* Lachen im Korridor, und sein Herz hüpfte augenblicklich vor Freude. Bewegungslos blieb er sitzen. Seine Fingerspitzen ruhten auf der Tastatur, und er schaute weiterhin auf den Computermonitor. Für jemanden, der zufällig an seinem Büro vorbeikam, hätte es den Anschein, als würde er lesen, was er soeben getippt hatte, aber in Wahrheit lauschte er den Geräuschen auf dem Flur.

Stimmen. Zwei Männer unterhielten sich. Mit *ihr.*

Seine Füße kribbelten; sie wollten zu *ihr* gehen, nein, am liebsten würden sie zu *ihr* laufen, um *sie* zu begrüßen. Seine Augen begehrten, *sie* zu betrachten, seine Hände, *sie* zu streicheln, und seine Lippen, *sie* zu küssen. Statt seinem Verlangen nachzugeben, saß er weiterhin wie versteinert an seinem Schreibtisch. Noch behielt sein Verstand die Oberhand. Es war besser, *ihr* nicht zu begegnen. Besser für alle Beteiligten.

Seine Ohren wurden immer größer und sein Herz immer schwerer. Er ballte eine Hand zur Faust und streckte die Finger wieder.

Am Ende gewann die Anziehungskraft. Er schob seinen Stuhl zurück und sprang auf. Bis zur Tür ging er schnell, doch kaum trat er in den Korridor, schlenderte er gelassen weiter. Ein Arbeitskollege eilte an ihm vorbei zurück an seinen Arbeitsplatz. Er musste mit *ihr* geplaudert haben.

Lorcan schaute in die Richtung, aus der er gekommen war, und versuchte, überrascht zu wirken. „Kimora."

Wie gut sie aussah! Sie hatte die vorderen Strähnen ihrer hüftlangen weizenblonden Locken leger im Nacken zusammengebunden. Ihr geblümtes Kleid schmiegte sich eng an ihre Figur, und Lorcan wünschte sich, dieser Satinstoff zu sein. Passend zum Muster trug sie orangeroten Lippenstift und gelben Lidschatten. Extravagant, aber so waren Künstler eben. Ein safranfarbenes Tuch lag um ihre Schultern.

Flüchtig nahm sie ihn zur Begrüßung in den Arm. Ihre Handflächen waren so kalt, dass er es durch den Stoff seines langärmeligen Businesshemdes spürte. Ständig verlagerte sie ihr Gewicht von einem Fuß auf den anderen. Schmerzten die High Heels mit Korkabsatz, oder war sie aufgeregt, weil sie ihn traf? Machte er sie nervös? Der Gedanke gefiel ihm.

„Wie ich sehe, warst du beim Friseur. Die kurzen Haare stehen dir gut", plauderte sie locker, doch ihm entging nicht, dass sie ihre schwarze Lackhandtasche knetete. „Auf dem Lafayette Square vor zwei Wochen waren sie noch länger."

„Mir wären die paar Zentimeter nicht aufgefallen." Gavin baute sich neben ihr auf, und Lorcan fragte sich, ob er damit demonstrieren wollte, dass sie zu ihm gehörte. „Du musst ihn auf dem Open-Air-Festival aufmerksam betrachtet haben."

„So sind Frauen eben", spielte Lorcan die Bemerkung herunter. Sein Lachen klang selbst in seinen eigenen Ohren gekünstelt.

„Uns fallen Details auf, während Männer nur oberflächlich hinschauen." Sie legte die Hand auf ihr Dekolleté und verdeckte somit ihren Schmuck. „Welchen Anhänger trage ich heute? Ich wette, ihr könnt es mir beide nicht sagen."

Lorcan betrachtete ihre schlanken Finger. Sie konnten unglaublich zärtlich sein, aber auch erstaunlich fest zupacken, wenn es darauf ankam. Das durfte er gar nicht wissen, aber er tat es nun mal. Er mochte, dass Kimora ihre Nägel kurz gefeilt hatte und keinen Lack benutzte. Künstliche

Fingernägel, Brustimplantate und Haarextensions – dieser falsche Schein gefiel ihm ganz und gar nicht, er bevorzugte Natürlichkeit.

„Du siehst so atemberaubend aus, dass ich darauf nicht geachtet habe." Unablässig drehte Gavin einen seiner Manschettenknöpfe. Flecken erschienen auf seinen blassen Wangen. Sie hatten fast dasselbe Rot wie sein kupferfarbener Schopf. Das Rotblond stand ihm gut, fand Lorcan, es war das einzig Interessante an ihm. Seine Sommersprossen verliehen ihm etwas Schalkhaftes. Aber war das für einen Mann mit vierunddreißig Jahren nun gut oder schlecht?

Die Blüte einer Orchidee, dachte Lorcan triumphierend, silbern mit weißen Blättern. Doch er konnte seinen Triumph nicht auskosten, weil er die Schultern zuckte und schwieg.

„Hab ich euch, Jungs. Ha!", rief sie übermütig mit dem Charme einer Zwanzigjährigen, dabei ging sie auf die vierzig zu. Kultiviert, elegant und würdevoll, aber keinesfalls steif – eine Southern Belle, die mit jedem weiteren Lebensjahr keineswegs verblühte, sondern reifte. Obwohl Gavin Mitbesitzer der kleinen florierenden Firma Buckley MacConmara und ein erfolgreicher Geschäftsmann war, stand er, fünf Jahre jünger als sie, im Schatten der Südstaatenschönheit.

Sie braucht einen Mann, der es mit ihr aufnehmen kann, der nicht neben ihr untergeht, dachte Lorcan kämpferisch, doch einen Atemzug später verkrampften sich seine Eingeweide. Wenn sich sein schlechtes Gewissen bemerkbar machte, brachte es ihn fast um, deshalb bemühte er sich, es zu verdrängen. Aber jetzt, da Gavin besitzergreifend seinen Arm um Kimora legte, war der Drang, sie an sich zu reißen, beinahe stärker als seine Skrupel.

„Ich wollte mir gerade eine Tasse Kaffee aus der Küche holen. Möchtest du auch eine?", fragte er sie und konnte sich nicht verkneifen zu sticheln: „Gavin braucht sicher noch einige Minuten, bis er seine Krawatte gebunden hat. Das klappt bei ihm nie auf Anhieb."

Gavin hob beide Hände, als hätte man ihn überführt. „Er kennt mich einfach zu gut. Danke, Kumpel, wie stehe ich denn jetzt da? Als könnte ich die einfachsten Dinge nicht."

„Wenn es so wäre, hättest du nicht vor Kurzem erst die Auszeichnung für den erfolgreichsten Jungunternehmer des Jahres verliehen bekommen", beschwichtigte Kimora ihn und küsste ihn flüchtig auf die Wange.

Nicht auf den Mund, fiel Lorcan auf. Er ging in Richtung Küche und lockte sie von Gavin weg: „Du trinkst ihn schwarz, wenn ich mich richtig erinnere."

„Ah", machte sie und folgte ihm. „Also kannst du doch aufmerksam sein."

Als Lorcan an der Tür auf sie wartete, sah er, dass Gavin noch einige Sekunden lang unschlüssig dastand, bevor er in sein Büro verschwand. Sie hatten ihn praktisch auf dem Korridor stehen lassen. Fühlte er sich vor den Kopf gestoßen?

Lorcan machte sich keine Sorgen, dass es ein Donnerwetter geben würde. Gavin war ein wortgewandter Verhandlungspartner, wenn es um Buckley MacConmara ging, aber privat schluckte er Ärger meistens herunter. Sie arbeiteten schon lange zusammen und waren noch viel länger befreundet. In den ganzen achtzehn Jahren hatten sie sich kein einziges Mal gestritten. Wenn es dicke Luft gab, zog Gavin sich zurück. Was er machte, um seinen Groll loszuwerden, wusste Lorcan nicht. Vielleicht vertiefte er sich in seinen Job, spielte Golf oder drosch, wie Lorcan selbst es tat, auf einen Sandsack ein. Was auch immer es war, es funktionierte, denn wenn sie sich wieder an einen Tisch setzten, war jeglicher Unmut verflogen.

Damit machte Gavin es ihm aber auch leicht, ihn zu hintergehen. Denn selbst wenn Lorcan aufflog, musste er nicht mit einem Gewitter rechnen, sondern lediglich mit harmlosem Wetterleuchten.

Lorcan zog die Tür zu dem kleinen Raum, in dem gerade mal ein Kühlschrank, ein Herd mit zwei Kochplatten und eine Mikrowelle für die Mitarbeiter Platz fanden, so weit zu, dass er nur noch durch einen Spalt den Korridor im Blick halten konnte.

Endlich war er mit Kimora allein.

Ihre Wangen röteten sich. Sie betrachtete ihn von oben bis unten und löste dadurch ein Kribbeln in ihm aus, das zwischen seinen Schenkeln am stärksten war. Aber sie hatte es nicht verdient, dass er wie eine Raubkatze über sie herfiel. Sie war eine Dame, und eine Lady musste man verführen, um sich ihrer würdig zu erweisen.

Sein Herz schlug ihm bis zum Hals. Als Kimora sich umwandte, ihre Handtasche auf die Arbeitsfläche legte, eine Tasse aus dem Hängeschrank nahm und sich Kaffee eingoss, schmiegte er sich von hinten eng an sie. Lorcan wusste, es war ein Fehler. Er sollte die Finger von ihr lassen, aber er konnte nicht. Es war der falsche Ort und die falsche Frau, doch die verbotenen Früchte schmeckten am süßesten.

„Tu das nicht", bat sie leise, aber das Stöhnen, das gleichzeitig ihrem Mund entwich, strafte ihre Worte Lügen.

Sanft strich er ihre Locken über ihre Schulter nach vorn. Mit seinen Lippen zupfte er zärtlich an den Härchen an ihrem Nacken. Er küsste jeden Zentimeter Haut und strich mit der Nasenspitze bis zu ihrer Ohrmuschel hinauf. Während er den Duft ihres Körpers und ihres blumigen Parfums tief inhalierte, tauchten Bilder vom Crescent City Blues and Barbecue Festival vor seinem geistigen Auge auf.

Gemeinsam hatten sie mitten in der Menschenmenge gestanden und zu der großen Bühne hochgeschaut. Die Musik der verschiedenen Rhythm-and-Blues-, Jazz- und Dixie-Bands riss sie immer mehr mit, bis Kimora zu tanzen angefangen hatte. Da fiel Lorcan das erste Mal auf, wie attraktiv sie eigentlich war. Selbstverständlich hatten sie schon einige Abende zusammen verbracht. Aber da Lorcan solo war, trafen sich Gavin und Kimora meistens mit anderen Paaren, und er ging mit Singlefreunden in Bars. Dennoch wunderte er sich darüber, dass er Kimora plötzlich mit anderen Augen sah.

Wie merkwürdig, dachte er und beobachtete sie mit wachsendem Interesse. Seltsam, dass man jemanden schon oft getroffen haben konnte, es jedoch eine bestimmte Stimmung und einen Auslöser brauchte, um einen die Reize des anderen erkennen zu lassen.

Wie sie sich bewegte! So geschmeidig. Ihre Hüften wiegten lasziv hin und her, und gleichzeitig wirkte sie vollkommen unschuldig dabei. Lag es an ihrem warmen Lächeln? Sie lachte nicht nur mit dem Mund, sondern auch mit den Augen. Ihr Gesicht strahlte. Lorcan war unfähig, seinen Blick von ihr zu nehmen. Was kümmerten ihn die leicht bekleideten jungen Mädchen um ihn herum! Sie hatten nicht Kimoras Klasse.

Kimora versuchte erfolglos, Gavin dazu zu bringen, sich mehr zu bewegen, als mit dem Fuß zu wippen und den Pappbecher mit Bier an den Mund zu heben.

„Ich opfere mich für dich, Kumpel“, bot Lorcan schließlich an und tanzte mit ihr.

Der Lafayette Square füllte sich immer mehr. Lorcan und Kimora kamen sich näher. Irgendwann fassten sie sich an. An den Händen, an den Hüften und am Rücken. Durch den

Alkohol und die Atmosphäre fühlte sich Lorcan losgelöst. Während sie nach einer Weile beschwingt ihren Hintern gegen seinen Schritt rieb, als Gavin zur Bühne schaute, wurde Lorcan mutig und streifte ihren Busen. Nur kurz, aber das reichte, um ihre Wollust endgültig zu wecken. Zuerst drehte sich Kimora überrascht zu ihm herum. Mit großen Augen sah sie ihn sekundenlang an.

Einen Moment lang befürchtete er schon, sie würde ihn ohrfeigen. Stattdessen stellte sie sich so dicht vor ihn, dass ihre Brüste seinen Oberkörper bei jedem ihrer Atemzüge streichelten. Sie packte seinen Po mit einer Hand und stemmte die andere gegen seinen Brustkorb, als wäre sie unsicher, ob sie ihn an sich drücken oder ihn von sich wegschieben sollte.

Sie ließen rechtzeitig voneinander ab, bevor sich Gavin ihnen wieder zuwandte. Er drehte seinen Becher herum, um zu signalisieren, dass er leer war. „Ich hole Nachschub", schrie er gegen die laute Musik an. „Wollt ihr auch noch etwas?"

Lorcan nickte beiläufig und klatschte umso heftiger, da die Soulsängerin einen neuen Song anstimmte und um das Gefühl, beinahe ertappt worden zu sein, zu verbergen.

„Findest du uns in der Menge denn wieder?", hörte er Kimora fragen.

„Selbstverständlich", antwortete Gavin und machte sich auf zum Getränkestand.

Doch er behielt unrecht. Er fand sie nicht wieder, weil sie nicht dort stehen blieben, wo er sie verlassen hatte. Nun, da er nicht mehr in der Nähe war, schmolzen ihre Hemmungen. Ihr Tanz wurde immer heißer. Sie berührten sich an Stellen, an denen sie sich nicht berühren durften, und in ihrem Rausch fühlte es sich richtig an.

Ihr Begehren wurde so stark, dass sie sich einen Weg an den Rand bahnten. Sie flüchteten förmlich in eine Nebenstraße, weit weg vom Square.

Als Lorcan jedoch Kimora gegen einen Hauseingang drückte und sie gierig küsste, schlenderte ein Pärchen an ihnen vorbei, und in ihr begann das schlechte Gewissen aufzulodern. Sie boxte gegen seine Schulter, damit er seinen Mund von ihrem löste.

Dieser Ort war nicht menschenleer genug, daher zog Lorcan sie weiter. Er erkannte sich selbst kaum wieder. Er kam sich vor wie ein Tier, das seinen Trieben folgend durch die Straßen jagte. Aber Kimora war keineswegs seine Beute, sondern sie folgte ihm bereitwillig und kicherte, als er ein angelehntes Tor entdeckte, es öffnete und sie in einen Hinterhof führte. Keuchend schloss er die Eisentür hinter ihnen. Als er sich zu ihr umdrehte, hatte sie ihr Kleid bereits bis zu den Hüften hochgeschoben.

Erst nach einer Stunde kehrten sie zu Gavin zurück. Lorcan war davon ausgegangen, dass sein Freund das Festival längst verlassen hatte, doch er stand hilflos am selben Platz, an dem sie ihn zurückgelassen hatten. Die drei Becher in seiner Hand waren leer. Er hatte das Bier selbst getrunken. Lorcan glaubte nicht, dass er ihnen abnahm, er hätte an der falschen Stelle auf sie gewartet und sie wären die ganze Zeit auf der Suche nach ihm gewesen. Aber Gavin schwieg, wie er es immer tat, und drückte Kimora so verzweifelt an sich, dass Lorcan übel wurde vor Schuldgefühlen und er sich verabschiedete.

Dieses verbotene Abenteuer lag inzwischen zwei Wochen zurück. Er hatte gedacht, dass er Kimora vergessen würde, da seine Lust gestillt war, aber sie ging ihm nicht mehr aus dem Sinn. Nun, da er sie erneut umarmte, sie schmeckte und roch, brannte das Verlangen in ihm noch intensiver als zuvor. Wohin sollte das führen? Egal, was er tat, er würde verlieren – entweder Gavin oder Kimora.

Sie löste sich aus der Umarmung, drehte sich zu ihm herum und hob die Kaffeetasse auf Brusthöhe an, ohne zu trinken, wie eine Art Schutzschild. Entschuldigend lächelte sie, doch in ihrem Blick lag Bedauern.

„Ich sollte mit dir zu der Vernissage gehen“, sagte er kämpferisch und legte die Hände an ihre Taille.

Sie streichelte über die kleine Erhebung seines Bizeps. „Du gehst doch lieber trainieren als zu Kulturveranstaltungen.“

Bisher hatte er es immer als Pluspunkt angesehen, dass er der Sportliche war, während Gavin lieber ein Buch las oder ins Theater ging, doch jetzt kam es ihm wie ein Makel vor.

Ihre Fingerspitzen glitten über seinen Brustkorb und reizten beiläufig seine Nippel durch den Stoff. Doch dann nahm sie die Hand weg und nippte am Kaffee. „Wenn Gavin uns erwischt, flippt er aus.“

„Ausflippen, er?“ Lorcan schnaubte. „Niemals. Er macht seinem Ärger nie Luft.“

„Du hast keine Ahnung, wie er wirklich ist.“

„Entschuldige bitte, aber ich kenne ihn schon über zehn Jahre länger als du.“

„Du hast allerdings nie mit ihm zusammengelebt“, gab sie zu bedenken und zwinkerte. „Daheim verhalten sich die Menschen immer anders. Gavin ist sehr eifersüchtig, doch er würde das nie jemandem zeigen außer mir.“

Sein Daumen kreiste über ihren Bauch. „Eifersüchtig habe ich ihn noch nie erlebt.“

„Er war auch noch nie so verliebt wie in mich, sagt er zumindest.“ Sie stellte die Tasse ab und griff nach ihrer Handtasche.

Hatte Gavin ihr nach dem Crescent City Blues and Barbecue Festival eine Szene gemacht? Ahnte er, dass sie mit Lorcan mehr als nur getanzt hatte? Hatte Gavin ihr jemals wehgetan? „Was willst du damit andeuten?“

„Gar nichts.“ Bevor Kimora fortfahren konnte, schwang die Tür auf, und Gavin erschien.

Sofort trat Lorcan einen Schritt zurück, aber noch immer stand er zu dicht bei ihr.

Gavins Blick glitt zwischen ihnen hin und her. Seine Miene war so neutral wie während einer Geschäftsverhandlung. Seine Finger glitten in seinen Haifischkragen und zogen ihn von seinem Hals weg, als wäre er nun, da er eine Krawatte trug, zu eng. Oder war ihm heiß? Er öffnete seine Anzugjacke, obwohl die Klimaanlage auf Hochtouren lief. Schließlich zog er die Mundwinkel nach oben, doch Lorcan war nicht erleichtert, denn ihm fiel auf, dass das Lächeln nicht seine Augen erreichte.

Gavin hielt Kimora seinen Arm hin. „Mrs Buckley, darf ich Sie zu Ihrer Vernissage begleiten? Die Gäste warten bestimmt schon auf den Star des Abends, die Malerin höchstpersönlich.“

„Es wäre mir eine Ehre, Mr Buckley.“ Elegant hakte sich Kimora bei ihm ein und ließ sich von ihm hinausgeleiten. Ein letztes Mal sah sie zu Lorcan zurück, geradezu ängstlich. Fürchtete sie sich davor, dass Gavin erfuhr, was auf dem Festival passiert war, und sie verließ? Oder vor seiner Rache?

Gleichsam besorgt wie sehnsüchtig nahm Lorcan Kimoras Kaffeetasse und presste seinen Mund auf die Stelle, wo ihre Lippen das Porzellan berührt hatten.

5. KAPITEL

August dieses Jahres
Waggaman, Shotgun House

Ein Wassertropfen löste sich aus Lorcans Haar. Er fiel auf seine muskulöse Brust, rann seinen Bauch hinab, bis das Handtuch um seine Hüften ihn aufsaugte. Amy träumte mit offenen Augen davon, mit ihrer Zunge eine ebenso feuchte Spur auf Lorcans Oberkörper zu hinterlassen. Sie schluckte schwer.

Obwohl er seinen Bart in Form gebracht hatte und sein Schopf nicht mehr nach Grunge-Look aussah, wirkte er keineswegs wie ein gezähmter Löwe. Ein Paket aus Kraft und Testosteron. Sein Oberkörper war gestählt und gebräunt. Er erweckte den Anschein, mit bloßen Händen das Telefonbuch von New Orleans zerreißen zu können.

Um sich von seiner beeindruckenden Statur abzulenken, blickte sie höher. Das machte es allerdings nicht besser. Seine Lippen waren schmal, aber verlockend.

Ich hatte recht, dachte Amy, unter all den Haaren steckt wirklich ein schönes Gesicht.

Einen Moment lang fragte sie sich, ob sie die Klimaanlage wirklich angestellt hatte, denn es wurde keineswegs kühler in der Küche, sondern heißer – zumindest nach ihrem Empfinden. Doch dann hörte sie das Ächzen des alten Geräts, das draußen am Haus hing, durch die dünne Küchenwand hindurch.

Lorcans blaue Augen funkelten amüsiert. Er war sich seiner Wirkung auf Amy durchaus bewusst. Doch nachdem er das Licht im Bad ausgeschaltet hatte und sich wieder zu ihr umwandte, war jegliche Belustigung aus seiner Miene verschwunden. „Es ist leichtsinnig, einen Fremden zu dir nach Hause einzuladen."

„Das sagst du mir jetzt erst?", scherzte sie, doch ihr wurde flau im Magen. Hatte sie einen Fehler begangen?

Er stellte sich dicht vor sie und verschränkte die Arme. „Besonders einen Exhäftling."

Nicht zum ersten Mal hoffte sie, dass er nur wegen eines Kavaliersdelikts im Gefängnis gesessen hatte. Sieht er danach aus, fragte sie sich nun und musterte ihn. Nein, definitiv nicht. Aufgrund seiner Muskeln und seines harten Blicks wirkte er in manchen Momenten sogar gewalttätig und einschüchternd. Aber im Asyl hatte er immer den Anschein erweckt, in sich zu ruhen, und war jedem Streit aus dem Weg gegangen. Er war erst grob geworden, als der Indianer sie bedroht hatte.

„Ich bin der erste und der letzte fremde Gast, versprich mir das." Seine Gesichtszüge wurden milder.

Eifrig nickte Amy. Sie hätte auch nicht jeden aus dem Asyl mitgenommen, sondern nur ihn, aber das wollte sie ihm auf keinen Fall auf die Nase binden.

„Nimm erst recht keinen Obdachlosen mit zu dir, okay?" Eindringlich sah er sie an.

Lorcan wollte sie beschützen. War das zu glauben? Ihr lief es heißkalt den Rücken hinunter. Da sie nicht wie eine naive dumme Gans dastehen wollte, widersprach sie: „Du bist kein Fremder, und ich habe dich auch nicht auf der Straße aufgelesen."

„Und was weißt du von mir?" Er beantwortete seine Frage selbst: „Nichts. Den guten Samariter trifft es immer als Ersten."

Als er die Faust hob, zweifelte sie an seiner Harmlosigkeit, dennoch konnte sie sich nicht bewegen, sondern stand wie versteinert da, die Augen ängstlich aufgerissen. Er öffnete die Hand ein wenig, strich zuerst mit den Fingerknöcheln über ihren Kiefer und dann mit einer Fingerspitze sinnlich über ihre Unterlippe. „Stadtstreicher, so nett sie auch erscheinen mögen, wollen nur dein Geld oder deinen Körper."

„Du bist auch einer von ihnen", erinnerte sie ihn, woraufhin er lächelte, sich vorneigte und sie küsste. Überrascht legte sie die Handflächen an seine Schultern, drückte ihn allerdings nicht weg.

Sein Mund war samtig weich, seine Zunge glitt unglaublich sanft zwischen ihre Lippen, und sein Henriquatre-Bart kitzelte nicht einmal. Er schmeckte köstlich, nach nichts anderem als sich selbst. Problemlos hätte sie nach hinten ausweichen und sich von ihm losreißen können, doch sie blieb, wo sie war. Schließlich bekam sie wesentlich mehr von Lorcan, als sie sich erträumt hatte; und zwar nicht nur einen Blick auf seinen fast nackten Körper, sondern reale Berührungen.

Zu ihrer Enttäuschung löste er sich früher von ihr, als ihr lieb war. Er hielt die Wundheilsalbe hoch. „Hast du Lust, Krankenschwester und Patient zu spielen?"

Als ob er das nicht alleine schaffen würde, dachte sie verschmitzt, die Wunden befanden sich schließlich nicht an seinem Rücken. Doch sie behielt ihre Gedanken für sich und nahm die Tube entgegen. „Setz dich."

Folgsam nahm er auf einem der Küchenstühle Platz. Das Handtuch um seine Hüften klaffte auf und gab seinen harten Oberschenkel frei. Amy hielt die Luft an und warf einen raschen Blick auf sein Bein, doch mehr war nicht zu sehen. Spielte Lorcan mit ihr? Offenbar ging es ihm schon viel besser. Der Indianer hatte ihm wohl doch nicht so zugesetzt, wie es auf dem Parkplatz den Eindruck gemacht hatte. Was bedeutete, dass sie Lorcan früher als gedacht bitten konnte, wieder zu gehen. Warum nur widerstrebte ihr diese Aussicht?

Die Vernunft riet ihr, ihn so schnell wie möglich loszuwerden. Der Rest von ihr, der weitaus größere Teil, wünschte sich dagegen, dass sich dieser nachlässig gebundene Handtuchknoten endlich wie von Geisterhand löste.

Amy riss ein Stück von der Küchenrolle ab, gab einen Strang Salbe darauf und tupfte damit behutsam Lorcans aufgeplatzte Augenbraue ab. „Soll ich ein Pflaster darüberkleben?"

„Es ist nur ein Kratzer", sagte er und stützte sich mit einer Hand auf seinem Schenkel ab.

„Zum Schutz vor Schmutz." Unauffällig verdrehte sie die Augen. „Und damit die Salbe nicht verwischt."

Er murrte. „Wirklich nicht."

„Für einen harten Kerl wie dich ist es schon eine Beleidigung, die Wunde mit Wasser zu reinigen, habe ich recht?" Ihre Mundwinkel zuckten, während sie die überschüssige Salbe rund um die Verletzung abwischte.

Lorcan schob einen Finger unter die Knopfleiste ihrer Bluse, strich zielsicher den Bügel ihres BHs entlang, als könnte er durch den Stoff sehen, und zog sich wieder zurück. „Du bist ganz schön kess."

„Und du stur." Mahnend schaute sie auf ihn hinab.

Sein Lächeln war warm, doch dann bekam es eine verschlagene Note. „Hast du keine Angst vor mir? Ich war immerhin im Gefängnis."

„Sollte ich?" Besorgt wartete sie auf seine Reaktion, aber er ließ sie zappeln und musterte sie in Seelenruhe von oben bis unten.

„Wenigstens hatte ich dort Zeit, mehr Sport zu treiben.“

„Hast du in der Haftanstalt angefangen zu trainieren?“ Während sie den Schnitt an seinem Arm eincremte, legte sie eine Hand an seinen prallen Bizeps. Nicht dass es notwendig gewesen wäre, denn Lorcan hielt von allein still.

„Ich habe schon immer etwas für meine Fitness getan, aber dabei ging es darum, meine Ausdauer zu steigern. Im Zuchthaus konnte ich nur Gewichte stemmen und Runden im Hof laufen, wenn wir Ausgang hatten. Viel mehr gab es ohnehin nicht zu tun.“ Seine Miene versteinerte sich. „Außerdem baut Sport Aggressionen ab.“

„Hat dir nicht geschadet“, rutschte ihr heraus. Sie bereute ihre Worte sogleich und tupfte hektischer über den Schnitt.

„Dann gefällt dir, was du siehst?“ Seine Stimme klang eine Nuance tiefer und rauer als zuvor.

Um nicht antworten zu müssen und zu viel von ihren Gefühlen preiszugeben, echote sie: „Gefällt dir, was *du* siehst?“ Im selben Moment wünschte sie sich, den Mund gehalten zu haben. Sie hoffte, er würde ihre Frage überhören.

Zu ihrer Überraschung nickte er. „Sehr sogar.“

Das nahm sie ihm nicht ab. „Ich bin nichts Besonderes.“ Ihre Haare waren dünn und klebten am Kopf. Sie trug billige Bermudajeans und eine eng anliegende lachsfarbene Bluse, die sie auf dem Flohmarkt in der 5th Street in Gretna – einer Gemeinde von New Orleans, die ebenso wie Waggaman am Westufer des Mississippi lag – für drei Dollar gekauft hatte. Vermögend war sie nicht, da Haus und Wagen einen Großteil ihres Einkommens schluckten.

„Das bin ich auch nicht. Es gab einmal eine Zeit, da glaubte ich, ich sei besser als jemand anderes, aber das war dumm.“ Einige Sekunden schien er gedanklich weit weg, aber rasch erhellte sich seine Miene wieder. „Du denkst viel besser von mir, als ich es verdient habe. Seth dagegen würde mir am liebsten zuerst alle Knochen brechen und mich dann zurück ins Kittchen schicken."

„Er war selbst einmal in einer Justizvollzugsanstalt."

Erstaunt weiteten sich Lorcans Augen. „Ist nicht wahr!"

„Aber nicht als Insasse, sondern als Wärter." Amy grinste triumphierend, da sie Lorcan gefoppt hatte. „Er war im Louisiana State Penitentiary in Angola angestellt."

Er blinzelte sie an, lachte dann aber und lehnte sich zurück. „Lass mich raten: Es gab Ärger."

Während sie die Tube zuschraubte, berichtete sie: „Er ließ sich von einem der Inhaftierten provozieren und schlug ihn zusammen. Bis heute prahlt er damit. Er sagt, er würde auf die Scheißer spucken, sie wären nicht die Hornhaut unter seinen Füßen wert."

„Wie gut, dass ich das vor wenigen Stunden, als er mich an der Essensausgabe angemacht hat, noch nicht wusste." Lorcans Kiefer mahlten, bevor er aufsprang, als wollte er losrennen und Seth jagen.

Beschwichtigend legte Amy ihm die Hand auf die Schulter, zog sie jedoch sofort wieder weg, weil die Berührung sie verlegen machte. „Lass dich nicht von ihm herausfordern. Er ist es nicht wert und hat seine Strafe bekommen."

„Seth wurde doch nicht etwa verurteilt?" Lorcan schnaubte. „Nein, das würden die einem der Ihren nicht antun."

„Er wurde tatsächlich nie angeklagt, aber er hat dennoch mit den Konsequenzen zu leben. Das State Penitentiary feuerte ihn. Seitdem schlägt er sich als Security Guard von Firmen durch, arbeitet im Asyl und als Türsteher im French Quarter. Keine Strafanstalt wird ihn je wieder einstellen."

Lorcan legte den Kopf schief. „Das klingt fast so, als hättest du Mitleid mit ihm."

„Ich kann ihn ebenso wenig leiden wie du." Unbeabsichtigt hatte sie ihre Stimme erhoben. Sie atmete tief durch und fuhr leiser fort: „Jetzt weißt du, warum er dich angepöbelt hat. Er denkt, alle Häftlinge dieser Welt sind schuld, dass seine Zukunftspläne den Bach runtergingen, dabei hat er seine berufliche Karriere selbst in den Sand gesetzt. Sei bitte vorsichtig und geh ihm aus dem Weg."

„Wenn es zu einer Schlägerei käme, würde man ihm lediglich kündigen", brachte er zwischen zusammengebissenen Zähnen hervor, „aber mich dagegen zurück in den Bau stecken."

„Du hast nicht viel Vertrauen in unser Rechtssystem, nicht wahr?" Sie legte Salbe und Küchenkrepp weg, nahm zwei Tassen aus dem Schrank und schenkte Kaffee ein. Als sie sich umwandte, stand Lorcan unmittelbar hinter ihr. Ein wenig erschrocken reichte sie ihm einen Becher. „Milch oder Zucker?"

„Schwarz wie die Nacht." Er zwinkerte und nahm sein Getränk entgegen.

Amy fasste sich ein Herz. „Warum hast du gesessen?"

„Hat meine Antwort Einfluss darauf, ob du mit mir schlafen wirst oder nicht?" Sinnlich blies er in die dunkle Flüssigkeit.

Augenblicklich wurde Amy knallrot. Seine Frage verschlug ihr die Sprache. Ihr fiel nichts ein, was sie auf eine derart dreiste Frage hätte erwidern können, daher nippte sie an ihrem heißen Getränk. Aber das Koffein tat ihr nicht gut. Ihr Puls raste ohnehin schon. Daher stellte sie die Tasse wieder ab. Ihre Wangen brannten, ihre Mitte prickelte, und ihre Beine fühlten sich an wie Pudding. Halt suchend lehnte sie sich an die Anrichte.

„Mein Glaube an Gerechtigkeit ist erschüttert, das hast

du völlig richtig erkannt. Ein brutaler Typ wie Seth kam ungeschoren davon, während man mich die vollen sechs Monate in Untersuchungshaft behielt." Zu ihrer Überraschung stellte er seinen Becher ab, nahm stattdessen den ihren und trank ihn in einem Schluck halb leer. Geräuschvoll stellte er ihn wieder ab. „Länger durften sie mich nicht dortbehalten, daher entließen sie mich zähneknirschend. Ohne die Vorschriften säße ich jetzt noch hinter Gittern."

„Dann bist du unschuldig?", fragte sie hoffnungsvoll.

„Vor dem Gesetz ja, aber in den Augen der Cops konnten sie mir lediglich nichts beweisen – ein großer Unterschied." Mit einer Hand stützte er sich an dem Hängeschrank hinter ihr ab. „Was glaubst du?"

Sein bohrender Blick war ihr unangenehm. Sah er ihr an, dass sie an ihm zweifelte? Spürte er, wie sehr sie ihn dennoch begehrte, entgegen aller Vernunft? „Ich weiß nicht einmal, was das für ein Name ist: Lorcan. Sehr ungewöhnlich."

„Er ist irisch, genau wie meine Vorfahren, und bedeutet *schweigsam*, aber auch *stürmisch und heftig*. Magst du es leidenschaftlich?"

Er sprach schon wieder von Sex, das war ihr klar, denn er sah ungeniert von oben in ihren Ausschnitt. Ihre Brustspitzen wurden hart. „Stammt er von irgendeinem anderen Namen ab, wie beispielsweise Amy vom französischen Aimée?"

„Oder dem lateinischen *Amata*. Das bedeutet Geliebte." Mit den Fingerspitzen glitt er über ihre Ohrmuschel und sorgte dort für ein wohliges Kribbeln.

„Du sprichst Latein?"

„Und du bist gut in Französisch?" Lorcan grinste frivol, offensichtlich um sie auf die Zweideutigkeit hinzuweisen, und schüttelte den Kopf. „Es ist ein eigenständiger Name.

Meine Großmutter aus Cork im Süden der Grünen Insel meinte, vor langer Zeit wäre ‚Lorcan' der Spitzname für einen mutigen Krieger gewesen. Wenn du mich fragst, trifft der Bezug auch heute noch zu."

Amy konnte sich ein Glucksen nicht verkneifen. Glücklicherweise meinte er es nicht ernst, denn er knuffte sie sanft.

Doch dann sagte er erneut etwas, das sie empörte und ihre Knie weich werden ließ: „Ich möchte es auf dem Boden treiben."

„Wie Tiere?" Sie keuchte.

Auf einmal wurde ihr bewusst, dass er seit einem halben Jahr keinen Sex mehr gehabt hatte, vermutlich sogar länger, da er vor etwas mehr als einem Monat entlassen worden sein musste. Das schlussfolgerte sie aus seiner Frisur, denn im Gefängnis wurde den Insassen der Kopf geschoren.

War er ausgehungert? Hatte sich seine Libido aufgestaut und stand kurz davor, sich zu entladen – in ihr?

„Auf dem Boden habe ich es noch nie gemacht, deshalb." Lapidar zuckte er die Achseln. „Aber nicht hier. Im Badezimmer liegt eine flauschige Matte, die wird deinen Rücken schonen."

„Solltest du mich nicht erst einmal fragen, ob ich überhaupt mit dir intim werden möchte?"

„Wie gewählt du dich ausdrückst! So sauber, wie es bei dir klingt, wird es aber nicht sein. Ich werde dich vögeln, dass du morgen vor Muskelkater kaum sitzen kannst." Demonstrativ stellte er die Warmhalteplatte der Kaffeemaschine aus. „Wozu fragen, wenn dein Körper mir bereits die Antwort verrät? Du atmest schwer, deine Nippel sind hart, und du leckst dir ständig über die Lippen. Gleich wird deine Zunge Besseres zu tun bekommen."

Da sie für ihn ein offenes Buch zu sein schien, sah sie ihn

grimmig aus zusammengekniffenen Augen an.

„Im Obdachlosenheim hast du mich mit deinen Blicken fast ausgezogen."

Mist, dachte Amy, er hatte es also gemerkt. Aber dann überlegte sie, was so schlimm daran war. Er begehrte sie ebenso sehr wie sie ihn. Sie brauchte nur die Stimmen ihrer Eltern aus ihrem Hinterkopf zu verbannen, die sie vor den Stadtstreichern gewarnt hatten, als sie ehrenamtlich im Asyl zu arbeiten begonnen hatte.

„Bist du deshalb mit zu mir gekommen, nicht wegen deiner Blessuren?" Wie eine leichte Beute wollte sie nicht wirken, daher boxte sie ihn sanft.

Lorcan verzog das Gesicht, krümmte sich leicht und hielt sich den Bauch. „Meine Rippen sind nicht gebrochen, aber das heißt nicht, dass sie nicht trotzdem wehtun."

„Oh! Entschuldige." Sein Schmerz wirkte echt auf sie. Schuldbewusst wedelte sie mit der Hand herum, mit der sie ihn geschlagen hatte, als könnte sie damit den Boxhieb ungeschehen machen, und biss sich auf den Zeigefinger. „Das tut mir leid."

„Das braucht es nicht. Du hast die ganze Nacht lang Zeit, es wiedergutzumachen." Lächelnd nahm er ihren Arm und führte sie ins dunkle Bad. Nur das Licht der Küche, das durch die Tür hineinschien, erhellte den Raum diffus.

Er stellte sich vor sie, schob seine Hand in ihr Haar und kraulte ihre Kopfhaut, während er sie eine Weile ansah, als wollte er ihr Zeit geben, zu entscheiden, ob sie mit ihm schlafen wollte. Aber Amy musste nicht lange grübeln, denn ihr Verlangen nach Lorcan war so stark wie bei keinem Mann zuvor. Vielleicht weil sie sich nicht mit ihm einlassen sollte. Womöglich machte seine fragwürdige Herkunft den Reiz aus. Allerdings stand fest, dass er eine Augenweide war. Ein sanfter Barbar. Zumindest noch, denn er hatte angekündigt, ihr die ganze Kraft seiner Lenden zu demonstrieren.

Langsam, damit sie nicht zu gierig erschien, knöpfte sie ihre Bluse auf. Sie streifte sie von den Schultern und genoss Lorcans sehnsüchtigen Blick auf ihrem Busen. Doch sie ließ ihn zappeln. Statt sich weiter zu entkleiden, stellte sie sich auf die Zehenspitzen und küsste ihn. Leidenschaftlich drückte er sie an sich, und sie hielt sich an seinen stattlichen Oberarmen fest.

Doch viel zu schnell löste er sich wieder von ihrem Mund und flüsterte ihr ins Ohr: „Wenn du deinen BH nicht sofort ausziehst, reiße ich ihn dir vom Leib."

Amy ertappte sich dabei, zu kichern wie ein Teenager. Sie beeilte sich, auch den Rest ihrer Kleidung loszuwerden. Nackt stand sie schließlich vor Lorcan und hoffte, dass ihm gefiel, was er sah.

Er musterte sie von oben bis unten. Sein Blick glühte feurig.

Lässig öffnete er den Knoten seines Handtuchs.

Es glitt zu Boden.

Amy hielt die Luft an.

Als sie wieder ausatmete, klang es wie ein Seufzen.

Zum Vorschein kam sein Glied, das sich ihr bereits halb steif entgegenreckte. Es war genauso kräftig gebaut wie der Rest des Körpers. Hatte er sich eben erst zwischen den Beinen rasiert? Ein Obdachloser legte wohl kaum Wert auf einen haarlosen Intimbereich. Hatte Lorcan unter der Dusche den Entschluss gefasst, die Chance zu nutzen und Amy zu verführen? War er da nicht eigentlich noch mit seinen Blessuren beschäftigt gewesen?

In ihrem Inneren schrillte eine Alarmglocke, die sie jedoch überhörte.

Plötzlich drängte er sie tiefer in den Raum hinein, bis sie an die Badewanne stieß, die sie auch als Dusche nutzte. Blitzschnell nahm er den Gürtel ihres Morgenmantels, der links von der Wanne an einem Wandhaken hing, und wickelte ihn um ihre Handgelenke. Bevor sie wusste, wie ihr geschah, riss er ihre Arme in die Höhe und fesselte sie an die Stange des Duschvorhangs.

Sie kniff die Augen zusammen. „Gib es zu – das hattest du geplant!" Ob sie damit nur die Fixierung oder die gesamte Verführung meinte, wusste sie selbst nicht. Hatte er es vielleicht sogar darauf angelegt, mit ihr allein zu sein? Nein, das war Unsinn. Den Angriff des Indianers hatte er nicht vorhersehen können. Aber möglicherweise hatte er auf eine Chance gewartet, ihr näherzukommen. Schließlich hatte auch sie in ihren Tagträumen davon fantasiert.

Ihr Argwohn löste sich rasch in Luft auf. Mit einem Mal war Amy froh, dass Lorcan forscher war als sie. Seine Initiative war in ihren Augen höchst willkommen.

„Hm", machte er und knetete sacht ihren Busen. „Was würdest du sagen, wenn ich dich hier hängen ließe und deine

Wohnung nach Wertsachen durchsuchte?“

„Erstens, dass du dumm bist, in einem heruntergekommenen Shotgun House wie meinem etwas Wertvolles zu vermuten.“ Obwohl sie sich fragte, ob er sie tatsächlich hereingelegt hatte, reckte sie stolz das Kinn nach oben. „Und zweitens wäre ich enttäuscht.“

Lorcan legte seinen Kopf in den Nacken und lachte. „So, so, du hältst mich also für dumm. Es ist ziemlich gewagt von dir, dich in deiner Lage so zu äußern.“

Als er sie an den Hüften packte und abrupt herumdrehte, keuchte sie erschrocken auf. Ihr wurde schwindelig, aber er drückte ihren Rücken an seinen Bauch und hielt sie aufrecht. Ihre Arme überkreuzten sich, und die Länge des Gürtels verkürzte sich dadurch. Es waren zwar nur wenige Millimeter, dennoch stand sie nun noch gestreckter da, zudem mit dem Gesicht zur Wanne.

Seine Hände schlossen sich wie Schalen um ihre Brüste, geradezu besitzergreifend. Das machte Amy an!

Sie lehnte den Hinterkopf an Lorcans Schulter und seufzte. Während er sie immer kräftiger massierte, küsste er ihre Halsbeuge umso gefühlvoller. Er saugte sich an ihrer Haut fest und zwirbelte ihre Nippel so behutsam, dass die Lust, die er ihnen entlockte, sich quälend langsam in ihrem Oberkörper ausbreitete.

Nie zuvor hatte ein Mann sie gefesselt. Er raubte Amy nicht nur die Möglichkeit, ihn abzuwehren, sondern auch, ihn zu berühren, und zwang sie dazu, hinzunehmen, was er mit ihr anstellte. Und das waren höchst wollüstige Dinge.

Seine Hände glitten über ihren Bauch hinab zu ihrem Venushügel. Doch dort hielten sie sich nicht auf, sondern tauchten ohne Umschweife zwischen ihre Schenkel ab. Beherzt griffen sie zu.

Lorcan legte die Hände auf ihre Spalte und zog sie immer wieder von der Mitte ihres Schoßes über ihre empfindlichste Stelle nach vorn. Nur kurz. Die Lust blitzte jedes Mal grell auf und fiel sogleich wieder in sich zusammen – nicht vollkommen, aber zu einem großen Teil.

Diese Art des Neckens machte Amy wahnsinnig! Sein Fingern war obszön und gierig, keineswegs so sanft wie seine Zungenspitze, die eine heiße Spur auf ihrer Ohrmuschel hinterließ.

Als Amy immer unruhiger wurde, stellte Lorcan ihr linkes Bein auf den Badewannenrand. Er legte eine Hand an ihren Schenkel, damit sie sich nicht wieder vor ihm verschließen konnte, presste seinen Mittelfinger zwischen ihre inneren Schamlippen und zog ihn langsam nach vorn. Auf ihrer Klitoris rieb er einige Male vor und zurück, worauf Amy weiche Knie bekam, doch der Morgenmantelgürtel hielt sie aufrecht. Sie schaukelte ihr Becken instinktiv, imitierte den Akt und ließ sich einfach gehen.

An ihrem Ohr erklang Lorcans leises Lachen. Er entfernte sich von ihr, kam um sie herum und setzte sich vor sie auf den Wannenrand. Eingehend betrachtete er Amys Geschlecht, das daraufhin noch stärker pulsierte. Geschwollen und gerötet bot es sich ihm an, während Amy selbst nur dastand und die Luft anhielt, weil es sie unglaublich erregte, von ihm so schamlos gemustert zu werden.

Als er ihren Venushügel küsste, stieß sie den Atem aus und zerrte vor lustvoller Vorfreude an ihren Fesseln. Der Gürtel schnitt in ihre Handgelenke, doch es tat nicht weh, zum einen, weil er aus flauschiger Baumwolle bestand, und zum anderen, weil Lorcan sie auf köstliche Weise ablenkte. Er drückte leicht gegen ihren linken Oberschenkel und hielt ihren rechten mit seinem Bein gespreizt.

Mit der freien Hand zog er das Häutchen von ihrer Klitoris weg. Sachte blies er gegen ihre empfindsamste Stelle, und Amy erschauerte wohlig.

Er küsste sie dort so sanft, dass sie die Berührung kaum spürte, und weckte damit nur ihren Wunsch nach mehr. Aber er gewährte ihn ihr nicht, sondern massierte ihre äußeren Schamlippen und liebkoste die inneren mit dem Mund.

Amy wurde immer unruhiger. Bald konnte sie kaum noch stehen. In dieser Position hatte sie zu wenig Bewegungsfreiheit. Ausgerechnet das jedoch heizte ihre Lust wiederum an.

Als seine Zunge zwischen ihre kleinen Lippen drang, seufzte sie. Er glitt mit der Spitze hoch zu ihrem Kitzler, umkreiste ihn und kehrte zurück. Ungeniert hielt er ihre Schamlippen beiseite, damit er mit der Zunge tief in ihre Möse eintauchen konnte.

Mit offenem Mund schaute Amy auf ihn herab. Wie er da vor ihr saß! Nach vorn gebeugt, sodass sie leider seine Erektion nicht sehen konnte, aber sein muskulöser Rücken regte ihr Kopfkino an.

In ihrer Fantasie hob Lorcan sie hoch, als wäre sie leicht wie eine Feder, sie schlang ihre Beine um seine Hüften, und er nahm sie im Stehen, ohne ein einziges Mal zu wanken. In einem Stakkato spießte er sie auf seinen Phallus auf. Hart und animalisch. Diese Vorstellung ließ ihre Spalte noch schneller pulsieren. Stöhnend legte Amy den Kopf in den Nacken. Dieser Bad Boy sprach ihre dunkelste, wollüstigste Seite an.

Auch in der Realität bediente sich Lorcan ihres Körpers, als wären sie nicht das erste Mal intim miteinander, als hätten sie jegliche Scheu vor langer Zeit abgelegt. Sie spürte ihn in ihrem Inneren. Seine Zunge badete in ihrem Honig, sein Mund rieb über den Rand ihrer Öffnung. Er kitzelte Amy.

Er machte sie einfach wahnsinnig an.

Viel zu früh ließ er von ihr ab. Doch er wusch nicht sein Gesicht, wie es einer ihrer Liebhaber zuvor schon einmal getan hatte. Er wischte es nicht einmal rasch mit dem Badetuch trocken, sondern fuhr fort, sie oral zu stimulieren. Leidenschaftlich leckte er über ihren rasierten Schoß. Immer wieder ließ er ihre Schamlippen seine Zähne spüren, bis Amy scharf die Luft einsog, doch er hörte stets auf, bevor es ernsthaft wehtat. Selbst der milde Schmerz förderte ihre Lust.

Lorcan drang mit zwei Fingern in sie ein. Zu ihrer eigenen Überraschung kontrahierte ihre Muskulatur. Sie pulsierte, schmiegte sich eng an die beiden Eindringlinge und ließ dann wieder locker. Aber so schön, wie es war, erst seine Zunge und nun seine Finger in sich zu spüren, so sehr sehnte sich Amy nach seinem Schaft, seit sie das mächtige Geschlecht gesehen hatte. Sie war schon so nass, dass die Feuchtigkeit an ihren Schenkeln hinablief, nun, da Lorcan begann, sie mit den Fingern zu nehmen. Jedes Mal wenn er ihre Mitte eroberte, schob er sie tiefer hinein. Schließlich nahm er einen dritten hinzu. Obwohl Amy längst bereit für ihn war, musste er sich in sie hineinbohren, da sie recht eng gebaut war. Ein kleiner Vorgeschmack auf das, was noch vor ihr lag. Sie konnte es kaum erwarten, von seinem Glied gedehnt zu werden. Er brachte sie mit der Gemächlichkeit, mit der er vorging, fast um den Verstand. Aber durch die Fesseln blieb ihr nichts anderes übrig, als sich seinem Rhythmus zu unterwerfen.

Während Lorcan fortfuhr, seine Finger sinnlich in sie hineinzustoßen, schmiegte er seine Lippen um ihre empfindsamste Stelle. Behutsam saugte er an der Vorhaut, das Häutchen rieb über die Knospe und machte Amy noch geiler. Berauscht wand sie sich, soweit ihre Haltung das zuließ. Ihr

Stöhnen klang kehlig, und sie war froh, dass ihre Nachbarn nicht Wand an Wand mit ihr wohnten. Ihre Beine zitterten, hörten aber abrupt damit auf. Stattdessen spannte sie sich an, der Höhepunkt war nah.

Lorcan lutschte an ihrem Kitzler, leckte mit der ganzen Länge seiner Zunge darüber und drückte sie dann darauf, ohne sich weiter zu rühren. Die Lust, die in ihrer Klitoris brannte, steigerte sich weder, noch fiel sie ab, sondern wurde kurz vor dem Orgasmus gehalten. Unfähig zu denken, hing Amy in ihren Fesseln. Die Zeit blieb für sie stehen. Sie schloss die Augen, öffnete den Mund und bekam dennoch kaum Luft. Alles in ihr konzentrierte sich auf ihren Unterleib.

Erst leicht verzögert nahm sie wahr, dass Lorcan aufstand. Wie aus einer Trance erwachte sie. Ihre Lider waren schwer, nur mühsam konnte sie die Augen öffnen. Enttäuscht und auch ein wenig verstimmt, weil er zu früh mit der Stimulation aufgehört hatte, beobachtete sie, wie er den Gürtel des Bademantels von der Duschvorhangstange löste, nicht jedoch ihre Hände losband.

Vor Erregung zu geschwächt, um sich zu wehren, ließ sie es zu, dass er ihren Oberkörper nach unten drückte, sodass dieser über der Badewanne schwebte. Er fesselte sie an den Griff an der Wand, einer Aussteigehilfe für ihre Großmutter. Amy hatte zwar Wanne, Toilette und Waschbecken mit Skylers Hilfe ausgetauscht, für neue Fliesen oder sonstige Reparaturen und Umbauten war allerdings kein Geld mehr übrig gewesen.

Bevor sie protestieren konnte, stieß er seinen Fuß zwischen ihre Beine und spreizte sie. Er zog ihre Gesäßhälften auseinander, führte seinen Phallus ohne Umschweife bis zur Wurzel in sie ein und zauberte damit ein Lächeln auf ihr Gesicht. Er presste sich so fest an ihren Hintern, dass sie seinen prallen Hodensack spürte.

Tiefer hätte er nicht in sie eindringen können.

In erotischen Liebesromanen hatte Amy schon gelesen, dass der Schaft des Helden perfekt in die Heldin hineinpasste, als wären ihre Geschlechter füreinander geschaffen worden, aber das traf auf Lorcan und sie nicht zu. Zum Glück! Sein Glied war zu groß, es dehnte sie und machte sie geil. Selbst durch seinen Penis spürte sie seine Stärke, auch dieser Muskel war ausgeprägt. Seine Überlegenheit und sein männliches, fast brachial wirkendes Aussehen sprachen eine urweibliche Seite in ihr an, die sie willig machte. Sie öffnete die Schenkel weiter, um ihn willkommen zu heißen.

Wäre sie eine Katze gewesen, hätte sie in dem Moment, wo er begann, sie von hinten zu nehmen, geschnurrt. Kurz und hart drang er in sie ein. Zwischen seinen Stößen wartete er jedes Mal einige Sekunden. Das weckte ihre Gier. Ungeduldig schaute sie ihn über die Schulter hinweg an, doch er legte ihr die Hand in den Nacken und drückte ihren Kopf nach unten. Seinen freien Arm schlang er um ihre Taille und hielt sie fest, während er nun sanfter und steter heraus- und hineinglitt.

Seine Hand tastete sich von ihrer Hüfte zu ihrem Kitzler vor und bedeckte ihn. Diese Geste hatte jedoch nichts Besitzergreifendes, sondern vielmehr stellte die Hand für Amy einen Schutz dar. Sie schirmte die Klitoris vor der Reibung des Schafts ab. Wollte Lorcan herausfinden, ob Amy allein durch die Penetration einen vaginalen Orgasmus erleben konnte? Oder erregte es ihn, sich an ihrem Körper zu befriedigen, ohne dass sie selbst kam?

„He“, protestierte sie, doch er packte ihren Nacken fester. Sie versuchte ihn abzuschütteln und ihre Fesseln zu lösen, aber Lorcan ritt sie umso stürmischer, sodass sie sich ihm schließlich ergab.

Kaum hörte sie auf, sich zu wehren, drang er wieder ruhiger in sie ein. „Ich erlaube dir erst, zu kommen, nachdem ich einen Höhepunkt hatte. Also sei gefälligst dankbar, dass ich dir helfe, dich zurückzuhalten."

Sie hörte heraus, dass er lächelte, und ahnte, dass er den Befehl keineswegs herablassend meinte, sondern beabsichtigte, das Ende ihres Liebesspiels hinauszuzögern. „Sonst was?"

„Das willst du nicht herausfinden." Es lag eine subtile Drohung in der sanften Art und Weise, wie er in sie eindrang.

„Na sag schon!"

Mit den Fingerspitzen zeichnete er ihre Wirbelsäule nach und umrundete schließlich ihren Ringmuskel. „Glaube mir."

„Hört deine Fantasie da schon ..." Plötzlich kniff Lorcan in ihre Klitoris, nicht fest, es tat nicht sehr weh, aber das Zwacken allein brachte Amy dazu, aufzuschreien. „Du wirst mich bestrafen, willst du das damit sagen?"

„Ich wollte dir nur zeigen, dass es andere, weniger sanfte Möglichkeiten gibt, die Lust zurückzuhalten." Er klang zufrieden.

Ihr Kitzler pulsierte heftig. Lorcans Schwanz verharrte bewegungslos in ihr, und sie befürchtete, ihn allein durch die Kontraktionen ihrer feuchten Öffnung zu melken und sich damit den eigenen Spaß zu verderben. „Teufel noch mal!"

„Du hast dich nicht mit einem Saubermann eingelassen. Ein Gentleman bin ich auch nicht." Unendlich gefühlvoll zwirbelte er ihre Brustspitzen. Doch sein Griff wurde immer fester und das Zwirbeln kräftiger. Amy biss die Zähne zusammen und wurde unruhig, weil sich der Lustschmerz langsam aufbaute. Bevor die Qual zu intensiv wurde, ließ Lorcan auch schon von ihr ab. „Bei mir musst du jederzeit mit allem rechnen. Aber das macht den Sex doch erst aufregend.“

Ihr erregtes Keuchen war für sie beide Antwort genug. Sie hielt still, als er ihre Hände losband, fast ein wenig enttäuscht, dass er sein Necken nicht fortsetzte. Aber das Liebesspiel war noch nicht vorbei. Sie konnte kaum erwarten zu erfahren, was er noch mit ihr vorhatte.

Fürsorglich richtete er ihren Oberkörper auf und hielt sie kurz fest, prüfend, ob ihr schwindelig wurde. Da sie ihn neugierig ansah, vergrub er eine Hand in ihren Haaren und zog sie dicht an sein Gesicht heran. „Ah, ich habe einen kleinen Nimmersatt vor mir. Das gefällt mir.“

Sie hatte erwartet, dass er sie küssen würde, doch das tat er nicht. Stattdessen drückte er sie zu Boden. Nur allzu gern legte sie sich mit dem Rücken auf den plüschigen Badteppich. Sie spreizte sogar einladend ihre Schenkel, doch Lorcan schüttelte nur amüsiert seinen Kopf.

„Ich bin nicht immer so“, brachte sie gepresst hervor. Schließlich wollte sie vermeiden, dass er dachte, sie wäre leicht zu haben.

Schmunzelnd rieb er seinen gestutzten Bart. „Etwa nur bei mir?“

„Bilde dir ja nichts ein. Du hast mich lediglich ...“, sie holte tief Luft, „scharf gemacht.“

„Scharf auf mich warst du schon vorher, Amy.“

Während sie noch erfolglos überlegte, wie sie ihm den Wind aus den Segeln nehmen konnte, ließ er sich auf die Knie nieder, eins rechts und das andere links von ihrem Bauch. Er drückte sein Glied herunter und rieb es über die Haut zwischen ihren Brüsten. Auch ohne Worte verstand

Amy, was er von ihr wünschte. Aufgeregt presste sie ihren Busen zusammen, auf den harten Schaft. Sofort stützte sich Lorcan über ihrem Gesicht ab und wiegte seine Hüfte. Er musste Druck ausüben, um zwischen ihren Brüsten hindurchzukommen, sie schoben seine Vorhaut zurück. Bei jedem Stoß schoss die Penisspitze auf Amy zu. Ein lustiger und zugleich faszinierender Anblick.

Mühsam riss sie sich davon los und schaute zu Lorcan auf. Die Wunde an seiner Schläfe sah durch die Schatten schlimmer aus als bei Licht, denn das Pflaster hatte sich gelöst. Es war nicht mehr da. Die Blutkruste wirkte fast schwarz. Seine Miene war gleichermaßen konzentriert wie entrückt.

Aus einem Impuls heraus hob Amy den Kopf an und leckte just in dem Moment, als das Glied auf sie zukam, über die Eichel. Überrascht stöhnte Lorcan. Er beobachtete sie, hörte jedoch nicht auf, sich zu bewegen. Immer wieder ließ sie ihn ihre Zunge an dieser empfindsamen Stelle spüren, dann schnappte sie mit den Lippen nach der roten Spitze.

Nach einer Weile entzog er sich ihr. Er rutschte höher, sodass seine Pobacken ihre Brüste streiften, führte seine Eichel zu ihrem Mund und glitt sanft hinein. Ohne zu zögern, saugte Amy daran. Erstaunt stellte sie fest, dass sie nicht nur Lorcan, sondern auch sich selbst schmeckte. Sie hatte nicht daran gedacht, dass er sich eben noch in ihr befunden hatte. Diese würzige Melange erregte sie. Köstlich und verdorben. Enthusiastisch züngelte sie über den Phallus. Ein winziger Lusttropfen löste sich und schenkte der Mischung eine salzige Note. Froh darüber, ihre Arme wieder bewegen zu können, packte Amy seine kräftigen Oberschenkel von hinten und drang mit ihrer Zungenspitze in das kleine Loch am Kopf, tatsächlich quoll noch etwas mehr hervor.

Rasch leckte sie die Flüssigkeit ab.

Doch Lorcan entfernte seinen Schwanz seufzend aus ihrer Mundhöhle. „Das Vergnügen bewahren wir uns fürs nächste Mal auf."

Er stand auf und stellte sich zwischen ihre Beine. Endlich kniete er sich dorthin, wo Amy ihn schon die ganze Zeit über haben wollte. Mit seinen starken Händen öffnete er sie weiter, als jeder andere Mann es getan hatte. Sex mit Lorcan schien eben ein wenig anders – schmutziger – zu sein. Als er über sie kroch, hob und senkte sich ihr Busen aufgeregt. Ihr Puls schlug schneller.

Lorcan griff ihre Handgelenke und drückte sie über ihrem Kopf auf den Boden. Temperamentvoll stieß er in Amy hinein. Er schaute auf sie herab, und sein Blick war düster, aber seine strahlend blauen Augen funkelten wollüstig. Eben jene Kombination aus Undurchschaubarkeit und Schamlosigkeit erregte sie.

Während er geschickt sein Glied in ihr bewegte, ohne sich allzu weit aus ihr zu entfernen, seufzte sie lasziv. Sie versuchte ihn zu küssen, konnte ihren Kopf aber nicht hoch genug anheben, denn er fesselte sie schon wieder, nur nicht mit einem Gürtel, sondern mit seiner Kraft.

Seine Mundwinkel zuckten. Er ignorierte ihren Wunsch nach einem Kuss, entfernte sich bis auf die Penisspitze aus ihr und glitt erneut dynamisch in sie hinein, nur um sofort seinen Schwanz wieder herauszuziehen. Immer wieder drang er in sie ein. Seine Stöße wurden feurig. Es dauerte nicht lange, und er pumpte in sie hinein, als gäbe es kein Morgen. Und das gab es ja auch nicht, zumindest nicht für sie beide. Nach dem Höhepunkt würden sie wahrscheinlich duschen, Kaffee trinken und dann würde Lorcan seinen „Rebell"-Rucksack nehmen und verschwinden. Vielleicht nahm er ihre Verschmelzung zum Anlass, nie wieder im Obdachlosenasyl aufzutauchen.

Mit einem Mal überkam Amy Angst, ihn zu verlieren. Dieses Gefühl des drohenden Verlusts breitete sich in ihrem Magen aus wie ein dunkles Loch. Leere. Um ihn noch intensiver wahrzunehmen, schlang sie die Beine um seinen Körper, wenn auch locker, damit er weiterhin in sie hineinstoßen konnte. Durch die Haltung wurde ihr Becken angehoben, und Lorcan konnte tiefer in sie eindringen. Das gefiel ihm wohl, denn er nahm sie daraufhin noch wilder. Amy dachte erneut daran, dass er das halbe Jahr im Knast und wahrscheinlich auch in der Zeit danach auf der Straße keinen Sex gehabt hatte und nun danach dürstete. War es zuvor nur eine Vermutung gewesen, so sah Amy diese jetzt bestätigt. Sie bekam seinen Hunger zu spüren, er tobte sich an ihr … mit ihr aus.

Halleluja, dachte sie, bevor der Orgasmus jegliches Denken unmöglich machte. Er katapultierte sie in die universelle Weite, in der alles Weltliche egal war. An diesem Ort, in diesem Zustand, spielte nichts eine Rolle, weder Herkunft oder Fehltritte noch der Lebensstil. Dort gab es nur grenzenlose Lust, die Amy mit Lorcan vereinte, obwohl sie aus völlig verschiedenen Welten stammten.

Als Amy aus ihrer rosaroten Trance erwachte, lag Lorcan keuchend neben ihr auf dem Duschvorleger. Erschöpft lauschte sie seinen Atemzügen, die langsam ruhiger wurden. Als sie schon glaubte, er sei eingeschlafen, erhob er sich. Amy wagte nicht, die Augen zu öffnen, denn er hob sie auf seine Arme und trug sie ins Schlafzimmer. Enttäuscht hörte sie seine Schritte auf dem Laminat, die sich in Richtung Küche entfernten. Bestimmt zog er sich an, um zu verschwinden. Er hatte schließlich bekommen, was er wollte.

Doch Lorcan schaltete das Licht in der Küche aus und kehrte zu ihr zurück. Er schlüpfte unter die dünne Decke, schmiegte sich an Amy und fing bald darauf an, leise zu schnarchen. Für Amy klang es wie zufriedenes Schnurren. Mit einem Lächeln auf den Lippen schlief sie ein.

7. KAPITEL

„Du bist stur“, sagte sie, stemmte ihre Hände in die Hüften, sodass sich der Stoff über ihrem Busen spannte, und zog eine Flunsch.

„Danke für das Kompliment.“ Lorcan lehnte sich auf der Couch zurück und betrachtete Amy, die vor ihm stand. Wie niedlich sie mit ihrer hochgeschlossenen weißen Bluse und der grauen Stoffhose aussah! Süß und unschuldig, aber in der vergangenen Nacht hatte er ihre kleinbürgerliche Fassade gehörig erschüttert.

„Was ist so schlimm daran, im Asyl zu übernachten?“ Sie zuckte die Achseln. „Besser als auf der Straße.“

„Da liegst du falsch. Meines Erachtens ist es wahrscheinlicher, im Obdachlosenheim abgestochen zu werden als draußen.“ Ungeniert betrachtete er ihre Brüste.

Mit Genugtuung nahm er wahr, wie ihre Nippel steif wurden. An der Temperatur im Shotgun House konnte es nicht liegen, denn die altersschwache Klimaanlage funktionierte eher mäßig. Nur in der Küche war es angenehm kühl. Im Wohnzimmer am anderen Ende des Hauses, wo sie sich befanden, musste es fünf Grad wärmer sein, obwohl alle Türen offen standen. Die hohe Luftfeuchtigkeit drang durch die Ritzen des Holzgebäudes ins Innere.

„Waffen sind verboten.“ Ihre Wangen röteten sich. Sie rieb sich über die Oberarme, als würde sie frieren, doch in Wahrheit wollte sie nur ihre Brustspitzen bedecken, ahnte er.

„Alkohol auch, und trotzdem schmuggeln die Stadtstreicher beides rein. Und mehr.“

„Mehr?“ Sie runzelte die Stirn. „Was denn noch?“

Er schüttelte den Kopf über ihre Naivität. Amy musste

behütet aufgewachsen sein. Vermutlich glaubte sie, sie wäre selbstständig, dabei wohnte ihr Cousin im Nachbarhaus und schaute regelmäßig nach ihr, wie sie ihm beim Frühstück unter die Nase gerieben hatte. Lorcan hatte nur müde über die Warnung zwischen den Zeilen gelächelt. „Drogen."

„Oh." Während sie mit der einen Hand ihre Unterlippe knetete, öffnete sie mit der anderen die Haustür, doch statt auf die Veranda hinauszutreten, wandte sie sich abrupt wieder zu ihm um. „Ich werde dir die *New Orleans Times* mitbringen. Heute Abend, wenn ich von der Arbeit zurück bin, schauen wir gemeinsam in den Anzeigen nach einer Wohnung."

Er wusste, auf was sie hinauswollte, konnte sich aber dennoch nicht verkneifen zu fragen: „Für uns?"

„Für dich." Amy verdrehte die Augen. „Jeder braucht ein Zuhause, selbst Lorcan ... Wie heißt du eigentlich weiter?"

Er legte seine Arme auf die Rückenlehne des Sofas und schwieg. An ihrer Miene erkannte er, dass seine Verschlossenheit sie verletzte, immerhin erlaubte sie ihm, allein in ihrem Haus zu bleiben. Das tat ihm ehrlich leid, trotzdem wollte er nur so viel von sich preisgeben, dass er in ihrer Nähe bleiben durfte. Also gut, er hatte einen Minuspunkt bei ihr eingeheimst. Um das Punktekonto auszugleichen, deckte er einen Vertrauensbruch von ihr auf. „Hast du keinen Computer im Büro?"

„Wie bitte?" Ihre Brauen wölbten sich. Sie hielt den Laptop unter ihrem Arm so fest, dass ihr Handgelenk weiß hervortrat.

„Oder gehört das Notebook der Stadtverwaltung und du hattest es mit nach Hause genommen, um noch zu arbeiten?"

„Es ist meins, aber ..." Sie schluckte mehrmals. „Ich arbeite ... an etwas ... einer Geschäftsidee, privat, und möchte schon mal im Internet ... online recherchieren."

„Wovon sprichst du?"

„Ach nichts. Das ist ... nur so ein Gedanke, nichts Fixes." Sie machte eine wegwischende Handbewegung. „Ein Wunschtraum ... es wird wahrscheinlich eh nichts daraus."

„Sag schon." Neugierig horchte er auf. „Oder flunkerst du mich an?"

Sie blinzelte verstimmt. Schließlich atmete sie tief durch und sagte so selbstsicher, dass er ihr glaubte: „Ich würde gerne Shotgun-Häuser renovieren. Kaum jemand möchte in ihnen wohnen, dabei gehören sie doch zur Kultur im Süden der USA und sind gemütliche Nester. Ich weiß, dass ich richtige Schmuckstücke aus ihnen machen könnte. Mir ist nur noch nicht so ganz klar, wie ich das Projekt angehen könnte."

Damit hatte er nicht gerechnet, und es machte ihn für einen Moment sprachlos. „Klingt ambitioniert."

„Ich muss mich erst noch über den Markt informieren." Sachte klopfte sie auf ihren Laptop. „Handwerker ins Boot holen und mich über Vertriebsmöglichkeiten informieren."

„Und das geht nicht über deinen Arbeitsrechner?"

Nun sah sie wieder so hilflos aus, dass sie ihm fast leidtat. „Manche Seiten im Web sind gesperrt und ich könnte ... mein PC, meine ich, könnte überwacht werden. Es gibt da doch so Programme ... und mein Chef ist irgendwie komisch."

„Vertraut er seinen Mitarbeitern nicht?" Da sie eifrig nickte, neigte sich Lorcan vor und stützte sich auf den Oberschenkeln ab. „Warum sucht er sich dann keine neuen?"

„Erzähl niemandem, dass ich während der Arbeitszeit surfe, okay?"

Wegen so einer Lappalie machte sie sich Sorgen? Süße, unschuldige Amy, dachte er. Sie schien noch nie Dreck gefressen zu haben, anders als er. Das Leben war eine Hure. Er hatte es voll ausgekostet, und sie hatte ihn übers Ohr gehauen. Aber er war dabei, sich alles von ihr zurückzuholen.

„Das würde ich niemals tun!“ Er hatte den Minuspunkt zwar nicht wiedergutgemacht, aber sie musste nun ebenfalls einen verbuchen und vergaß darüber hoffentlich, dass er ihr seinen Nachnamen nicht verraten wollte. Jedenfalls ließ sie das Thema für den Moment auf sich beruhen und ging.

Er blieb allein in ihrem Shotgun House zurück. Wie leichtsinnig von ihr! In diesen vier Wänden befand sich ihr ganzes Hab und Gut. Dies war ihr Nest, ihr Refugium, und sie hatte ihre Türen weit für einen Clochard und Exsträfling geöffnet. Sie musste ernsthaft an das Gute in ihm glauben.

„Traue niemandem, das wirst du noch lernen“, sagte er laut zu Amy, als wäre sie noch da, und erhob sich, „auf die sanfte oder auf die harte Tour.“

Eigentlich interessierten ihn Frauen wie Amy nicht. Sie waren zu farblos, zu glatt, zu lupenrein. Jeden Sonntag gingen sie zu den Eltern essen, sie heirateten, bekamen Kinder, saßen auf der Veranda, wenn sie alt waren, und spielten allen eine heile Welt vor. Gestritten wurde nur zu Hause und geliebt nur im Bett. Die Frau pflegte die Rabatten, während der Mann einmal im Jahr den Lattenzaun vor dem Haus strich. Schon bei der Vorstellung bekam er eine Gänsehaut.

Warum reagierte sein Schwanz bloß so heftig auf sie? Wenn er an die letzte Nacht dachte, in der er sie auf dem Badezimmerboden gevögelt hatte, wurde er schon wieder hart. Aber er hatte nicht für eine warme Mahlzeit und eine Nacht in einem richtigen Bett mit ihr geschlafen, auch nicht, weil er es dringend brauchte, sondern ihr unschuldig-lüsternes Vorstadtlächeln machte ihn an.

Bereits im Asyl hatte es ihn erregt, wie sie ihn heimlich angeschmachtet hatte, wie sie errötet war, wenn er sie dabei ertappte, und sie verschämt wegschaute. Es war nicht das erste Mal gewesen, dass eine Frau ihn offensichtlich begehrte. Er hatte schon immer gut ausgesehen und wusste seinen Charme einzusetzen. Also, was war anders? Was hatte Amy an sich, dass er sich ebenfalls zu ihr hingezogen fühlte, obwohl sie nicht seinem Frauentyp entsprach?

Vielleicht lag es an der Mischung aus Sex-Appeal und Unschuld. Ihre großen Augen, die vollen sinnlichen Lippen und ihre schlanke Taille. Sie wippte leicht beim Gehen, und ihre Brüste wogten auf und ab. Wenn sie ihren Kopf schnell in die andere Richtung drehte, blieben ihre blonden Haare manchmal in ihren Wimpern hängen. Ab und an stand sie hinter der Theke der Essensausgabe und träumte vor sich hin. Dabei hielt sie eine Haarsträhne an ihren Mund und spielte mit ihrer Zungenspitze mit dem Ende.

Er hatte Amy so intensiv beobachtet, dass ihm diese Details aufgefallen waren. Es waren nur Kleinigkeiten, die er jede für sich als *nett* bezeichnete, aber nicht mehr. Doch in der Summe hatten sie ihn erregt. Je intensiver er Amy gemustert, ja sie analysiert hatte, desto interessanter war sie für ihn geworden. Auf den ersten Blick sah sie langweilig aus. Er hatte jedoch zunehmend erkannt, dass sie eine subtile erotische Seite besaß. Genau da hatte er angesetzt. Dieses Wissen hatte er ausgenutzt. Er kam sich nicht einmal mies dabei vor, schließlich war sie auch auf ihre Kosten gekommen. Und Himmel und Hölle, diese Frau war in der Lage, sich vollkommen fallen zu lassen. Mit so viel Hingabe hatte er dann doch nicht gerechnet. Nun konnte er es kaum erwarten, sie ein zweites Mal zu verführen.

Er rieb über seinen Schritt und stöhnte. „Du darfst dich nicht so gehen lassen. Dein Verstand muss die Kontrolle behalten, nicht dein Schwanz."

Er schritt zur Kommode hinüber und betrachtete die Fotos, vermutlich von Familienmitgliedern und Freunden. Alle Abgebildeten waren ordentlich gekleidet. Die Männer trugen kurze Frisuren, die Frauen waren dezent geschminkt, und ihre Kleidung war faltenfrei gebügelt. Da endlich ging ihm ein Licht auf, was ihn wirklich an Amy faszinierte.

Seitdem er im Gefängnis gesessen hatte und auf der Straße lebte, rümpften alle Frauen ihre hübschen Nasen, wenn sie ihm begegneten. Viele schlugen im Park eine andere Richtung ein. Sie zerrten ihre Kinder von ihm fort oder krallten sich am Arm ihres Begleiters fest, als erwarteten sie, dass Lorcan jeden Augenblick über sie herfallen könnte. Nur Amy schienen seine Vergangenheit und seine heruntergekommene Fassade nicht abzuschrecken. Als könnte sie direkt in sein Herz sehen.

„Bitte nicht." Was sie dort zu sehen bekäme, würde sie erschrecken. Er zog die erste Schublade auf und durchwühlte sie.

Amy sprach höflich mit ihm, behandelte ihn nicht anders als ihre Kollegen Wanda, Finley und Seth und hatte ihn von ihrer ersten Begegnung an sogar schüchtern angelächelt. Bei allen anderen Frauen verfinsterten sich stets die Mienen. Sie reagierten abweisend und bauten so eine schützende Mauer um sich herum. Das tat Amy nicht. Genau darin lag der Unterschied. Damit hatte sie ihn beeindruckt. Dadurch reizte sie ihn. Er wollte sie näher kennenlernen und mehr über sie erfahren.

Lorcans schlechtes Gewissen wuchs mit jeder Lade, die

er durchsuchte, doch es war nicht stark genug, ihn davon abzuhalten.

Plötzlich fand er eine Schachtel, die in einer leeren Keksdose versteckt war. Er öffnete sie und ließ einige der Patronen in seine Handfläche fallen. Zweifellos gehörten sie zu dem Revolver, mit dem Amy den Indianer bedroht hatte. Er rechnete nicht damit, die Pistole ebenfalls zu finden. Amy trug sie bestimmt in ihrer Tasche bei sich. Vor Überraschung waren ihm fast die Augen ausgefallen, als sie am Abend zuvor auf dem Parkplatz den Colt gezückt hatte. Nie im Leben hätte er damit gerechnet, dass Amy eine Waffe besaß! Das passte einfach nicht zu ihr. Sie war viel zu herzlich für so ein tödliches Instrument.

„Aber sie hat verdammt heiß mit dem Schießeisen in der Hand ausgesehen." Lorcan gab einen anerkennenden Pfiff von sich und packte die Schachtel zurück.

Nachdem er jeden Winkel des Wohnzimmers untersucht hatte, und zwar so vorsichtig, dass Amy nicht bemerken würde, dass er sie ausspioniert hatte, widmete er sich dem nächsten Raum. Im Schlafzimmer fand er zu seinem Erstaunen noch mehr Waffen. In einem Karton auf dem Kleiderschrank stieß er auf eine Flinte und ein Jagdmesser. Patronen für das Gewehr lagen nicht dabei, und Lorcan bezweifelte, dass es in diesem Haushalt welche gab. Der Staub auf der Pappbox ließ darauf schließen, dass sie seit einer Ewigkeit nicht mehr geöffnet worden war. Lächelnd schüttelte er den Kopf über die Blümchenfolie, die auf dem Karton klebte. Ihm kam der Gedanke, dass die Schachtel Amy ähnelte: außen lieblich, aber der Inhalt war heiß. Lächelnd stellte er sie wieder zurück.

Amy und ihre Familie schienen um ein blütenreines Image bemüht zu sein. Wie passten da die Waffen ins Bild?

Er kam sich reichlich dumm vor, als er an ihrer Unterwäsche schnupperte, aber er konnte nicht anders. Leider rochen die Slips und BHs lediglich nach Waschmittel und nicht nach ihr. Sie befanden sich ordentlich gefaltet in einem Drahtkorb in ihrem Kleiderschrank. Gleich darunter lagen ihre Socken in einem gefächerten Aufbewahrungsbehälter aus Leinen. Mit gerümpfter Nase betrachtete er zwei Paar genauer. Sie waren grobmaschig, das eine hautfarben und das andere bunt geringelt. Zog Amy diese scheußlichen Dinger vielleicht im Bett an? Oder behielt sie sie nur als Andenken an ihre Oma? Verständnislos, aber amüsiert packte Lorcan sie wieder weg und schloss den Kleiderschrank.

Den Bettüberwurf hatte Amy glatt gezogen. Auf der Nachtkommode waren keine Glasabdrücke zu sehen. Nicht einmal Wollmäuse entdeckte er unter dem Bett. Das war alles zu perfekt für ihn. Daher zerwühlte er das Bett und drehte den Wecker auf der Kommode zur Wand hin. Zufrieden rieb er die Handflächen aneinander und schaute sich den Inhalt der Kommode näher an.

Schon nach den ersten drei Fotos, die er aus der untersten Schublade nahm, wusste er, worauf er gestoßen war: Erinnerungen an vergangene Liebschaften. Zähneknirschend sah er sich die Typen an, die Amy im Arm hielten. Als er auf ein Bild stieß, auf dem sie einen Kerl küsste, zerdrückte er es beinahe. Schuldbewusst strich er es wieder glatt, aber die Falte, die mitten durch den Schnappschuss verlief und Amy und ihren Exlover trennte, blieb. Lorcan legte es zurück und konnte sich ein zufriedenes Grinsen nicht verkneifen.

„Pickelgesicht. Du bist doch noch gar nicht trocken hinter den Ohren. Grünschnabel“, beschimpfte er einen Expartner Amys nach dem anderen. Doch dann wurde ihm bewusst, dass er eifersüchtig auf einen Haufen Teenager reagierte, und schnaubte. Wie alt waren diese Fotografien? Acht bis zehn Jahre? Mit den meisten Jungen hatte Amy sicherlich gar keinen Kontakt mehr. Sie war inzwischen zu einer Frau gereift, und er hegte keinen Zweifel daran, dass er ihr mehr bieten konnte als jeder andere Mann in ihrem Leben. Zumindest sexuell.

Einzig und allein sexuell, korrigierte er sich in Gedanken. Von einer Sekunde auf die andere fühlte er sich erschöpft. Nur sein Glied zuckte munter, als er mit dem Daumen über Amys Konterfei strich.

Angesäuert – worauf, vermochte er nicht zu sagen oder wollte nicht näher darüber nachdenken – las er die Postkarten. Es waren Liebesschwüre, die ihre Freunde ihr geschickt hatten. Briefe aus Amys Feder fand er nicht, nur das, was sie auf der Rückseite der Aufnahmen notiert hatte.

„David, ich bin für immer dein.“

„John Goodwave, meine erste große Liebe.“

„Michael Suiker & Amy Suiker, geborene LaBauve.“

Auf einmal hatte er genug von dem emotionalen Mist. Lorcan warf Fotos und Karten in die Schublade und knallte sie zu. Schwungvoll erhob er sich. Er hatte auch einmal so ein sorgenfreies Leben geführt. Eine Nacht voller Begierde, strahlende Gesichter am Morgen, Frühstück im Bett und die Aussicht auf einen Spaziergang im Stadtgarten. Unschuldiges Vergnügen, das wegfiel, wenn man weder Freundin noch Bett besaß und im Park schlief. Das alles hatte sich Anfang des Jahres geändert.

Obwohl er nicht glaubte, dort viel zu finden, arbeitete er sich durch die Küche. Überrascht weiteten sich seine Augen, als er auf einige Aktenordner stieß. Er vermutete, dass Amy den Tisch nutzte, um ihre Ablage und Korrespondenz zu erledigen, da die anderen Zimmer zu klein geschnitten waren, um eine Büroecke einzurichten.

Ihren Kontoauszügen entnahm er, dass sie tatsächlich nicht viel besaß. Er hatte weder teuren Schmuck noch einen Safe entdeckt, und ihren Fernseher zu verkaufen würde nicht mehr als eine warme Mahlzeit einbringen. Das einzig einigermaßen Wertvolle, das sie ihr Eigen nannte, war das Shotgun House.

„Und ihr Leben“, murmelte er und schlug einen der breiteren Ordner auf. Weder Post noch Formulare oder Benachrichtigungen lagen herum. Amy schien sofort alles ordentlich abzuheften. „Du musst lockerer werden, Babydoll.“

Er stockte, blätterte noch einmal zurück und las erneut, was auf der Nachricht mit offiziell aussehendem Briefkopf und Wasserzeichen stand. Tatsächlich! Er konnte es kaum glauben. Es handelte sich um einen richterlichen Beschluss. Adressiert war er an Ms Amy LaBauve. Sie wurde durch das Schreiben davon in Kenntnis gesetzt, dass sie ein Jahr lang zweimal wöchentlich Sozialstunden in der Suppenküche ableisten musste. Der Grund dafür wurde nicht angegeben, nur das Aktenzeichen ihrer Anhörung und wann und wo sie sich im Januar dieses Jahres einzufinden hatte.

Amy war verurteilt worden! Erstaunt saß Lorcan am Tisch und starrte auf den Brief. Sie arbeitete nicht aus reiner Nächstenliebe im Asyl, sondern weil man sie dazu verdonnert hatte.

„Schau an, schau an. Wer hätte das gedacht?“ Sie war also doch nicht so unbefleckt, wie sie tat. „Was hat meine süße kleine Amy verbrochen?“

Er konnte es sich beim besten Willen nicht vorstellen. Durch seine Entdeckung war sein Glied steinhart geworden.

Lorcan stand auf, ging ins Schlafzimmer und nahm einen der dicken Strümpfe aus dem Kleiderschrank. Als Erstes griff er den bunt geringelten, aber das war ihm dann doch zu lächerlich, daher stülpte er am Ende eine fleischfarbene Socke über seinen Phallus. Sie stellte sich als erstaunlich weich heraus, als er mit langen Strichen darüberrieb und sich Amy als eine moderne Bonnie Elizabeth Parker vorstellte. Selbstverständlich sah er sich selbst als ihr Partner Clyde Chestnut Barrow. Gemeinsam lehrten sie den Südwesten der USA das Fürchten wie die Originale in den 1930ern.

Es dauerte nicht lange, und er ergoss sich in ihren Strumpf. Aber bereits beim Abklingen des Höhepunktes stand für ihn fest, dass er Amy *sofort* vernaschen würde, sobald sie am späten Nachmittag heimkehrte.

8. KAPITEL

Amy sah Lorcan an, dass er wenig erfreut darüber war, sie nach ihrer Rückkehr von der Arbeit nicht allein für sich zu haben. Ihr Wagen hatte nicht anspringen wollen, und so hatte sie ihren besten Freund Nabil angerufen, um ihn zu bitten, ihr Auto abzuschleppen, sie zur Werkstatt zu bringen und sie danach nach Hause zu fahren.

Wie zwei Bulldoggen, die gleich aufeinander losgehen würden, beäugten sich die Männer.

Lorcan saß auf dem Küchenstuhl in einer Machopose. Seine Beine waren gespreizt, eine Hand lag auf seinem Schritt, und er lehnte sich lässig zurück. Amy verdrehte die Augen, aber keineswegs heimlich, sondern so, dass er es mitbekam, wie lächerlich sie sein Gehabe fand.

Dann wandte sie sich an Nabil und sah ihn eindringlich an, um ihn zu bitten, keinen Ärger zu machen. Er stand im Durchgang zwischen Bad und Küche und erweckte den Anschein, Lorcan jeden Moment durch die Hintertür fortjagen zu wollen. Seine Arme waren verschränkt, und seine Hände waren zu Fäusten geballt.

Die beiden hatten noch keinen Ton miteinander gesprochen. Keine Begrüßung, kein „Hau ab“. Als sie mit Nabil hereingekommen war, hatten er und Lorcan sich lediglich zugenickt, einer mürrischer als der andere.

Amy überprüfte die Klimaanlage, aber sie war bereits voll aufgedreht. Die Luft im Haus war stickiger denn je. Sie wollte sich etwas Legeres anziehen, wagte jedoch nicht, die Männer allein zu lassen.

Unterschiedlicher konnten sie nicht sein, was nichts mit Nabils dunkler Hautfarbe zu tun hatte. Gegen den muskulösen Lorcan wirkte er noch schlaksiger, dafür aber größer. Während Nabil einen akkuraten Seitenscheitel trug und seine schwarzen Haare sich mithilfe von viel Gel an den Kopf schmiegten, sah Lorcan aus, als hätte er die Finger in eine Steckdose gesteckt. Seine hellbraune Löwenmähne ließ ihn noch angriffslustiger erscheinen. Sein Muscle-Shirt war verwaschen, so etwas hätte Nabil niemals angezogen. Er bevorzugte kurzärmelige Hemden, egal ob beruflich oder privat, und er war der einzige Mann, den Amy kannte, der seine Kleidung mit einer Fusselrolle bearbeitete. Aber genauso korrekt wie sein Auftreten war auch sein Wesen. Auf ihn konnte sich Amy verlassen. Er war immer für sie da. Durch Lorcan jedoch, das ahnte sie, würde ihre Freundschaft auf eine Probe gestellt werden.

„Ich bin im Wohnzimmer. Ihr wollt sicher …“, Lorcan grollte und erhob sich, „alleine sein.“

Stirnrunzelnd schaute sie ihm hinterher, als er die Küche verließ. War er etwa eifersüchtig? Unmöglich. Wahrscheinlich befürchtete er lediglich, dass Nabil sie davon überzeugen könnte, ihn rauszuwerfen, was er zweifelsohne versuchen würde.

Ihr Freund neigte sich zu ihr und fragte mit gedämpfter Stimme: „Bist du von allen guten Geistern verlassen?“

„Nun mach aber mal halblang.“ Sie stieg aus ihren Pumps und massierte ihre Fußsohlen.

Nabil spähte durch die geöffneten Türen, als wollte er prüfen, ob Lorcan auch wirklich zwei Räume von ihnen entfernt saß oder etwa im Badezimmer stand und lauschte. „Das ist doch einer dieser Penner, oder?“

„Er ist anders als die anderen.“

War er das wirklich? Sie kannte ihn ja kaum. Erhitzt von dem Ärger mit ihrem Fahrzeug, zog sie den Saum ihrer Bluse aus der Hose. Sie öffnete den obersten Knopf ihres Oberteils und bemerkte, dass Nabil auf ihr Dekolleté starrte. Die Ansätze ihrer Brüste waren zu sehen.

Verlegen wandte er sich ab. „Du lässt dich von seinem guten Aussehen täuschen."

„Er trinkt nicht und nimmt keine Drogen." Und er pflegte sich. Sogar seinen Intimbereich rasierte er. Ob Nabil das auch tat? Sie glaubte nicht, da er stets betonte, dass ihm Amys Natürlichkeit gefiel. Bestimmt traf das auch auf seinen Körper zu.

Er kam zu ihr und stellte sich vor sie. „Hast du keine Angst, dass er über dich herfällt?"

Hitze stieg ihr in die Wangen. Sie wischte mit dem Trockentuch über die Arbeitsfläche, um seinem Blick auszuweichen.

„Oh mein Gott! Du hast mit ihm geschlafen." Da sie schwieg, fasste er sie an den Schultern und schüttelte sie, sodass sie ihm wieder ihre Aufmerksamkeit widmete. „Hast du? Oh ja, ich sehe es dir an. Du musst verrückt geworden sein."

Energisch befreite sie sich aus seinem Griff, der ihr wehtat. Er hatte seine Finger förmlich in ihr Fleisch gebohrt. Aber sie nahm es ihm nicht übel. Im Grunde war er ein herzensguter Kerl, nur eben manchmal etwas tollpatschig. Er tat unüberlegte Dinge, wie beispielsweise einen Frosch von der Fahrbahn zu retten, indem er ihn aufhob und in hohem Bogen wegwarf.

Als sie Kinder waren, hatte er Skyler versehentlich beim Spielen einen Arm gebrochen. Und als Jugendliche war Amy in den Mississippi gefallen. Todesmutig war Nabil trotz der gefährlichen Strömung hinterhergesprungen. Aber während er sie an Land zog, hatte er versehentlich ihren Kopf unter Wasser gedrückt, sodass sie beinahe in den

Armen ihres Retters ertrunken wäre. Er hegte stets gute Absichten, unglücklicherweise wählte er oft die falschen Mittel und Methoden.

„Deswegen ist er noch hier, habe ich recht?" Abfällig schnaubte er. „Du hältst dir einen Toyboy."

„Red keinen Unsinn!" Ob Lorcan ebenso dachte? Hatte er sie verführt, um bei ihr wohnen zu können? Aus Kalkül, oder war das seine Art der Bezahlung, weil er kein Geld besaß? „Ich kann ihn nicht einfach auf die Straße setzen. Du weißt, dass ich so nicht bin."

Nabil faltete die Hände und hielt sie vor ihr Gesicht. „Lass jemand anderen den guten Samariter spielen, Amy, bitte."

„Ich werde ihm helfen, eine Bleibe zu finden. Bis dahin schläft er auf meiner Couch!" Selbst in ihren Ohren klang das unglaubwürdig. Lorcan stellte die pure Sünde für sie dar. Er war der verbotene Apfel im Paradies. Sie durfte nicht von ihm kosten, doch sie schien unfähig, sich gegen ihr eigenes Verlangen zu wehren. Ihr blieb nur die Hoffnung, dass er harmlos war.

„Ohne festen Wohnsitz gibt es keine Sozialhilfe, und ohne Sozialhilfe gibt es keine Wohnung und auch keinen Job. Es würde Wochen dauern, ihm auf die Beine zu helfen. Soll er so lange dein Bett mit dir teilen für eine warme Mahlzeit und ein Dach über dem Kopf?"

„Pass auf, was du sagst!"

Nabil rieb mit der Handfläche über seine Stirn. „Es tut mir leid, das hätte ich nicht sagen sollen. Ich hätte dir das nur nicht zugetraut."

„Was soll das denn heißen?" Er tat ja gerade so, als hätte sie Lorcan heimlich geheiratet. Aber er hatte recht. Bis vor Kurzem hätte sie selbst nie geglaubt, sich mit einem Clochard einzulassen. Und erst recht nicht mit jemandem, der in einer Vollzugsanstalt gesessen hatte – egal ob er eine Haftstrafe verbüßt oder es sich nur um Untersuchungshaft gehandelt hatte.

„Vor dem Gesetz bin ich unschuldig“, hatte er gesagt, „aber in den Augen der Cops konnten sie mir lediglich nichts beweisen – ein großer Unterschied. Was glaubst du?“

Prompt fiel ihr Wandas Warnung wieder ein: „Ich würde mich von ihm fernhalten. Niemand sitzt unschuldig im Kittchen, egal wie sehr er das beteuert.“

Der Revolver war nicht umsonst Amys geheimer Begleiter, wenn sie ins Obdachlosenasyl ging. Sie hatte Angst.

Warum nur bekam diese Furcht eine erotische Komponente, wenn es um Lorcan ging? Blendete seine Attraktivität sie tatsächlich? Ein Mann, der so atemberaubend aussah wie er, gab sich normalerweise nicht mit einer durchschnittlichen Frau wie ihr ab, dessen wurde sie sich mit einem Mal bewusst. Hübsche Menschen suchten sich hübsche Partner. Aber als Stadtstreicher hatte er keine Auswahl. Er nahm alles, was er kriegen konnte, das betraf sicherlich auch die Damenwelt. Frustriert über diese Erkenntnis warf sie das Trockentuch ins Spülbecken.

Nabil betrachtete das Foto von ihnen beiden, das mit einem Magneten am Kühlschrank angebracht war. „Eine Frau wie du hat Besseres verdient. Du könntest einen richtigen Partner finden, der sein eigenes Geld verdient und dich auf Händen trägt.“

Krampfhaft suchte sie nach einer Beschäftigung, aber es gab nichts zu tun, daher fragte sie: „Möchtest du einen Tee?“ Sie hatte stets Gewürztee aus seiner Heimat Pakistan im Haus, weil er keinen Kaffee trank.

Doch er ging nicht auf ihren Ablenkungsversuch ein. Mit einem Kopfnicken deutete er auf den Schnappschuss. „Wir sahen ziemlich dämlich aus in unserer Verkleidung als William Turner und Elizabeth Swann."

„Eher wie Cartoonfiguren", stimmte sie ihm zu. Aber am Faschingsdienstag war es für sie ein Heidenspaß gewesen. Nabil hatte sich das erste Mal wieder amüsiert. Sie war so froh darüber gewesen, ihn endlich wieder lachen zu sehen. Sechs Monate hatte er gelitten wie ein Hund. „Ich habe dort das köstlichste Jambalaya meines Lebens gegessen!"

„Lass das nicht deine Mutter hören." Grinsend räusperte er sich.

Amy lachte. Das typische Cajun-Gericht bestand aus Reis, Gemüse, Fleisch und kreolischen Gewürzen. Delta LaBauve glaubte felsenfest, die richtige Mischung am besten hinzubekommen.

„Der letzte Mardi Gras war der schönste Karnevalsdienstag, den ich jemals erlebt habe." Verträumt sah er sie an.

Das konnte er unmöglich ernst meinen. Sie wusste, sie sollte den Mund halten, aber sie konnte nicht anders, als ihn leicht empört darauf hinzuweisen: „Es war der erste ohne Marnie."

Abrupt erstarb sein Lächeln. Sie hätte sich ohrfeigen können! „Sorry, ich …"

„Schon gut, du hast ja recht. Skyler glaubt immer noch, dass sie weggelaufen ist. Einfach auf und davon."

„Skyler spinnt! Wie kann er so etwas sagen?" Empört schnaubte sie. Im Sommer letzten Jahres war Nabils Freundin von einem Tag auf den anderen verschwunden, es hatte ihm beinahe das Herz gebrochen. „Sie hätte niemals alles zurückgelassen – ihre Kleidung, ihre Kosmetik, ihre Fotos, all die Andenken … dich."

Sein Blick flackerte. „Ihre Handtasche hat sie mitgenommen, samt ID-Karte, Geld und Kreditkarte."

„Aber abgehoben hat sie nie etwas, das ist doch seltsam, denn in ihrem Portemonnaie befand sich bestimmt nicht viel Bares."

„Zumindest nicht bis Ende letzten Dezember. Zu diesem Zeitpunkt wurde die Untersuchung eingestellt und ihr Konto aufgelöst. Es gibt kein Anzeichen für ein Verbrechen, sagten die Cops."

Was nicht hieß, dass Marnie keinem zum Opfer gefallen war, kam es Amy in den Sinn, aber diesmal behielt sie ihre Gedanken für sich.

„Ich will daran glauben, dass sie in Sicherheit ist", sagte Nabil mit brüchiger Stimme, „dass es ihr gut geht und sie einfach nur genug hatte von diesem Kleinstadtmief."

Das konnte Amy nachvollziehen. Es war besser für seine sensible Seele.

„Marnie war erst vor zwei Jahren von Seattle nach New Orleans gezogen. Sie hatte sich nie wirklich mit der Lebensart in den Südstaaten anfreunden können. Ihr war es in Louisiana zu schwül, New Orleans war ihr nicht urban genug. Und sie hasste sogar den Akzent." Seine Mundwinkel zuckten, aber sein angedeutetes Lächeln wirkte fad. „Wahrscheinlich kam sie deshalb mit mir zusammen. Ich habe den Slang nie angenommen, obwohl ich in die USA umsiedelte, als ich acht war."

„Ich hätte sie nicht erwähnen dürfen." Amy nahm ihn tröstend in den Arm.

Er zog sie enger an sich, als ihr lieb war. Mit Lorcan im Haus saß sie auf einem Pulverfass.

„Hast du das *Fluch der Karibik*-Kissen noch?", fragte er.

„Selbstverständlich", antwortete sie und schob ihn etwas von sich weg, doch er hielt sie fest. Er hatte es ihr kurz nach Karneval geschenkt. Ein seltsames Andenken, hatte sie gedacht. Inzwischen steckte es in einer dunkelblauen Kissenhülle, weil sie generell nicht viel von Fanartikeln hielt, aber das musste sie ihm ja nicht unter die Nase reiben.

Skeptisch legte er die Stirn in Falten. „Im Wohnzimmer habe ich es nicht gesehen."

„Es ist im Schlafzimmer." Da er seltsam aufgeregt strahlte, kamen ihr Bedenken. Hoffentlich verstand er das nicht falsch. Sie nahm es keineswegs mit ins Bett, sondern es lag dort auf einem Stuhl, weil sie nicht wusste, wohin damit.

Er zwinkerte. „Da hast du doch etwas zum Kuscheln und brauchst Mr Testosteron überhaupt nicht."

Das Gespräch wurde ihr unangenehm. Es ging in eine Richtung, die ihr nicht gefiel. Zu allem Übel kehrte Lorcan auch noch in die Küche zurück. Hatte er Nabils abfällige Bemerkung mitbekommen? Amy hielt die Luft an.

„Ich wollte mir nur etwas zu trinken holen." Steif wie ein Zinnsoldat schritt er an ihnen vorüber. „Lasst euch von mir nicht stören – bei was auch immer."

Rasch machte sie sich von Nabil los. So finster, wie Lorcans Miene aussah, befürchtete sie, er könnte ihrem Freund jeden Moment eine verpassen. Glücklicherweise riss er sich zusammen. Doch als er den Kühlschrank öffnete, packte er den Griff so fest, als wollte er ihn abreißen. Er nahm den Plastikkanister mit dem Orangensaft heraus und schloss die Tür wieder. Mit der Schulter lehnte er sich dagegen, fixierte Nabil provokant und trank.

Amy konnte ein genervtes Seufzen gerade noch unterdrücken. Offensichtlich hatte Lorcan nicht vor, sie noch einmal mit Nabil allein zu lassen.

Nabil verlagerte mehrfach sein Gewicht von einem Fuß auf den anderen. Er fühlte sich sichtlich unwohl und verabschiedete sich schließlich verstimmt, vielleicht weil sie ihren neuen Mitbewohner nicht hinausgeschickt und sich somit nicht eindeutig für ihn entschieden hatte.

„Du brauchst mich nicht zum Auto zu begleiten, Amy. Pass lieber auf deine Sachen auf", presste er hervor, hatte aber anscheinend nicht den Mut, Lorcan dabei anzuschauen, und flüchtete förmlich. Vermutlich befürchtete er, sein Kontrahent könnte ihm den Spruch mit einem kräftigen Kinnhaken heimzahlen.

Nachdem er die Haustür für ihren Geschmack etwas zu laut zugeschlagen hatte, stellte sie sich dicht vor Lorcan und stützte die Hände in die Hüften.

„Hast du ein generelles Problem mit Männern?", fragte sie ihn in Anspielung darauf, dass er bereits mit dem Indianer und Seth aneinandergeraten war und auch Nabil offensichtlich nicht leiden konnte.

„Ich habe ein Problem damit, dich in anderen Armen als den meinen anzutreffen." Er drückte sie mit dem Rücken gegen den Kühlschrank, stellte den Saft auf die Anrichte und schmiegte sich an Amy, sodass sie seine Erektion spürte. Dann presste er ihre Hände über ihrem Kopf gegen den Schrank und gab ihr einen Sommerkuss – heiß, leidenschaftlich und mit einem spritzigen Orangenaroma.

Frauen stehen nun mal auf Bad Boys, ging es Amy durch den Kopf, während sich ihre Zungen umkreisten. Aber man schlief nur mit ihnen, man ließ sich nicht weiter mit ihnen ein, denn sie bedeuteten Ärger. Zu dumm nur, dass nicht nur ihre Spalte pulsierte, sondern auch ihr Herz aufgeregt pochte. Sie versuchte es dazu zu bringen, gelassener zu schlagen, doch es ließ sich nicht von ihrem Verstand beirren.

Noch nie hatte ein Mann sie dominiert. Wenn sie darüber nachdachte, war es unvernünftig, einem Fremden und Exhäftling eine derartige Macht über sich zu geben. Aber nun, da Lorcan sie so besitzergreifend und sehnsüchtig küsste, schmolz sie schon wieder dahin.

Ich bin schwach, gestand sie sich ein. Sie war es in diesem Moment gern.

Er löste seinen Mund von ihrem, zog sich jedoch nicht von ihr zurück. Sein Gesicht war dem ihren so nah, dass sein Atem ihre Oberlippe kitzelte. Seine blauen Augen funkelten belustigt. Er musste spüren, wie leicht sie rumzukriegen war. Das gefiel ihr nicht. Sie wollte nicht wie Wachs in den Händen eines Mannes sein. Nicht wegen Lorcans Hintergrund, sondern weil ihr Stolz es ihr verbot.

Aufmüpfig reckte sie ihr Kinn nach vorn. „Nabil kann sehr gefühlvoll sein."

„Das kann ich auch." Ohne ein Wort der Erklärung trat er zurück. In einer geschmeidigen Bewegung beugte er sich vor und legte sie über seine Schulter. Er ignorierte, dass sie sich gegen ihn wehrte und schimpfte. „Achtung, Kopf unten lassen."

Amy hörte, wie er die Hintertür öffnete, und folgte seiner Anweisung. Zu ihrer Überraschung traten sie ins Freie. Lorcan stieg die dreistufige Treppe, die von der Küche in den kleinen Garten führte, hinab und blieb mitten auf dem Rasen neben der Liege stehen. Was hatte er vor?

Sachte stellte er sie ab. Weil sie neugierig war, ließ sie sich von ihm auf den Boden drücken. Er hockte sich über sie und zog den Reisverschluss ihrer Hose auf.

„Was tust du?" Ängstlich spähte sie zu Skylers Haus hinüber. An der Grenze standen zwar einige Sträucher, aber sie waren nicht sehr hoch. Aus dem Obergeschoss konnte ihr Cousin ihr Grundstück einsehen. Ihre anderen Nachbarn hatten Hecken hochgezüchtet, doch weder Skyler noch sie waren daran interessiert, sich um Bepflanzung und Baumschnitt zu kümmern. Ihr reichte es, regelmäßig mit dem alten Spindelmäher ihrer Großmutter das Gras zu stutzen. „Es dämmert bereits. Mein Cousin könnte zu Hause sein."

„Ich befürchte, das ist nicht die Nacht, sondern es sind aufziehende Regenwolken. Aber wir sind ja nicht aus Zucker, nicht wahr?" Lorcan wandte seinen gen Himmel gerichteten Blick zum Nachbargebäude. „Skyler ist wohl dein Ritter in glänzender Rüstung, allzeit bereit, deine Jungfräulichkeit zu verteidigen."

Sarkastische Bemerkungen wie diese konnte er sich sparen! Obwohl ihr Cousin und sie nebeneinanderwohnten, lebte jeder von ihnen sein eigenes Leben. Darauf bestand sie! Sosehr sie auch den Zusammenhalt ihrer Familie schätzte, so forderte sie doch auch ihre Freiheit ein. „Er ist nicht mein Babysitter, falls du das meinst."

„Wir werden gleich feststellen, ob er zu Hause ist ... und zu deiner Rettung eilen wird." Er machte eine Pause und fügte dunkler hinzu: „Oder nicht."

Manchmal wollen Frauen nicht gerettet werden, dachte sie und ließ es zu, dass er ihr Hose und Slip abstreifte.

9. KAPITEL

Die Wolken schoben sich immer weiter über die Sonne, bis Amy sie dahinter nur noch erahnen konnte. Die verblassenden Strahlen färbten das Grau seltsam ockerfarben und erzeugten eine bedrohliche Atmosphäre. Jetzt, am Abend, war es noch schwüler als tagsüber. Deshalb war es angenehm, unten herum nackt zu sein. Absichtlich stützte Amy sich hinter ihrem Rücken auf den Unterarmen ab, weil sie wusste, dass sich ihre Bluse über den Brüsten spannen würde. Doch Lorcan hatte nur Augen für ihre Spalte.

Plötzlich wurde sich Amy wieder bewusst, wo sie sich befanden. Bestimmt hatte Lorcan nicht vor, es beim Necken zu belassen. So ein Mann war er nicht, er war vielmehr der Typ, der durchzog, was er begonnen hatte, ob das nun etwas Gutes oder Schlechtes war. Wenn er sie mit diesem lüsternen Blick ansah, konnte sie es kaum erwarten, sich ihm hinzugeben. Allerdings im Schutz ihrer vier Wände!

Als sie das erste Mal miteinander geschlafen hatten, waren sie nicht gerade leise gewesen. Sollten die Nachbarn sie erwischen, würde sie sich auf ewig in Grund und Boden schämen. Sie würde weiterhin hier wohnen müssen, während Lorcan bald verschwinden würde – aus diesem Haus, diesem Viertel, aus Amys Leben.

Bei dem Gedanken wurde ihr Herz seltsam schwer. Alles in ihr sehnte sich nur umso mehr nach ihm. Aber nicht hier draußen. Nicht im Garten. Sie musste ihn hineinlocken und ihn dort verführen.

„Wir sollten reingehen." Sie wollte aufstehen, doch seine Worte hielten sie davon ab.

„Wag es ja nicht!"

„Sonst was?" Grimmig blinzelte sie ihn an.

Seine Mundwinkel zuckten. „Sonst versohle ich dir deinen kleinen süßen Hintern."

„Das würdest du nicht tun."

Anstatt zu antworten, hob er provokativ die Augenbrauen. Doch, er würde seine Drohung wahr machen, ahnte Amy. Wahrscheinlich wünschte er sich in diesem Moment nichts sehnlicher, als dass sie ihn prüfte. Ihr Po kribbelte. Zu ihrer eigenen Überraschung verspürte sie den Wunsch, diese neue Erfahrung zu machen; seine Hand auf ihrer Kehrseite, die sie zuerst streichelte und dann schlug. Allerdings nicht unter freiem Himmel. „Ein Gewitter zieht auf."

Schmunzelnd zog er sein Achselshirt aus und warf es auf ihre Kleidung. „Du hast doch nur Angst, dass die Nachbarn dein Stöhnen mitbekommen."

„Sprich doch leiser", bat sie ihn. Sie lauschte, hörte aber nicht, ob sich jemand auf den anliegenden Grundstücken befand.

„Jetzt bist du wieder dran." Er deutete auf ihre Bluse. „Zieh sie aus."

Sie zögerte. Alles in ihr verzehrte sich nach ihm. Ihr lief das Wasser im Mund zusammen, wenn sie ihn betrachtete. Die Beine leicht gespreizt und die Hände in die Hüften gestemmt, stand er vor ihr. Wie ein griechischer Gott. Obwohl sein Gesicht Gelassenheit ausstrahlte, hob und senkte sich sein muskulöser Brustkorb. Seine Bizepse zuckten ungeduldig. Er wirkte keineswegs martialisch oder gar bedrohlich, sondern schlichtweg anbetungswürdig. Aber das wollte sie ihn auf keinen Fall wissen lassen! Er sollte nicht merken, dass sie dahinschmolz, wenn er sie mit seinem Körper lockte und sie anlächelte wie die personifizierte Sünde. Es machte sie sogar an, wenn er unverschämt mit ihr sprach und ihr auf eine frivole Art drohte. Selbst dass er sie in diese prekäre Situation gebracht hatte, erregte sie, wie ihr mit einem Mal bewusst wurde, da ihre Scham pulsierte. Mist! Sie hatte bereits verloren.

„Tu es für mich“, bat Lorcan sinnlich.

Vor lustvoller Angst stellten sich die Härchen auf ihren Armen auf. Innerlich kämpften Bedenken und die Vorfreude auf die kommende Herausforderung miteinander. Würde sie es schaffen, leise zu sein? Würde Lorcan sich überhaupt bemühen, nicht laut zu stöhnen, oder gehörte das zu seinem aufregenden Spiel dazu? Würde Skyler sie ertappen oder Mrs Carson von nebenan durch die Hecken spähen, um herauszufinden, was vor sich ging?

Bevor die Furcht überhandnahm, streifte sich Amy die Bluse und den Büstenhalter ab. Sie atmete schwer, schob es auf die Schwüle, aber es funktionierte nie, sich selbst zu belügen. Immer wieder leckte sie sich über die Lippen, nicht etwa weil sie Durst hatte, sondern weil Lorcan seine Hose auszog. Er trug keinen Slip. Wegen der Hitze? Oder weil er von Anfang an vorgehabt hatte, mit ihr zu schlafen, sobald sie nach Hause kam?

Bis jetzt hatte sie gedacht, dass er sie in Besitz nehmen wollte, um Nabil auszustechen. Aber er war erst seit gestern ein Teil ihres Lebens, und bisher schienen sie nur miteinander zu schlafen, während Nabil ihr bester Freund war und die gemeinsamen Erlebnisse seit ihrer Kindheit sie eng zusammengeschweißt hatten, allen voran Marnies Verschwinden.

Warum nur stimmte es sie jedes Mal traurig, wenn ihr klar wurde, dass Lorcan nur ihr Leben streifte? Wenn sie genauer darüber nachdachte, war es doch besser so. Aber Verstand und Herz sprachen nun mal nicht dieselbe Sprache.

Einladend spreizte sie die Schenkel. Eine warme Brise

streichelte ihre Mitte ebenso wie Lorcans Blick.

Er kniete sich zwischen ihre Beine, wobei sein halb erigierter Schaft wippte, und liebkoste ihre Oberschenkel. Dabei kam er ihrem Schoß immer näher, entfernte sich jedoch jedes Mal, bevor er ihr Geschlecht berührte. Ihre Spalte reagierte trotzdem auf ihn, als hätte er sie angefasst. Sehnsüchtig pulsierte das Blut hindurch. Amy öffnete den Mund, um Luft in ihre Lungen zu saugen.

Wie konnte ein Mann, der auf der Straße lebte, aussehen wie ein Adonis? Er wirkte nicht wie die anderen Stadtstreicher. Oder trug sie eine rosarote Brille, was ihn betraf? Bestand der Unterschied allein darin, dass er in einem Bett und nicht in einem Hauseingang schlief, dass er gesundes Essen zu sich nahm, statt Mülltonnen zu durchwühlen, und Bestätigung durch Sex bekam? Das mochte eine Rolle spielen, aber Lorcan war schon im Asyl hervorgestochen. Ihr Innerstes zog sich zusammen, denn sie sollte sich nicht mit einem Mann einlassen, der ein Geheimnis mit sich trug. Dummerweise machte ihn das nur interessanter. Sie wollte ihn nicht aufgeben!

Kräftig massierte er ihre Schenkel. „Warum schaust du manchmal so melancholisch aus, wenn du mich ansiehst? Ich möchte Feuer in deinen Augen sehen, Babydoll. Dafür werde ich sorgen."

Er erwartete keine Antwort, sondern beugte sich vor und küsste ihre Brüste. Zärtlich saugte er die empfindliche Haut mal hier, mal dort ein. Er drückte behutsam ihren Busen knapp hinter den Warzenhöfen zusammen, sodass sich die Spitzen ihm entgegenreckten, und stülpte seinen Mund über ihren rechten Nippel. Während er Amy sachte seine Zähne spüren ließ, leckte er gleichzeitig hauchzart über ihre Brustwarze. Geschickt zwirbelte er parallel die linke.

Berauscht legte Amy den Kopf in den Nacken. Ihre Erregung schwoll an und überlagerte ihr schlechtes Gewissen. Bestimmt glaubte er, sie hätte Mitleid mit ihm, aber das traf nicht zu. Vielmehr tat sie sich selbst leid. Sie fühlte sich schlecht, weil sie so egoistisch war und Lorcan so schnell nicht wieder hergeben wollte. Oder war es nicht eher die Lust, die sie vermissen würde?

Die Art, wie er sie liebte, war außergewöhnlich für sie. Noch nie hatte einer ihrer Exliebhaber die Verschmelzung regelrecht zelebriert. Lorcan machte ein Happening daraus. Er nahm sich Zeit, sie auf Hochtouren zu bringen. Hatte sie bei ihren ehemaligen Lovern oft den Eindruck gehabt, sie bedienten sich an ihrem Körper nur, um sich selbst zu erregen, so hatte sie bei Lorcan das Gefühl, dass er sich erst einmal um ihre Lust kümmerte. In aller Seelenruhe. Ausgiebig. Das imponierte ihr.

Er bearbeitete ihren Busen so lange, bis sie glaubte, die Erregung kaum noch auszuhalten. Da war eine Wärme in ihrem Brustkorb, die herausdrängte, aber nicht konnte. Das machte Amy wahnsinnig. Wie ein Berg ohne Gipfel. Ein Meer ohne Wellen. Sex ohne Orgasmus.

Ungeduldig drückte sie auf Lorcans Schultern. Er lachte leise und ließ sich bereitwillig von ihr nach unten schieben.

Seine Zunge hinterließ eine heiße Spur auf ihrem Bauch. Mit seinen Lippen massierte er ausdauernd ihren rasierten Venushügel, bis sie einen zischenden Laut von sich gab, weil er nicht tiefer glitt. Zärtlich biss er sie. Amy schrie auf, mehr vor Schreck als vor Schmerz. Entsetzt hielt sie sich den Mund zu und schaute in alle Richtungen.

„Was war das?“, hörte sie Mrs Carson fragen. Kurz danach war das Klappern von Geschirr zu hören.

„Kinder auf der Straße.“ Ihr Mann musste hinter ihr in

den Garten getreten sein. „Meinst du wirklich, wir sollten draußen zu Abend essen? Es könnte regnen."

„Papperlapapp. Fang schon mal an. Ich hole noch den Tee."

Als Lorcans Zungenspitze über Amys Schamlippen tanzte, schnaubte sie empört. Er musste ihre Nachbarn doch gehört haben! Natürlich hatte er das, aber es schien ihn nur zu motivieren, sie endlich dort zu verwöhnen, wo es am schönsten war.

Er hob kurz den Kopf. „Ich komme nur deinem Wunsch nach."

Grinsend fuhr er fort, ihre Spalte zu lecken. Er saugte ihre kleinen Schamlippen ein, lutschte an den großen und drang mit schnellen Zungenschlägen in ihre feuchte Scham ein. Doch dort hielt er sich nicht lange auf, sondern spreizte ihren Schoß mithilfe seiner Finger und züngelte durch die Spalte.

Aufgebracht krallte Amy ihre Hand in seinen Schopf, doch sosehr sie auch zog und drückte, Lorcan ließ sich davon nicht beirren, sondern kostete noch mehr von ihr. Er presste seinen Mund auf ihren Kitzler und sog ihn immer wieder kurz ein. Ihre Klitoris pochte so heftig, dass Amy sich instinktiv an Lorcans Haaren festhielt. Das bestärkte ihn offenbar, denn nun schleckte er zusätzlich über das anschwellende Knötchen.

Stöhnend legte sich Amy auf den Rücken und wand sich auf dem weichen Rasen. Als sie sich dessen bewusst wurde, presste sie voller Scham und Furcht ihre Lippen aufeinander, war aber unfähig, Lorcan wegzuschieben oder aufzustehen. Die Lust hielt sie fest im Griff. Amy spürte Lorcans Macht. Ihre Beine zuckten unkontrolliert. Er löste sich von ihrer empfindsamsten Stelle, presste mit den Händen ihre

Schamlippen zusammen und neckte sie mit den Zähnen. Sogleich leckte er beruhigend darüber. Schon drang seine Zunge wieder in sie ein. Ein Finger gesellte sich hinzu, was ein eigenartiges Gefühl war, aber keineswegs unangenehm.

Lorcan schien überall zu sein. Seine Lippen, seine Zunge, seine Finger. Sie massierten, kneteten, saugten und seiften ihre Möse mit heißem Speichel ein. Oder war es ihr eigener Lustsaft? Lorcan wechselte so rasch die Art seiner Stimulation, dass Amy nicht wusste, wie ihr geschah. Um nicht noch einmal zu stöhnen, presste sie den Unterarm auf ihren Mund. Sie spannte ihre Muskeln an und ließ wieder locker, weil sie ja nicht zum Höhepunkt kommen wollte. Nicht während das Ehepaar Carson nebenan den Abendbrottisch deckte. Die beiden älteren Herrschaften wären schockiert, wenn sie wüssten, was unweit von ihnen geschah. Wahrscheinlich würden sie in ganz Waggaman herumtratschen, dass sich Amy im Freien vergnügt hatte.

Aber Lorcan ließ sie auch nicht kommen. Er schien instinktiv zu spüren, wann sie kurz davor stand, abzuheben, und hörte rechtzeitig auf. Nur um sich einer anderen Stelle von Amys Spalte zu widmen. Er bezog auch ihre Oberschenkel mit ein. Immer wieder streichelte oder knetete er sie, ab und an sogar recht fest. Manchmal griff er zwischendurch in ihren Venushügel und zog ihn etwas nach oben, um sie seine Kraft spüren zu lassen, so vermutete Amy, aber auch weil dadurch ihr Kitzler frei lag. Dieser war inzwischen so hochempfindlich, dass es beinahe schmerzte, dort berührt zu werden. Diese Mischung aus wohldosierter Rohheit und Zärtlichkeit fachte ihre Lust so stark an, dass sie keuchte und die Augen schloss. Ihr Arm dämpfte zwar die Laute, die sie von sich gab, aber Amy befürchtete dennoch, dass ihre Nachbarn sie hören könnten, weil es in den anderen Gärten vollkommen ruhig war.

Als Lorcan ihre Beine anwinkelte, ließ sie es geschehen. Er zog ihre Pobacken auseinander, streckte seine Zunge so weit wie möglich heraus und stimulierte ihren engen Eingang. Kitzel und Erregung wechselten sich zuerst ab und wurden dann eins. Obwohl sie es genoss, versteifte sie sich. Noch nie war sie dort hinten genommen worden. Sie vermutete, dass Lorcan ihre Verkrampfung spürte, denn er drang nicht in sie ein, weder mit der Zunge noch mit einem Finger. Stattdessen saugte er ihre Schamlippen so heftig ein, als hätte er sie nicht nur sprichwörtlich zum Fressen gern.

Erneut schmolz sie wie Wachs in seinen Händen. Lorcan hatte sie schon einmal oral verwöhnt, aber an diesem Abend legte er sich noch mehr ins Zeug. Während Mr Carson seiner Frau einige Artikel aus der *Times-Picayune* vorlas, leckte Lorcan Amy inbrünstig. Leidenschaftlich, ohne auch nur eine Sekunde von ihr abzulassen. Es sah so aus, als würde er nicht einmal Luft holen.

Er bearbeitete ihre Spalte so gekonnt, so rasant und akribisch, dass sie glaubte, dort unten zu brennen. Als würde Lorcan sie mit Flammenzungen lecken und das Zentrum ihrer Lust in Brand stecken. Als würde dank ihm flüssiges Feuer durch ihre Mitte strömen. Amy hatte Angst, davon verzehrt zu werden. In ihren vier Wänden hätte sie sich dem Genuss vollkommen hingegeben, doch hier draußen hatte sie Hemmungen. Aber wer sollte schon etwas mitbekommen, wenn sie weiterhin ihren Mund zuhielt? Die Carsons diskutierten lebhaft über die Bürgermeisterwahl. Wenn Amy jetzt kam, würde das ältere Paar die gedämpften Laute wahrscheinlich überhören.

Voller Vorfreude öffnete sie ihre Augen. Sie blickte zur Hecke hinüber, froh darüber, dass die Carsons inzwischen darüber stritten, wer der bessere Kandidat für den Posten war. Ihre Nachbarn auf der Kopfseite schienen auch nicht zu Hause zu sein, ebenso wenig wie Skyler. Doch als Amy zu seinem Haus hinüberspähte, bewegte sich die Gardine an einem Fenster im Obergeschoss.

Im nächsten Moment erfasste Amy wieder eine lustvolle Welle. Sie wand sich, krallte die Finger ins Gras, und für einen Moment trübte sich ihr Blick vor Lust. Erneut ließ Lorcan nicht zu, dass sie kam. Amy rang nach Atem und schaute, nachdem sich ihre Sicht wieder etwas geklärt hatte, ein zweites Mal zu dem Fenster, das gekippt stand. Nichts. Hatte sie sich etwa getäuscht? Möglicherweise hatte ein Windstoß den Vorhang bewegt.

Aber was, wenn Skyler sie entdeckt hatte und sich längst auf dem Weg zu ihnen befand? Sie wollte sich gar nicht erst ausmalen, was geschehen würde, wenn er sich auf Lorcan stürzte. Skyler selbst war kein Kind von Traurigkeit, aber wenn es um Amy ging, verhielt er sich manchmal zu beschützend. Vielleicht lag es daran, dass er sich um sie gekümmert hatte, seit sie Kinder gewesen waren. Eventuell fühlte er sich auch ihren Eltern gegenüber verpflichtet.

Um einer peinlichen Situation zu entgehen, wehrte sie Lorcan ab. Tatsächlich gab er sie frei. Viel zu schnell. Das machte sie stutzig. Zu Recht, denn er drehte sie schwungvoll auf den Bauch und legte sich über sie, sodass sie ihm nicht entfliehen konnte. Er belastete sie jedoch nicht mit seinem Gewicht, sondern stützte sich auf den Unterarmen ab.

„Skyler …“ Sie keuchte, da Lorcan ein Knie zwischen ihre Beine stieß.

„Siehst du ihn?“, flüsterte er von hinten in ihr Ohr. „Ich nicht. Und so lange mache ich mir auch keine Gedanken über ihn.“

Hätte ihr Cousin dort oben im ersten Geschoss gestanden und sie gesehen, hätte er längst die Hintertür aufgerissen und wäre herausgestürmt. Aber es blieb still auf dem Grundstück. Sie kam zu dem Schluss, dass eine Bö die Gardine bewegt haben musste. Ein letzter Rest Zweifel blieb jedoch, da der Wind aus einer anderen Richtung kam.

Indem Lorcan ihre Handgelenke umfasste und ihre Arme nach vorn streckte, nahm er ihr noch mehr Bewegungsfreiheit. Ihm hilflos ausgeliefert zu sein erregte und ärgerte sie gleichermaßen, deshalb keuchte sie: „Du bist doch nicht so gefühlvoll wie Nabil.“ Kaum hatte sie das ausgesprochen, bereute sie es, denn es klang, als hätte sie mit ihrem besten Freund geschlafen, was nicht der Fall war.

Prompt schlang Lorcan seinen Arm um ihren Oberkörper und zog ihre Schultern ein wenig hoch. Dadurch kam er an ihren Busen heran. Sanft drehte er einen Nippel zwischen Daumen und Zeigefinger. Mit jedem Wort, das er aussprach, wurde das Zwirbeln fester: „Du magst es doch gerne ein bisschen härter, das habe ich gestern schon festgestellt, während ich dich gevögelt habe, als liefe meine Zeit auf Erden jede Sekunde ab.“

„Pst“, machte sie, denn die Carsons sprachen nicht mehr hitzig miteinander. Im Nachbargarten war es still geworden. Aber das ältere Paar saß noch dort hinter der Hecke. Eine Tasse wurde geräuschvoll auf eine Untertasse gesetzt, dann schnaubte Mrs Carson missbilligend, und ihr Ehemann blätterte die Zeitung um.

Ungeniert drückte Lorcan sein Glied zwischen Amys Gesäßhälften. Er rieb sich an ihr und seufzte frivol. Sein Penis glitt über ihre enge Öffnung. Langsam, sinnlich und lasziv. Ihr Ringmuskel pulsierte. Sie hatte nicht geahnt, dass ihre Hinterpforte so stark auf die Stimulation reagieren würde.

Impulsiv schob sie ihre Kehrseite Lorcan entgegen. Vor ihr kletterte ein Käfer mühsam durch das Gras. Eine Grille zirpte in der Nähe.

Fest presste Amy ihre Lippen aufeinander, als Lorcan seinen Schaft durch seine Finger ersetzte. Er tastete sich zu ihrem Anus vor, umkreiste ihn. Behutsam kratzte er sie mit einem Nagel und strich sogleich über die Stelle.

„Ich … ich habe noch nie …" Sie versuchte ihn über ihre Schulter hinweg anzusehen, überlegte es sich jedoch anders und starrte stattdessen geradeaus. Ihre Wangen brannten.

„Ich weiß", sagte er leise, ohne aufzuhören, sie dort zu liebkosen, wo noch kein Mann zuvor sie berührt hatte. „Willst du mich trotzdem in dir spüren? Nicht meinen Schwanz, keine Sorge. Die dunkle Seite der Lust schmeckt bittersüß, ist deshalb aber nicht weniger geil."

Zaghaft nickte Amy. Was Sex betraf, vertraute sie ihm, schließlich hätte er auch mit einem kräftigen Stoß in sie hineingleiten können. Stattdessen bat er um Erlaubnis und ließ seinen eigenen Spaß außen vor.

Als sein Mittelfinger erst über ihre Unterlippe strich und dann in ihren Mund eindrang, runzelte Amy im ersten Augenblick die Stirn. Doch dann verstand sie, was Lorcan von ihr wollte. Sie drehte den Kopf zur Seite, sodass er ihr Gesicht sehen konnte, und lutschte an seinem Finger wie an einem Phallus. Offenbar gefiel ihm ihr Spiel, denn er imitierte den Akt, indem er immer wieder in sie hineinglitt und sich aus ihr zurückzog. Bald stieß er ganz in sie hinein und blieb in ihr. Auch wenn sein Finger nicht so lang wie sein Glied war, so steckte er doch recht tief in ihr drin. Lorcans Geschlecht an ihrem Po zuckte mehrmals. Seine Hand drückte gegen ihren Mund. Es machte sie an, von ihm dominiert zu werden, und so saugte sie. Er stöhnte, knabberte an ihrer

Ohrmuschel und vergrub seine Nase in ihrem Haar.

Gierig zog er seinen Finger aus ihr heraus, als könnte er sich nicht mehr lange zurückhalten. Er klemmte seinen harten Penis zwischen seinen Lenden und ihrem Oberschenkel ein. Amy lächelte, denn Lorcan atmete schwerer als sie. Es kribbelte köstlich, als er ihren Speichel auf ihrem Muskel verteilte. Problemlos drang seine Fingerspitze in sie ein. Amy hatte befürchtet, dass es wehtun würde, doch sie spürte nichts als Lust.

Ihre Angst wuchs jedoch mit jedem Millimeter, den er sie eroberte. Ihr After wurde leicht gedehnt, doch noch immer schmerzte es nicht. Alles in ihr konzentrierte sich auf ihren Hintereingang und die neuen Empfindungen. Lorcan ging langsam und vorsichtig vor, bis sein Mittelfinger vollkommen in ihr war. Ihre enge Öffnung wollte den Eindringling zwar herauspressen, aber dort sanft ausgefüllt zu werden gefiel ihr durchaus. Noch stärker wurde dieses neue Gefühl, als er sie rhythmisch penetrierte. Immer wieder glitt er hinein und heraus. Geschmeidig und behutsam. Die Reibung erregte sie. Sie ließ den Kitzel in ihrem Ringmuskel anschwellen, er bekam eine verruchte Note.

Plötzlich wurde die Dehnung stärker. Lorcan hatte einen zweiten Finger hinzugenommen. Ohne Unterlass drang er in sie ein, wenn auch nicht mehr ganz so tief. Etwa damit sie sich an die neue Situation gewöhnte? Unruhig bewegte sie ihren Unterleib. Sie wollte dem Eindringling entkommen und wünschte sich gleichzeitig, dass Lorcan fortfuhr. Aber mit dem Rasen unter und seinem Körper über ihr ließ er ihr ohnehin keinen Platz, sich zu befreien. Er zwang sie, diese neue Erfahrung zu machen, und sie hatte ihm die Erlaubnis dazu gegeben.

Sie hielt sich an seinem Arm fest, die andere Hand vergrub sie im Gras. Seufzend schloss sie die Augen, riss sie jedoch sogleich wieder auf, da sie befürchtete, sich gehen zu lassen. Solche Empfindungen hatte sie noch nie beim Sex gehabt. Nicht nur ihr Po reagierte intensiv darauf, sondern auch ihr Kopf. Eine verbotene Regung, ein Geheimnis, ein Tabubruch, so bitter wie süß.

Plötzlich regnete es. Es war kein Wolkenbruch, der auf sie herabprasselte, sondern es nieselte von einer Sekunde auf die andere in feinen Bindfäden. Die Carsons flüchteten vor dem warmen Sommerregen ins Haus, aber Lorcan machte keine Anstalten, aufzustehen. Amy wehrte sich gegen ihn, doch er drückte sie auf den Boden nieder.

„Es ist nur Wasser." Er lachte betörend, zog sich aus ihrer Enge zurück und rutschte mit seinem Körper über den ihren.

Während er den Regen auf ihnen verteilte, spürte sie die Härte seines Schwanzes auf ihrem unteren Rücken und ihren Schenkeln. Dieser Mann besaß eine Engelsgeduld! Wieso nahm er sie nicht endlich? Ihr Unterleib brannte, seit er sie mit seiner Flammenzunge geleckt hatte. Dieses Feuer hatte sich durch die Stimulation auf ihre Hinterpforte ausgebreitet. Statt seinen Phallus in sie hineinzurammen, glitt er über ihre regennassen Rundungen in einer scheinbar kindlichen Freude.

Sie schöpfte Hoffnung, als er ihr so viel Platz ließ, dass sie sich hinknien konnte. Doch anstatt ihr auf die Füße zu helfen, um im Inneren des Shotgun House im Trockenen ihr Liebesspiel zu Ende zu bringen, zog er die Sonnenliege heran. Sachte drückte er Amy darauf, sodass sie mit dem Oberkörper quer über der Sitzfläche lag.

Mit einem Mal ungestüm, stieß er kraftvoll von hinten in sie hinein. Ihre feuchte Mitte nahm ihn schmatzend auf.

Selbst ihr Ringmuskel reagierte, indem er pulsierte. Lorcan stöhnte viel zu laut für Amys Geschmack. Ihre Nachbarn waren zwar vor dem Regen geflüchtet, doch anders als Amy besaßen sie eine überdachte Veranda hinter dem Haus und mochten es sich vielleicht in den Korbsesseln gemütlich gemacht haben. Doch ihre anschwellende Lust machte es ihr unmöglich, ihn zu bitten, leiser zu sein. Sie selbst schaffte es kaum, sich zurückzuhalten. Die Laute, die sie von sich gab, klangen umso wollüstiger, je stärker sie versuchte, sie zu unterdrücken. Außerdem wollte sie von Lorcan genommen werden. So hart und wild wie möglich. Und je erregter sie wurde, desto weniger störte es sie, dass sie es in ihrem Garten trieben.

Während Lorcan seinen Schaft unentwegt in sie hineinstieß, gestand sie sich ein, dass es sie inzwischen sogar anmachte, es hier draußen zu tun. Die Gefahr, in flagranti erwischt zu werden und ihren Gefühlen nicht freien Lauf lassen zu dürfen, heizte ihre Lust überraschenderweise an. Sie hielt sich an der Liege fest, weil Lorcan sie dem Höhepunkt entgegenritt. Mit jeder Faser ihres Körpers genoss sie es, von ihm doggystyle genommen zu werden. Unter freiem Himmel. Bei Regen. In ihrem Garten. Er drang so schwungvoll in sie ein, dass er ihre Knie einige Millimeter über den Rasen schob. Sie bemühte sich, ihm entgegenzuwirken, aber am Ende raubte ihr der Höhepunkt die Kraft. In einem Moment spannte sie sich an, im nächsten ging auch schon ein Beben durch sie hindurch. Ihre Zurückhaltung schmolz dahin. Stöhnend lag sie über der Liege, zuerst zuckend, da Lorcan weiter in sie hineinglitt, dann, nachdem auch er gekommen war, erschöpft.

Sie lächelte glücklich ermattet, genoss sogar das Nass von oben, auch wenn es sie nicht abkühlte, da der Regen warm war. Die Tropfen streichelten und beruhigten sie. Ihre melancholische Stimmung war längst verflogen, der Ärger mit ihrem Wagen vergessen und auch die Diskussion mit Nabil belastete sie nicht mehr. Lorcan tat ihr gut. Er schmiegte sich an ihren Rücken und küsste ihren Nacken. Sein Schaft erschlaffte langsam in ihr.

Sein Seufzer klang satt und zufrieden. „Was hältst du von einer gemeinsamen Dusche?"

„Nur wenn du mich nicht wieder mit dem Gürtel meines Bademantels an die Vorhangstange bindest."

„Wenn ich mich recht erinnere, hat dir das gut gefallen." Lorcan wusste seinen Sätzen einen frivolen Unterton beizumischen, der ihr jedes Mal von Neuem eine wohlige Gänsehaut bescherte.

Müde legte sie den Kopf auf ihrem Unterarm ab. „Du hättest mich wenigstens fragen können, ob ich das möchte."

„Ohne den Überraschungseffekt wäre es nur halb so schön gewesen." Er zog seinen Penis aus ihr heraus und stand auf.

Kaum hatte er Amy geholfen, sich zu erheben, hob er sie auf seine Arme. Erstaunt weiteten sich ihre Augen. Ihr Herz schlug schneller.

„Als kleine Wiedergutmachung für das Überrumpeln." Mit einem Lächeln auf den Lippen trug er sie ins Haus.

„Für welches?", konnte sie sich nicht verkneifen zu fragen, obwohl sie wusste, dass er von der Fesselung sprach. „Das von gestern Nacht oder das eben?"

Amy schlang den Arm um seine Schulter und hielt sich an ihm fest. In seiner Nähe fühlte sie sich wohl. Vielleicht sollte sie ihrem Instinkt mehr vertrauen, schließlich waren es stets die anderen gewesen, die ihr eine gewisse Skepsis ihm gegenüber einzureden versuchten. Er dagegen hatte nie etwas getan, das sie an ihm hatte zweifeln lassen. Im Asyl hatte er sie vor dem Indianer gerettet. Als Nabil zu Besuch kam, hatte er sich zurückgezogen, um nicht zu stören. Während sie arbeiten gegangen war, hatte er weder etwas gestohlen noch ihre Einrichtung demoliert.

Aus einem Impuls heraus küsste sie seine Wange. Er wirkte perplex. Seine Wangen röteten sich, er senkte seinen Blick. Warum reagierte er auf einmal schüchtern? Oder was hatte dieses Verhalten zu bedeuten?

Mit den Fingerspitzen kämmte sie sein feuchtes Haar zurück. Dabei fiel ihr eine Stelle hinter seinem Ohr auf, die bisher von seiner Löwenmähne verdeckt gewesen war. Zuerst hielt sie es für ein Tattoo, das weggelasert worden war. Doch als Lorcan das Licht im Badezimmer anschaltete, konnte sie es besser sehen. Jemand hatte ihm etwas in seine Haut eingeritzt. Oder er selbst mithilfe eines Spiegels. Ja, Letzteres war gut möglich, dachte sie, denn das Kleeblatt sah unförmig aus, wie von Kinderhand gemalt. Die Narben waren verheilt. Wie lange hatte Lorcan das schon?

Sachte setzte er sie auf der Badematte ab und gab ihr einen flüchtigen Kuss auf den Mund. Sein getrimmter Kinnbart roch nach ihrer Feuchtigkeit.

Plötzlich fiel ihr ein, dass ihre Kleidung noch im Regen lag. „Ich hole noch schnell unsere Sachen rein."

„Ach, lass sie." Er winkte ab, nahm zwei Handtücher aus dem Schrank und legte sie auf den Toilettendeckel. „Nasser können sie kaum werden."

Sie rannte trotzdem in den Garten. Als sie die Hosen, Oberteile und Unterwäsche aufhob, betrachtete sie die Kleeblätter im Rasen. Ein unbehagliches Gefühl breitete sich in ihr aus. Sie dachte an die Vollzugsanstalt und dass sich die Häftlinge oft mit Nadeln und Tinte gegenseitig tätowierten. Handelte es sich bei dem Zeichen, das Lorcan trug, um ein misslungenes Tattoo?

Mit einem Mal erinnerte sie sich an einen Fernsehbericht über Bandenkriege in US-Gefängnissen. In diesem wurde auch erwähnt, dass das Shamrock das Zeichen der Arischen Bruderschaft war. Gehörte Lorcan etwa zu *The Brand,* wie sich die Vereinigung auch nannte? Wenn es so war, warum präsentierte er das Zugehörigkeitssymbol nicht offen? Verbarg er es, weil er von der Gang mit dem Kürzel AB einen Auftrag erhalten hatte und nicht wollte, dass man ihm auf die Schliche kam? Immerhin gehörten der *Aryan Brotherhood* um die fünfzehntausend Mitglieder an – nicht nur in den Gefängnissen, sondern auch außerhalb.

Wie ein begossener Pudel stand sie im Garten. Der Regen nahm zu und lief ihr in die Augen. Sie blinzelte ihn weg. Die Angst breitete sich quälend langsam in ihr aus, als sie über die Tragweite nachdachte. Hatte sie einen Rassisten in ihr Haus eingeladen? Hatte sich Lorcan etwa doch nicht mit dem Indianer angelegt, um sie zu beschützen, sondern weil er die Chance nutzen wollte, einen Nichtweißen zu erniedrigen, ihm eine zu verpassen und aus seinem Dunstkreis zu entfernen?

Was jedoch am schwersten auf ihr lastete, war die Frage, ob sie Nabil in Gefahr brachte, indem sie Lorcan in ihr Leben gelassen hatte.

Einen Dunkelhäutigen. Einen Schwarzäugigen. Einen Pakistani.

Einen Feind der Bruderschaft.

10. KAPITEL

November, ein Jahr zuvor
Waggaman, Carnival Street

„Acadiana Groceries wünscht Ihnen einen wunderschönen Abend, Ms LaBauve", sagte der Junge neben der Kasse in einem Cajun-Dialekt. Mit einem breiten Grinsen reichte er Amy ihre beiden vollgepackten Einkaufstüten. Offenbar schämte er sich nicht für seine feste Zahnspange. Stolz rückte er das Namenschild am Kragen seines weißen Kittels zurecht.

„Danke, Allain." Seit drei Jahren zog sie diesen kleinen Supermarkt im Zentrum von Waggaman dem Walmart im Nachbarort Elmwood vor. Dass er lediglich eine Straße von ihrer Arbeitsstelle entfernt lag, war nur einer der Gründe. Viel wichtiger war für sie, die Tradition ihrer frankofonen Vorfahren zu bewahren. Die Cajuns waren im 18. Jahrhundert aus der frankokanadischen Provinz Acadie vertrieben worden und hatten sich zwischen New Orleans, Texas und Marksville angesiedelt. In Anlehnung an ihre Heimat nannten sie dieses Gebiet Acadiana.

Das Warensortiment des Ladens, seine Werbeplakate und Dekoration hatte sich während der Zeit, die Amy ihn aufsuchte, nicht verändert. Nur die Teenager, die den Einkauf für sie einpackten, wechselten alle paar Monate. Sie verließ den Shop und ging in Richtung des Verwaltungsgebäudes, vor dem ihr Wagen stand. Sie hatte ihn nach Feierabend dort stehen lassen, weil das Lebensmittelgeschäft nur einen kleinen Parkplatz bot und der Fußweg lediglich fünf Minuten betrug.

Mit zehntausend Einwohnern zählte Waggaman zu den

kleinsten Städten im Jefferson County. Amy konnte sich glücklich schätzen, dass ihre Mutter, die im Personalamt arbeitete, ihr eine Stelle im Einwohner- und Meldeamt besorgt hatte. Auch heute noch dachte Amy, sie hätte damals mehr Freude zeigen sollen, als sie davon erfuhr. Es gab nicht viele Jobs in den Vororten, und selbst in New Orleans stieg die Arbeitslosenquote stetig. Amy war zufrieden. Genügsam. Aber glücklich?

Manchmal träumte sie davon, die Sicherheit einer festen Anstellung über Bord zu werfen und einer anderen Tätigkeit nachzugehen, einer lebendigeren. Zum Beispiel Shotgun-Häuser zu renovieren und zu verkaufen. Ein verrückter Gedanke, der sie nicht mehr losließ. Sie liebte diese altmodischen Gebäude. Viele von ihnen zerfielen, weil es keine Kaufinteressenten gab. Aber wenn die geschichtsträchtigen Wohnsitze erst mit viel Liebe saniert wären, würden bestimmt einige Immobiliensuchende deren Reiz erkennen und doch zuschlagen. Für Amy zählten sie zum Kulturgut von Louisiana. Sie war eben eine Träumerin.

Die Tüten wurden immer schwerer, ihre Arme immer länger. Tagsüber waren die Temperaturen immerhin noch auf zwanzig Grad gestiegen, doch nun, da es dämmerte, wurde es langsam kühler, und sie fror in ihrer kurzärmeligen Bluse.

„Es ist ja nicht mehr weit." Sie war schon auf der Höhe der Müllcontainer, die neben dem städtischen Gebäude in einem kleinen carportartigen Holzverschlag standen. Zwei Hecken an den Seiten schirmten sie vor Blicken ab.

Amy konnte bereits ihr Auto sehen. Sie sehnte sich danach, zu Hause die Füße hochzulegen, die Brownies auszupacken und sie mit einem Glas Milch zu genießen. Manchmal waren die einfachen Dinge die besten, fand sie.

Plötzlich sah sie aus dem Augenwinkel heraus einen

Schatten auf sich zuhuschen. Sie runzelte die Stirn und wandte sich um. Im letzten Moment sah sie noch die Skimaske, dann war der Maskierte auch schon hinter ihr und presste ihr die Hand auf den Mund.

Bis ins Mark erschrocken, ließ Amy ihre Taschen fallen. Sie hörte, wie die Milchflasche zerbrach. Es konnte sich nur um einen Mann handeln, denn er schlang den Arm um ihre Taille und drückte so fest zu, dass es ihr den Atem raubte. Mühsam holte sie durch die Nase Luft. Ihr Puls stieg von null auf hundert innerhalb weniger Sekunden.

Während der Fremde sie ohne zu zögern unter den Carport zerrte, strampelte sie hilflos mit den Füßen. Sie konnte sich kaum auf den Beinen halten, war unfähig, klar zu denken. Ihr Schnaufen klang seltsam laut in ihren Ohren. Wie von einer anderen Frau. Wurde sie wirklich gerade überfallen?

War ihr eben noch kühl gewesen, so schwitzte sie nun. Der Mann hatte die fahrbaren Abfallbehälter vorgezogen. Er schleifte Amy in den Freiraum dahinter und wartete, bis sie einen sicheren Stand hatte. Als er sie losließ, keuchte sie überrascht. Bevor sie sich jedoch zu ihm umdrehen konnte, stieß er sie brutal an eine Holzwand. Ihr Kopf knallte dagegen. Schmerz durchzuckte ihren Schädel und nahm ihr für einen Augenblick die Orientierung. Ihre Schläfe pochte. Instinktiv tastete sie ihr Gesicht ab, spürte aber kein Blut.

Wie von Sinnen riss der Angreifer ihre Bluse kaputt. Er drängte Amy an die Wand und fuhr fort, ihr Oberteil zu zerfetzen. Schrei doch, forderte sie sich erfolglos auf, warum schreist du nicht? Ihr Hals war wie zugeschnürt. Sie bekam keinen Ton heraus.

Obwohl sie am ganzen Körper zitterte, wehrte sie sich. Sie schlug nach dem in Schwarz Gekleideten und versuchte gleichzeitig, ihren Oberkörper zu bedecken. Das stellte sich als Fehler heraus, weil sie ihm auf diese Weise noch weniger entgegenzusetzen hatte. Bald trug sie oben herum nur noch ihren BH und einige Stoffreste um ihre Hüfte, die von einem Knopf und dem Hosensaum gehalten wurden.

Weinerliche Laute drangen an ihr Ohr. Sie kamen von ihr selbst.

Mit den Armen bedeckte sie schützend ihren BH und ihre Brüste. Der Maskierte lachte abfällig, schleuderte sie nach vorn und stellte ihr ein Bein. Sie ruderte mit den Armen und stürzte zu Boden. Ihre Miene verzerrte sich vor Schmerz, denn der raue Betonboden schürfte ihr die Handballen auf. Hier unten stank es nach Urin. Ihr war übel. Nicht wegen der Pisse, sondern vor Aufregung. Vor Angst.

Verzweifelt stützte sie sich auf den Unterarmen auf, blieb jedoch liegen. Die dunkle Präsenz des Fremden lastete wie ein schwerer Stein auf ihrem Rücken. Sie spürte ihn hinter sich, über sich. Stoff raschelte. Rieb er etwa sein Geschlecht, während er sich an ihrem jämmerlichen Anblick zu seinen Füßen aufgeilte? Sie traute sich nicht nachzuschauen, ob ihre Vermutung stimmte.

Einige Bierflaschen zogen Amys Aufmerksamkeit auf sich. Sie standen unmittelbar vor ihr. Daneben lagen leere Fast-Food-Verpackungen. Hatte gar nicht der Vermummte die Container vorgezogen, sondern Teenager, um in diesem höhlenartigen Unterschlupf heimlich zu feiern, oder waren es Stadtstreicher gewesen, die hier übernachteten?

Sie schrak zusammen, als er sich über sie beugte und ihre Schulter streichelte. Nur mit einem Finger, unpassend zärtlich, vermutlich um ihr seine Macht zu zeigen und ihr noch mehr Furcht einzuflößen. Das machte sie wütend. Auf keinen Fall würde sie ein leichtes Opfer für ihn sein!

Blitzschnell griff sie eine der Flaschen. Sie wandte sich im Liegen um und schlug zu. Leider traf sie nur seine Wange. Dennoch ging das Glas zu Bruch. Scherben regneten auf sie herab. Der Typ richtete sich auf und rieb sich übers Gesicht. Da er kurz die Augen schloss, hoffte sie, dass sie ihm den Kiefer gebrochen hatte.

Sie vergeudete keine Zeit, sprang auf und rannte.

Plötzlich wurde sie mit einem Ruck zurückgerissen. Ihre Haarwurzeln brannten wie Feuer. Amy schrie auf. Endlich hatte sie ihre Stimme wiedergefunden. Das bedeutete jedoch auch, dass sie sich selbst winseln hörte, als der Fremde sie am Schopf wieder unter den Verschlag zerrte und sie mit ihrem Rücken gegen die Wand presste.

Ihr eigenes Wimmern brach ihr fast das Herz.

Triumphierend schaute er sie an und massierte ihren Busen. Sie ertrug den Blick in seine Augen nicht, Augen, die so strahlend blau waren, dass sie sich fragte, ob er Kontaktlinsen trug. Angewidert wandte sie das Gesicht ab und spähte sehnsüchtig zwischen den Mülltonnen hindurch zur Straße. Ihr Fluchtweg. Er war die einzige Möglichkeit, dem Mann, dessen Absichten unmissverständlich waren, zu entkommen.

Kalter Schweiß rann an ihren Seiten herab. Tränen stiegen in ihr auf. Sie wollte nicht aufgeben, wollte ihren Namen morgen nicht unter der Rubrik „Die Polizei berichtet über lokale Verbrechen“ in der Zeitung lesen, und erst recht mochte sie nicht an ihre eigene Todesanzeige denken. Noch nie hatte sie darüber nachgedacht, wie sie in einer derartigen Situation reagieren würde. So etwas passierte doch nur anderen Frauen. Wenn Amy nachts in New Orleans feierte, hatte sie schon das ein oder andere Mal Pfefferspray mitgenommen, aber nur, weil Skyler es ihr gegeben hatte. Inzwischen wusste sie nicht einmal, wo die kleine Dose abgeblieben war. Und der Revolver ihres Großvaters lag in ihrer Handtasche im Auto. Zum Einkaufen hatte sie nur das Portemonnaie herausgenommen, um nicht noch mehr tragen zu müssen. Schließlich befanden sie sich in Waggaman. Das größte Verbrechen in dieser Kleinstadt war, nicht regelmäßig den Rasen vor seinem Haus zu mähen. Normalerweise.

Sie schluckte ihren Stolz herunter. „Tu mir nicht weh. Bitte. Ich mache alles, was du willst."

Obwohl sie nur seine Augen und seinen Mund durch die Schlitze sah, nahm sie sein Misstrauen wahr.

„Ich werde ganz lieb sein, ein braves Mädchen", sagte sie und bemühte sich, noch weinerlicher zu klingen. Als sie ihn anfasste, zog sich alles in ihr vor Ekel zusammen, aber sie zwang sich dazu, die Hand auf seinem Brustkorb liegen zu lassen. Langsam strich Amy tiefer. „Ich bin gut darin, Männer glücklich zu machen. Meine Liebhaber waren immer zufrieden. Sie … sie …"

Plötzlich packte er ihren Unterarm und drückte zu. Sie erbebte vor Angst und versuchte erst gar nicht, ein Schluchzen zu unterdrücken. Eine Gier trat in seinen Blick, die Würgreiz in ihr aufsteigen ließ. Offenbar erregte es ihn, eine Frau brutal zu unterwerfen. Speichel sammelte sich in ihrem Mund. Am liebsten hätte sie den Kerl bespuckt, doch sie zügelte ihren Zorn.

Betont beiläufig leckte sie sich über die Lippen. Das wirkte. Der Mann ließ ihren Arm los. Inzwischen atmete er schwer. Seine Erektion drückte gegen Amys Bauch. Sie wünschte sich zu duschen, sehr lange und heiß, und seinen Geruch und seine Berührungen abzuwaschen. Sein Atem roch nach Fleisch, als hätte er kurz zuvor ein Steak gegessen.

Amys Finger setzten ihre Reise über seinen Körper fort.

Sie biss auf die Innenseite ihrer Wange, um nicht auszuflippen, als der Kerl stöhnte. Er entfernte sich etwas von ihr, damit sie an seinen Schritt herankam. Zittrig tastete Amy nach seinem harten Glied. Sie presste ihre Kiefer so fest aufeinander, dass sie wehtaten. Am liebsten hätte sie das Monster sofort weggestoßen, doch er schien immer noch wachsam zu sein. Statt ihrem Abscheu nachzugeben, massierte sie ihn. Es fiel ihr schwer, sich zusammenzureißen. Seine Augen bekamen einen lüsternen Glanz, endlich trübte sich sein Blick vor Geilheit.

Amy sah ihre Chance gekommen. So fest sie konnte, rammte sie ihm das Knie in die Weichteile. Und verpasste sie knapp. Unglücklicherweise traf sie nur seinen Oberschenkel. Im Film sah das immer so leicht aus.

Einen Moment lang wirkte der Angreifer verdutzt. Amy hatte ihm zwar wehgetan, und er rieb sein Bein dort, wo sie ihn erwischt hatte, aber der Tritt setzte ihn keineswegs außer Gefecht. Verzweifelt schubste sie ihn fort, aber da boxte er ihr auch schon in den Magen. Sie klappte zusammen und fiel auf die Knie. Tränen liefen ihr über die Wangen. Sie hielt sich den Bauch. Der Schmerz betäubte sie.

Wie aus weiter Ferne hörte sie, dass der Mann den Reißverschluss seiner Jeans öffnete. Das *Ratsch!* jagte ihr einen Schauer über den Leib. Sie hatte sich noch längst nicht erholt, als er ihren Kopf an den Haaren nach oben riss und ihr seinen Schwanz in den Mund schob. Über ihr lachte und keuchte er. Doch Amy dachte nicht daran, aufzugeben, und biss zu.

Er schrie auf und taumelte rückwärts.

Mühsam erhob sie sich. Noch immer schmeckte sie ihn in ihrem Mund. Bevor sie jedoch fliehen konnte, stürmte er bereits wieder auf sie zu. Brutal schlug er ihr ins Gesicht.

Ihre Wange pulsierte und schien in Flammen zu stehen. Sie verlor das Gleichgewicht, schwankte und lehnte sich an eine Wand, entsetzt über die Gewalt.

Bevor sie auch nur einen klaren Gedanken fassen konnte, stand er vor ihr und drückte sie mit dem Rücken gegen das Holz. Ein Splitter bohrte sich in Amys Seite, aber sie beachtete ihn nicht, denn das Messer in der Hand ihres Peinigers zog ihre ganze Aufmerksamkeit auf sich. Provozierend hielt er es vor ihr Gesicht, als wollte er ihr jeden Moment einen Augapfel ausstechen. Doch er hatte wohl nur vor, ihre Furcht zu nähren, denn als sie schluchzte, brummte er zufrieden und hielt ihr die Klinge an die Kehle.

Grob schob er ein Bein zwischen ihre Schenkel. Das war ein Fehler, sagte sie sich. Damit hatte er sie in Position gebracht. Für einen zweiten Versuch, ihre vermutlich letzte Chance. Obwohl sie völlig mit den Nerven am Ende war, stieß sie erneut ihr Knie in seinen Unterleib. Diesmal traf sie. Durch den Stoff ihrer Hose spürte sie seine harten Hoden an ihrem Knie. Er brüllte gequält und ließ das Messer fallen.

Schnell schob Amy sich an ihm vorbei und peilte den Fluchtweg an. Doch gerade hatte sie den ersten Schritt gemacht, als sie einen Boxschlag in ihrem Rücken spürte. Sie ging zu Boden und glaubte, ihre Wirbelsäule wäre gebrochen. Die Pein setzte sie außer Gefecht. Zuerst streckte sie sich, die Hände an die Seiten gelegt, und japste. Ein paar Sekunden lang bekam sie keine Luft. Dann kauerte sie sich wie ein Häufchen Elend zusammen. Ihr Kreuz tat schrecklich weh. Amy war am Ende.

Etwas schnitt in ihre Handfläche. Amy betrachtete irritiert das hervorquellende Blut, dann die Klinge, die unter ihr lag. Die Betäubung des Schmerzes fiel nur langsam von ihr ab. Träge nahm sie das Messer. Sie war zu erschöpft, um sich darüber zu sorgen, dass der Kerl es gesehen haben könnte. Amy dachte nicht mehr nach, sondern machte einfach, was ihr als Erstes in den Sinn kam. Und als der Mann sie brutal an den Schultern herumriss, stieß sie ihm die Klinge in den Bauch.

Überrascht riss er die Augen auf. Er taumelte in eine Ecke und starrte fassungslos auf den Griff, der aus ihm herausragte. Kurz fasste er ihn an, ließ ihn dann aber doch los, anscheinend unsicher, ob er dem ersten Impuls folgen und das Messer herausziehen sollte oder ob er dann verbluten würde.

Amy wartete seine Entscheidung nicht ab. Sie mobilisierte ihre letzten Kraftreserven und erhob sich. Panik und Lebenswille trieben sie an. Erschöpft schleppte sie sich aus dem Carport heraus und erwartete, dass der Maskierte sie erneut daran hindern würde. Je weiter sie kam, desto schneller konnte sie laufen. Mit jedem Schritt wuchs ihre Hoffnung, diesem Monster entkommen zu sein.

Tatsächlich folgte er ihr nicht. Nicht aus dem Verschlag. Nicht durch die Carnival Street. Auch nicht durch all die anderen Straßen, durch die sie ziellos stolperte, die sie aber kaum wahrnahm. Bis sie sich unerwartet am Westufer des Mississippi wiederfand. Orientierungslos schaute sie in alle Richtungen. Sie sah in das schlammige Wasser des Flusses. Dann versagten ihre Beine, und sie brach zusammen.

Als sich Arme um sie legten, zuckte sie zusammen. Aber es war nur eine alte Dame, die mit ihrem Hund Gassi ging und besorgt auf Amy einredete. Sie sah, wie sich der Mund der Frau aufgeregt bewegte, aber Amy verstand sie nicht. Ihr Heulkrampf war zu laut. Der Pudel schnupperte an ihrer blutigen Hand, dann zog er mit der Schnauze an den Fetzen ihrer Bluse. Ein Jogger hielt neben ihnen an und tippte hektisch in sein Handy. Amy ertrug das Mitleid und das Entsetzen in seinem Blick nicht.

Obwohl sie wusste, dass die ältere Dame es nur gut mit ihr meinte, wehrte sie ihre Umarmung ab. Sie ertrug jetzt keine Berührung.

11. KAPITEL

August dieses Jahres
Waggaman, Shotgun House

Wärst du eine kluge Frau, hättest du ihn spätestens vor die Tür gesetzt, nachdem du das hinter seinem Ohr eingeritzte Kleeblatt entdeckt hattest, dachte Amy und schaute Lorcan hinterher. Er blickte über seine Schulter zu ihr zurück, winkte und erhöhte das Tempo seiner Laufschritte. Sein Weg führte ihn vom Haus fort in Richtung Mississippi River. Bei jeder Bewegung konnte sie das Spiel seiner Muskeln beobachten, da er zum Joggen Shorts und ein Achselshirt trug. Selbst der Schweiß, der auf seiner gebräunten Haut in der Morgensonne glänzte, machte ihn noch attraktiver.

Sie konnte kaum glauben, dass sie die Frau war, die er am Vortag zwischen den Schenkeln mit seiner Zunge verwöhnt hatte. Wie eine Flamme war diese über und in ihren Schoß hineingezüngelt und hatte ein Feuer gelegt, das nur er löschen konnte. Jetzt, wo sie sich die Verschmelzung im Freien in Erinnerung rief, spürte sie, dass die Glut noch immer nicht erloschen war.

Er faszinierte sie viel zu sehr. Mehr als gut für sie war. Dessen war sie sich bewusst, doch sie kam nicht gegen den Sog an, den er auf sie ausübte. Sie hatte erwartet, dass sie das Interesse an ihm verlieren würde, wenn sie einmal mit ihm schlief, aber sie hatte sich geirrt. Ihr Verlangen nach ihm wuchs mit jedem Mal, das sie mit ihm intim war, mit jedem Geheimnis von ihm, dem sie auf die Spur kam, und mit jeder Minute, die sie in seinen Armen lag.

„Herrje, du bist doch wohl nicht dabei, dich in diesen Kerl zu verlieben, Kindchen“, sagte sie im Tonfall ihrer

Mutter, trat ins Wohnzimmer und schloss die Haustür hinter sich. Die kühle Luft der Klimaanlage ließ sie im ersten Moment frösteln, da sich die Temperatur am Morgen bereits der Dreißig-Grad-Marke näherte und die Luft draußen zum Schneiden dick war.

Sie hatte Lorcan bei sich aufgenommen, um ihm wieder auf die Beine zu helfen. Gemeinsam sollten sie eine Wohnung und einen Job für ihn finden. Sie hatte vor, ihm beim Schreiben von Bewerbungen zu helfen und Behördengänge mit ihm zu machen. Nun wartete eine viel größere Aufgabe auf sie. Sie musste herausfinden, ob er tatsächlich zur AB gehörte, und wenn ja, seine Gesinnung in eine neue Richtung wenden und ihn aus den Fängen der arischen Gemeinschaft lösen.

Sie richtete die Kissen auf der Couch, räumte ein Glas und einen Teller von Lorcan weg und kam sich vor, als würde sie hinter ihrem Ehemann aufräumen. Fühlte sich gar nicht so übel an. Lachend ging sie in die Küche und spülte das Geschirr ab. Ihre Mutter würde auf der Stelle tot umfallen, wenn sie einen Stadtstreicher, der in Untersuchungshaft gesessen hatte, heiraten wollte. Ihr Vater dagegen würde Verständnis zeigen, ihr aber heimlich Geld zustecken und ihr vorschlagen, zu ihrer Tante nach Seattle zu fahren, um dort einen Monat – oder noch besser: ein ganzes Jahr – zu verbringen und sich eine Auszeit zu gönnen. Und um in Ruhe über alles nachzudenken. Alleine selbstverständlich.

Sie blickte auf die Uhr. Erst in einer halben Stunde musste sie zur Arbeit aufbrechen. Lorcan war früher wach gewesen als sie. Trotz seiner Lebensumstände ließ er sich nicht gehen. Das gefiel ihr, es beunruhigte sie aber auch, denn es passte so gar nicht zu den Erfahrungen, die sie mit anderen Clochards während ihrer Arbeit im Asyl gemacht hatte. Er war eher wie Nick Nolte in *Zoff in Beverly Hills*. Schöngefärbt. Zu gut, um echt zu sein.

Grübelte sie zu intensiv, oder lag es an der Schwüle, dass sich Kopfschmerzen ankündigten? Ihre Schläfen massierend, ging sie ins Bad und hob den Deckel des Rattankorbes, in dem sie ihre Schmutzwäsche sammelte. Sie kräuselte die Stirn und zog eine einzelne Wollsocke heraus.

„Was macht die denn da drin?" Lorcan musste sie hineingeworfen haben. Sie konnte sich beim besten Willen nicht vorstellen, wozu er sie benutzt hatte, und wollte es auch gar nicht wissen. Ihr Bauchgefühl riet ihr, die Socke einfach zu waschen und zurück in die Kommode zu legen.

Ihr Blick fiel auf seine Jeans, die zwischen Toilette und Badewanne lag. Hatte sie auf dem Wannenrand gelegen und war heruntergerutscht? Oder hatte Lorcan sie einfach fallen lassen, weil sie eh schmutzig war? Amy beschloss, nicht auf ihn zu warten, um ihn zu fragen, sondern seine Kleidung einfach zu waschen. Der Hose schadete es bestimmt nicht, und Lorcan konnte solange in seinen Shorts herumlaufen. Oder nackt.

„Vielleicht sollte ich mich heute krankmelden." Amy gluckste, wusste aber, dass sie das ohnehin nicht machen würde, weil es unfair gegenüber ihrer Kollegin wäre, die im Krankheitsfall ihre Arbeit zusätzlich zu ihrer eigenen erledigen musste.

Sie hob die Jeans auf und leerte die Taschen. Überrascht weiteten sich ihre Augen, als sie Lorcans Portemonnaie fand. Sie hatte nicht damit gerechnet, dass er überhaupt eines besaß. Die meisten, die auf der Straße lebten, scherten sich nicht um ihre Papiere. Für sie war das nächste Essen oder ein Schlafplatz weitaus wichtiger, als ihre Unterlagen zusammenzuhalten.

Amy wusste, dass sie ihn nicht ausspionieren sollte, aber ihre Neugier siegte. Die Geldbörse war flach, aber gut erhalten, aus braunem Leder, das an den Ecken leicht rund gebogen war, weil er es wohl stets in seiner Gesäßtasche trug. Es befanden sich nur ein Zehndollarschein und einige Münzen darin. Keine Kreditkarten. Keine Social Security Card. Keine Supermarktcoupons oder Fotos von Kindern. Aber, und darüber staunte sie nicht schlecht, sie zog seinen Führerschein und seine ID-Card heraus.

„Alle Stadtstreicher verlieren ihre Papiere irgendwann", hatte Wanda einmal erzählt, „entweder im Suff oder im Rausch, oder sie werfen sie weg, weil sie sie für überflüssig halten, denn niemand fragt sie je danach."

Mit dem Daumen strich Amy über das Foto auf der Identity Card. Bei dem Mann handelte es sich eindeutig um Lorcan, auch wenn darauf seine Haare akkurat kurz geschnitten waren und er keinen Henriquatre-Bart trug. Seine Augen strahlten wie zwei blaue Leuchtdioden. Der Kragen eines weißen Oberhemdes war noch zu sehen. Lorcan und Businesshemden, das konnte sie sich kaum vorstellen, denn es passte so gar nicht zu seinem heutigen Auftreten. Auf dem Bild machte er den Eindruck eines Geschäftsmanns, auch wenn er keine Krawatte trug. Inzwischen allerdings schien er wild und freiheitsliebend geworden zu sein. Wenn er ernst guckte, wirkte er sogar düster und geheimnisvoll und seine Muskeln beinahe brutal.

Der Mann auf dem Ausweis, Lorcan MacConmara, war jemand, den man in der Mittagspause in einem hippen Bistro traf, der über die Hitze stöhnte und nachher die Rechnung beglich. Den Lorcan, den sie kannte, interessierte nicht, ob die Sonne vom Himmel knallte oder es regnete. Auf der Straße hatte er sich ein dickes Fell zugelegt. Wenn er in einem Restaurant essen wollte, fragte er dort vermutlich nach Küchenresten oder im Supermarkt nach abgelaufener Ware, wie die meisten Obdachlosen. Er besaß nicht viel mehr, als er am Leib und in seinem Rucksack trug.

Was hatte ihn derart verändert?

Als Geburtsdatum war der 28. Februar vor dreiunddreißig Jahren eingetragen. Folglich war er knappe sechs Jahre älter als Amy. Weit interessanter war jedoch seine Adresse. Er wohnte in New Orleans oder hatte dort gewohnt. Vielleicht konnte sie über diesen Hinweis erfahren, welches Erlebnis derart einschneidend gewesen war, dass er alles verloren hatte.

Aufgeregt ging sie in die Küche und nahm das tragbare Telefon aus dem Aufladegerät an der Wand. Sie rief die Auskunft an und ließ sich die Nummer zu der Adresse geben, die auf der Plastikkarte stand. Sie vertippte sich beim ersten Mal, als sie die Telefonnummer eingab, da sie sich ausmalte, wie sich eine weibliche Stimme meldete. Seine Freundin oder seine Noch-Ehefrau. Kein Ehering am Finger bedeutete noch lange nicht, dass er nicht liiert war.

Amy atmete erleichtert auf, als sich ein alter Mann am anderen Ende der Leitung meldete: „Carl Beatty hier." Seine Stimme klang weich. Sie stellte sich einen Greis mit einem warmen Lächeln und einem sanften Händedruck vor. „Hallo, wer ist denn da?"

Den Blick auf die Haustür geheftet, um schnell aufzulegen, sollte Lorcan frühzeitig zurückkommen, antwortete sie, ohne ihren Namen zu nennen: „Einen wunderschönen guten Morgen. Ist das der Anschluss von Mr MacConmara?"

„Der wohnt hier nicht mehr", kam es schon kühler zurück.

Amy gab sich verwundert, obwohl sie wusste, dass Lorcan obdachlos war. „Oh, tut er nicht?"

„Mrs Beatty und ich sind die Nachmieter."

„Wissen Sie, wo ich ihn erreichen kann?"

Seine Freundlichkeit verpuffte. „Wir haben nichts mit ihm zu tun."

„Bitte", flehte Amy in der Hoffnung, der alte Herr würde ihr etwas über Lorcan erzählen oder ihr einen neuen Kontakt nennen, durch den sie mehr über ihren mysteriösen Gast erfahren konnte.

„Sind Sie Reporterin?" Mr Beatty sprach nun lauter, energischer.

Umso sanfter verneinte Amy.

„Einen Monat lang hat uns die Presse nach unserem Einzug belästigt. Dann war Ruhe. Jetzt ist dieser Verbrecher wohl entlassen worden, und das Theater geht von vorne los." Er atmete laut und pfeifend, die Aufregung tat ihm nicht gut.

„Ich bin nicht …" Unsicher stockte Amy. Sie hatte sich keinen Plan zurechtgelegt, und das bereute sie nun. „Ich rufe aus privaten Gründen an."

„Mit so einem Abschaum haben wir nichts zu tun. Und Sie sollten sich auch nicht für ihn interessieren." Verschwörerisch senkte er seine Stimme: „Solche Typen wie er lächeln einem ins Gesicht, und wenn man sich rumdreht, stechen sie einem ein Messer in den Rücken."

Amy schluckte schwer. Konnte sie sich so sehr in Lorcan täuschen? Ihr Glaube an das Gute in ihm geriet immer mehr ins Wanken.

„Lassen Sie uns in Ruhe, Miss!", wetterte er in den Hörer. „Rufen sich nicht noch einmal an."

„Einen Moment noch", rief sie, bevor er auflegen konnte.

„Was wurde Mr MacConmara vorgeworfen? Weshalb hatte man ihn verhaftet?“

„Mord natürlich. Lesen Sie keine Zeitungen?“ Die Leitung war tot.

Amys Hals war staubtrocken. Selbstverständlich hatte sie schon daran gedacht, dass Lorcan jemanden getötet haben könnte. Aber genauso gut mochte er wegen Steuerhinterziehung in U-Haft gesessen haben. Nun, da sie die Anklage kannte, verkrampfte sich ihr Brustkorb schmerzhaft.

Sie stand auf. Ihr wurde schwindelig, und sie musste einen Moment warten, bis die Konturen ihrer Umgebung wieder scharf wurden. Sie ging zum Kühlschrank, öffnete die Tür und neigte sich vor, denn die Kälte tat ihrem Kopf gut. Gierig trank sie Orangensaft direkt aus dem Kanister. Genauso hastig stellte sie ihn zurück, da sie sich daran erinnerte, dass Lorcan ebenfalls davon getrunken hatte, bevor er joggen gegangen war. Sie meinte, seine Lippen auf den ihren zu spüren, fühlte sich ertappt, als stünde er vor ihr und wäre in der Lage, all die Gedanken zu lesen, die sie durcheinanderbrachten.

Stöhnend hielt Amy den Plastikbehälter an ihre Schläfe und versuchte sich zu konzentrieren. Lorcan war unschuldig, immerhin war er freigelassen und nicht verurteilt worden. Aus Mangel an Beweisen. Das hieß gar nichts. Vielleicht war er nur ein Meister darin, die Tatsachen zu vertuschen. Das Shamrock verbarg er ja auch recht gut. Oder seine Freunde von der Arischen Bruderschaft hatten ihn aus dem Knast rausgeboxt.

Am Ende entpuppte er sich als FBI-Agent, der ins Gefängnis eingeschleust worden war, um *The Brand* zu infiltrieren. Angeblich ein Verbrecher – in Wahrheit ein Held. „Warum gibt es so etwas nur in Romanen und Filmen?“, fragte sich Amy laut, stellte den Saft zurück und schloss den Kühlschrank. Grübelnd kaute sie auf der Innenseite ihrer Wange.

Ihr Blick fiel auf ihre Arbeitstasche, die auf einem der Küchenstühle lag. Mr Beattys Worte hallten in ihrem Kopf wider: „Lesen Sie keine Zeitungen?“ Sie zog ihren Laptop heraus, stellte ihn auf den Tisch und setzte sich so, dass sie die Vordertür durch das Shotgun House hindurch sehen konnte. So ein Haus hatte eben auch seine Vorteile! Sollte Lorcan zurückkehren, hätte sie genügend Zeit, den Rechner zu schließen, sodass er nicht sah, dass sie seinen Namen in diverse Suchmaschinen eingab. Zahlreiche Einträge erschienen. Sie stieß auf die URL www.buckleymacconmara.com, aber die Website war deaktiviert worden. Gleich darunter fand sie den Link, der zu einem Immobilienmakler mit dem Namen Buckley führte. Hatte das etwas zu bedeuten, oder handelte es sich um einen Zufall? Sie klickte sich durch einige Seiten und entdeckte einen Artikel in der Onlineausgabe einer Manager-Zeitschrift:

Gestern Abend kürten die Wirtschaftsmagazine der USA Gavin Buckley zum erfolgreichsten Jungunternehmer des Jahres. Gemeinsam mit seinem Geschäftspartner Lorcan MacConmara gründete Buckley vor sechzehn Monaten in New Orleans die Immobilienfirma Buckley MacConmara. Durch ein hohes Maß an Engagement, fundiertes Fachwissen und Feingefühl beim Umgang mit Klienten verzeichnete das Unternehmen den rasantesten Zuwachs unter den neu gegründeten Firmen in Louisiana. Die Gala fand im Ramada Plaza auf der Bourbon Street statt. Anwesend waren neben seinem Partner und seiner Ehefrau

Kimora Buckley auch zahlreiche Vertreter führender Firmen aus dem Mississippidelta.

Der Artikel war anderthalb Jahre alt. Amy las ihn ein zweites Mal und schüttelte fassungslos den Kopf. Lorcan war offenbar der Mitinhaber eines aufstrebenden Unternehmens gewesen. Vor nicht allzu langer Zeit und dennoch in einem anderen Leben. Er schien von der Sonnen- auf die Schattenseite gewechselt zu haben. Etwas Furchtbares musste so einen tiefen Fall ausgelöst haben. Aber was?

Anscheinend hatte Lorcan alles verloren. Seine Teilhaberschaft, seine Wohnung, seine Freunde. Warum hatte er Gavin Buckley nicht um Hilfe gebeten, nachdem er aus der Untersuchungshaft entlassen worden war?

„Womöglich hat er Unterstützung bei ihm gesucht", murmelte sie, „aber er bekam sie nicht." Weil Lorcan noch mehr eingebüßt hatte: seinen Ruf und sein Ansehen.

Der Orangensaft gärte in ihr. Ein dunkles Gefühl breitete sich in ihr aus. Eventuell konnte er Gavin auch nicht mehr bitten, ihm während seiner Rehabilitierung beizustehen, weil sein Partner tot war.

Wie eine Stimme aus dem Off hörte sie Mr Beatty erneut sagen: „Typen wie er lächeln einem ins Gesicht, und wenn man sich rumdreht, stechen sie einem ein Messer in den Rücken."

Amy konnte nachempfinden, wie unwohl sich Lorcan auf der Preisverleihung gefühlt haben musste. Gewiss hatte es ihn verletzt und gedemütigt, dass sein Partner diese Auszeichnung bekam und er nicht, obwohl sie die Firma gemeinsam führten. Hatte diese Schmach an seinem Stolz gekratzt? War er auf der Gala beinahe an seiner Wut erstickt? Hatte er seinem Freund gratuliert, ihm aber später eine

Klinge zwischen die Schulterblätter gestoßen?

Amy musste unbedingt wissen, wer sich hinter der Immobilienfirma Buckley – ohne den Zusatz MacConmara – verbarg. Hatte Gavin eine neue Firma gegründet? Oder führte seine Frau Kimora die Geschäfte allein fort, weil ihr Mann in einem Sarg lag und verrottete?

Als sie den Link anklicken wollte, schwang die Hintertür auf. Amy erschrak fast zu Tode. Sie zuckte zusammen und spürte, wie die Farbe aus ihren Wangen wich. Ihr Herz schlug hart in ihrem Brustkorb. Keuchend drückte sie ihre Handflächen auf die Stelle, unter der es heftig pochte.

„Habe ich dich erschreckt?" Lorcan blieb im Eingang stehen und hob seine Brauen. Er sah sie ernst und auch ein wenig argwöhnisch an.

Verlegen kicherte Amy, klappte eilig ihr Notebook zu und sah auf die Uhr. „So spät schon? Ich habe beim Surfen die Zeit vergessen."

Er legte seinen Kopf schräg. „Nach was hast du denn gesucht?"

„Gesucht?" Sie hatte es nicht für möglich gehalten, aber ihr Puls beschleunigte sich weiter. „Nach neuen Stiefeln … einem dieser Röcke, die gerade modern sind, die ich mir aber nicht leisten kann. Vielleicht finde ich online einen gebrauchten … nach … nach …"

„Schon gut", unterbrach er sie betont gelassen und ließ sie genau dadurch spüren, dass er ihr nicht glaubte. Er hielt eine Hand hinter seinem Rücken verborgen. Unweigerlich stellte sie sich vor, dass er ein Messer festhielt.

Heimlich schob sie seine ID-Card unter den Laptop und nahm beides in die Hand. Sein Portemonnaie lag noch auf dem Wannenrand, sein Führerschein auf dem WC-Deckel. Sie musste alles zurück in seine Hosentasche stecken, bevor er bemerkte, dass sie ihm hinterherspioniert hatte.

„Nabil kommt jede Minute, um mich zur Werkstatt zu fahren. Ich gehe noch einmal für kleine Prinzessinnen." Ihr Magen zog sich bei der Vorstellung zusammen, die beiden könnten erneut aufeinandertreffen. Sie erhob sich und schlenderte zum Badezimmer, als hätte sie keine Angst vor Lorcan, doch ihre Nerven waren zum Zerreißen gespannt. An der Zwischentür angekommen, drehte sie sich um. „Warum bist du nicht durch den Vordereingang gekommen? Ich hatte dir doch meinen Ersatzschlüssel gegeben."

Als er ihr zeigte, was er hinter seinem Rücken versteckt hatte, hätte sie beinahe vor Erleichterung gejauchzt. Es war nur eine braune Papiertüte. „Ich wollte dich mit frischen Bagels überraschen, bevor du weg bist. Sie sind schon belegt, du kannst sie mit in die Stadtverwaltung nehmen." Er zog seine Mundwinkel nach oben, aber aus seinen Augen sprach weiterhin Misstrauen.

Sie fühlte sich schuldig. Während sie im Grunde nur nach einem Beweis für das Böse in ihm gesucht hatte, kümmerte er sich um ihr Wohlergehen. Damit tat sie ihm dasselbe Unrecht an wie alle anderen.

„Das ist nett von dir." Amy ging auf ihn zu, nahm die Brötchen in Empfang und küsste ihn lange auf den Mund. Der Kuss schmeckte köstlich süß, aber das tat das Schneckenkorn, das ihre Oma früher im Garten verstreut hatte, auch, und dennoch war es giftig.

12. KAPITEL

August dieses Jahres
Elmwood, Walmart

Seit dem Überfall auf der Carnival Street im vergangenen Jahr hatte Amy Acadiana Groceries nicht mehr betreten. Wie das Gros der Bewohner von Waggaman fuhr sie durch den Nachbarort Bridge City und dann über die Huey P. Long Bridge nach Elmwood, um dort bei Walmart einzukaufen. Es widerstrebte ihr. Es war gegen ihre Prinzipien, doch sie schaffte es nicht, vor dem kleinen privaten Supermarkt zu halten. Wenn sie nach Feierabend die Stadtverwaltung verließ, stieg sie sofort in ihr Auto und floh regelrecht.

Den maskierten Angreifer hatte die Polizei nie überführt. Seit dem Vorfall bewachte ihr Cousin sie wie eine Bulldogge. Ein Indiz dafür, dass er sie nicht mehr unablässig beobachtete, um ihren Eltern Rede und Antwort zu stehen, war, dass er Lorcan nicht von ihr heruntergezerrt hatte, als dieser im Garten seine Zunge in ihre feuchte Mitte geschoben hatte. Dabei hätte sie schwören können, dass sich die Gardine im Obergeschoss im Haus nebenan bewegt hatte. Und er hätte sich nicht von Lorcans Muskeln einschüchtern lassen. Nabil vielleicht, aber nicht Skyler Castille!

„Nein, auch nicht Nabil“, murmelte sie. Er ging nur cleverer vor als ihr Cousin. Während ihr bester Freund die Polizei gerufen und die Hilfeschreie einer Frau gemeldet hätte, wäre Skyler ohne zu zögern mit einem Baseballschläger im Garten aufgetaucht und hätte sich strafbar gemacht. Aber beide Männer hätten am Ende ihr Ziel erreicht: Lorcan von Amy zu trennen. Glücklicherweise war es dazu nicht gekommen. Seit jenem Tag im November verhielten sich beide zuweilen übertrieben beschützend.

Die Gemeindemitglieder schauten Amy manchmal heute noch mitleidig an. Sie verabscheute diese Blicke! Noch ein Grund mehr, weshalb sie das Supercenter, wie es sich nannte, am gegenüberliegenden Ufer des Mississippi bevorzugte. Anonymität. Keiner der Männer und Frauen, die in diesem Moment um sie herum waren, wusste, dass sie vor zehn Monaten beinahe vergewaltigt worden war, dass sie deswegen kurzzeitig die Kontrolle über ihr Leben verloren und plötzlich selbst vor Gericht gestanden hatte.

Selbstverständlich lagen auch hier Cajun-Produkte in den Regalen, aber sie stammten aus großindustrieller Herstellung, während Acadiana Groceries seine Waren von unabhängigen Farmen aus Louisiana bezog.

Amy hasste diesen Kerl, der ihr Leben in Bahnen verschoben hatte, die sie eigentlich meiden wollte!

Hin und wieder träumte sie von ihm. Von seiner Skimaske, seinem Messer und seinem nach Fleisch stinkenden Atem. Er legte sich wie ein Schatten auf ihr Gemüt, während sie sich nicht wehren konnte, weil sie schlief. Keuchend wachte sie in der Nacht auf und glaubte, keine Luft mehr zu bekommen, als würde eine unsichtbare Last auf ihr liegen, sein Körper, der sich gierig an sie presste. Doch seit Lorcan neben ihr ruhte, quälten sie keine Albträume mehr. Er verscheuchte die Dämonen. Oder ersetzte er sie nur durch neue?

Ihr Einkaufskorb füllte sich rasch, schließlich musste sie nun für zwei Personen Lebensmittel besorgen. Obwohl sie nicht wusste, was sie von Lorcan halten sollte, fühlte es sich gut an, nicht mehr allein zu leben.

„Die Getränke trägst aber du ins Haus“, sagte sie laut, als würde er neben ihr zum nächsten Gang gehen, und dachte daran, dass Wanda ihrem Freund ein T-Shirt mit dem Aufdruck *To carry heavy things and to kill bugs* zum Einzug in die gemeinsame Wohnung geschenkt hatte, um klarzustellen, welche Aufgaben definitiv die seinen waren.

Plötzlich stieß sie mit einem Mann zusammen. Er war just in dem Augenblick um die Ecke gekommen, als Amy in den Gang eingebogen war. Entschuldigend hob er die Hände. „Sorry, Miss, ich …"

Abrupt verstummte er. Auch Amy verschlug es die Sprache. Vor ihr stand der Indianer, der Lorcan zusammengeschlagen hatte. Der Schnürsenkel an seinem Hinterkopf leuchtete neongrün und sah aus wie eine Grasnatter, die sich um seine fettigen Haare geschlungen hatte. Hektisch schaute er in alle Richtungen und entschied sich für die Flucht zurück.

Ihr Gerechtigkeitssinn meldete sich so stark, dass sie ohne nachzudenken rief: „Halt!"

„Lassen Sie mich einfach gehen", sagte er keineswegs bettelnd. Ihr fiel auf, dass er sie siezte. Als er sie im Asyl angepöbelt hatte, war sie von ihm geduzt worden.

„Sie haben meinen Freund brutal zusammengeschlagen." Hatte sie tatsächlich „mein Freund" gesagt? „Ich werde einen Wachmann informieren." Sie schaute sich nach der Supermarkt-Security um, damit sie ihn der Polizei übergeben konnte.

Kopfschüttelnd kam er auf sie zu. Ihre Beine kribbelten. Amy wollte weglaufen, doch ihre Füße schienen mit einem Mal aus Blei zu sein. Ängstlich öffnete sie ihre Tasche, schob ihre Hand hinein und tastete nach ihrer Waffe.

Der Revolver war nicht da!

Aber sie trug ihn doch seit dem Überfall immer bei sich, um nicht denselben Fehler noch einmal zu begehen, nämlich den Colt ausgerechnet dann nicht parat zu haben, wenn sie ihn brauchte. Hektisch kramte sie. Nichts.

„Kommen Sie keinen Schritt näher!“, rief sie, und ihre Stimme zitterte.

Der Hüne blieb stehen. Nur ihr Einkaufswagen trennte sie. Eine Frau ging an ihnen vorbei und zog ihr zweijähriges Kind zu sich heran. „Bitte reden Sie leiser, Ms Amy. Ich will keinen Ärger.“

Fast hätte sie laut gelacht. „Den haben Sie sich selbst eingebrockt.“

„Ich bin vorbestraft.“ Er rieb sich mehrmals übers Gesicht. „Beim nächsten Mal komme ich nicht so schnell wieder aus dem Bau raus, und ich gehe da drin kaputt.“

Er zeigte keinerlei Aggression, sondern wirkte vielmehr wie ein großer Fleischklops. Amy entspannte sich etwas. Er schien nicht derselbe Mann zu sein, der im Obdachlosenasyl Krawall geschlagen hatte. Aber sie konnte sich an seinen Atem an jenem Abend erinnern. Alkohol veränderte die Menschen. „Sie sollten nicht trinken.“

„Das tue ich nicht.“ Verlegen schaute er auf seine Sandalen. Er trug zwar einen Pullover, aber keine Strümpfe. Seine gelben Fußnägel ragten bis über den Rand hinaus.

Überführten die roten Flecken auf seinen Wangen ihn einer Lüge? „Stellen Sie sich selbst, oder ich rufe das Wachpersonal.“

„Lorcan hat mich nicht bei den Cops angezeigt, habe ich recht?“ Er lächelte müde.

„Woher kennen sie seinen Namen?“ Im Asyl redete Lorcan so gut wie nie mit den anderen Stadtstreichern.

„Ich kenne ihn besser als Sie.“ Er machte eine bedeutungsschwangere Pause, in der sie fieberhaft darüber nachdachte, was er damit gemeint haben könnte. „Ohne Anzeige hat die Polizei nichts gegen mich in der Hand. Sie würde mich sofort wieder laufen lassen. Also, sparen wir uns beide die Mühe."

Amy fasste den Griff des Einkaufswagens so fest, dass ihre Handgelenke wehtaten. Er hatte recht. In einem hitzigen Gespräch hatte sie Lorcan davon zu überzeugen versucht, den Indianer wegen tätlichen Angriffs anzuzeigen, doch er hatte keinen Sinn darin gesehen.

„Zwei Penner, die sich prügeln, interessieren die Cops für gewöhnlich nicht mehr als der Dreck unter ihren Fingernägeln", hatte er gemeint.

Es sah danach aus, als würde der Indianer ungestraft davonkommen. Das machte sie sauer. Es war ungerecht. Auch ein Wohnungsloser wie Lorcan hatte Gerechtigkeit verdient. Wer wusste schon, was der bullige Kerl beim nächsten Mal anstellte, wenn er betrunken war? Vielleicht überfiel er eine junge Frau und vergewaltigte sie. „Dann hole ich das jetzt nach!", warf sie ihm entgegen und meinte die Anzeige bei der Polizei.

Jegliche Farbe wich aus seinem Gesicht. Er griff nach dem Wagen, als wollte er verhindern, dass Amy wegging, um einen Wachmann zu holen. „Das würde Ihrem neuen Freund gar nicht gefallen."

„Wie bitte?"

„Die Cops würden Lorcan gleich mit einkassieren, so machen sie es immer." Er lehnte sich vor, stützte sich auf dem Wagen ab und dämpfte seine Stimme. „Sie werden behaupten, wir wären beide besoffen gewesen, und uns einsperren."

„Ich werde für ihn aussagen. Er war absolut nüchtern in dieser Nacht, während Ihr Atem nach Alkohol stank."

„Das war doch nur ... Das gehört doch mit ... Ach Mist!" Er richtete sich auf. Dann fuhr er sich mit den Fingern durch die Haare, löste dabei den Schnürsenkel und schüttelte seinen Schopf. „Ich werde nicht für ihn ins Kittchen zurückgehen, sagen Sie ihm das. Meine Schulden bei ihm sind beglichen. Jetzt muss jeder selbst sehen, wie er durchkommt."

„Wovon reden Sie?" Da er zögerte, stellte sie sich vor ihn und bemühte sich, mutiger aufzutreten, als sie sich innerlich fühlte. Immerhin konnte er sie mit einem Schlag zu Boden schicken. „Sagen Sie schon."

Er sah zerknirscht aus. Seine Kiefer mahlten. Von Nahem roch er penetrant nach Schweiß. Amy fragte sich, ob der Strickpulli, den er trug, derselbe war wie in der Nacht, als er Lorcan vermöbelt hatte. Sie konnte sich nicht erinnern.

Er steckte das giftgrüne Band in die Hosentasche. „Wussten Sie, dass man Boxen als Fitnesssport betreiben kann? Ist das nicht verrückt? Diese Reichen denken sich immer wieder etwas Neues aus, um sich gegenseitig das Geld aus der Tasche zu ziehen und sich nicht zu langweilen. Aerobic, Yoga, Pilates, Poledancing, bei dem ganzen Frauenkram wollten wohl auch die Männer mal was anderes als Gewichtestemmen und Joggen ausprobieren. Also hat irgendeiner damit angefangen, reiche Typen auf Sandsäcke schlagen zu lassen, ihnen ein paar Tricks und Kniffe beigebracht und Kohle dafür kassiert."

„Ich wusste gar nicht, dass Sie so geschwätzig sein können", bemerkte sie spitz. „Kommen Sie auf den Punkt."

„Lorcan war einer dieser gelangweilten Snobs." Er zwinkerte. „Bevor er hinter schwedische Gardinen kam, natürlich."

Ihre Augen weiteten sich. „Wollen Sie damit andeuten, dass er ein Boxer ist?" Wie in Zeitlupe entfaltete sich die Tragweite dieser Neuigkeit vor ihr. In der Erinnerung sah sie, wie der Hüne auf Lorcan eindrosch und dieser sich nicht wehrte. Im Nachhinein fand sie, dass er sich recht schnell von seinen Blessuren erholt hatte. Noch in derselben Nacht hatten sie problemlos miteinander schlafen können. Was hatte das zu bedeuten?

„Scheint so, als hätte er schon in seinem alten Leben nicht viele Freunde gehabt, denn er muss verdammt viel trainiert haben, um so gut zu werden."

„Aber Sie sind besser." Amy schnaubte. „Das wollten Sie ihm beweisen. So ist es doch."

„Nein, Missy, leider nicht. Ich habe mit ihm im Jefferson Parish Correctional gesessen. Die Insassen haben dort einen provisorischen Ring errichtet. Ich habe gegen ihn verloren. Dabei glaubte ich, tougher zu sein als er, weil ich auf der Straße schon so einigen Scheiß erlebt habe. Wer hätte das gedacht? Weil wir nichts besaßen, was wir als Einsatz nehmen konnten, haben wir um einen Gefallen gekämpft. Den hat er in der Nacht, als Sie beide …", er zwinkerte, „Freunde wurden, eingelöst. Jetzt bin ich frei, kann mich aber im Asyl nicht mehr blicken lassen."

Das klang alles zu unglaublich, um wahr zu sein. Es war so fernab ihres Alltags. Aber ihr Gegenüber machte ein ernstes Gesicht. Er schien die Wahrheit zu sagen, um seine Haut zu retten. „Was hat er von Ihnen eingefordert?"

„Na, dass Sie beide Freunde werden. Haben Sie das immer noch nicht kapiert?" Er lachte, wohl über ihre Begriffsstutzigkeit, und eilte davon.

Fassungslos schaute Amy ihm hinterher. Sie hielt ihn nicht auf. Völlig durcheinander wich sie zur Seite, damit eine Großfamilie mit zwei Einkaufskörben an ihr vorbeikam. Auf der einen Seite glaubte sie dem Indianer, auf der anderen fragte sie sich, ob es wirklich wahr sein konnte, dass Lorcan sich von ihm hatte aufmischen lassen, um Amys Aufmerksamkeit zu erlangen. Er hatte doch während der Essensausgabe schon dezent mit ihr geflirtet und gewiss gespürt, dass sie sich für ihn interessierte. Wozu also diese Show?

Damit sie sich um ihn kümmerte? Um ihr Mitleid zu wecken, damit sie ihn wie einen geprügelten Hund mit nach Hause nahm? Damit hatte er nicht rechnen können. Auf jeden Fall hätte er erreicht, dass sie sich verantwortlich für ihn fühlte, dass sie sich um ihn kümmern würde, bis er genesen war, und ihn besuchte. Aber woher hatte er gewusst, wie sie reagieren würde? Die gute Samariterin wurde sie von einigen der Stadtstreicher genannt, weil sie freundlicher mit ihnen umging als Wanda und die anderen.

„Was weißt du von mir?“, hatte Lorcan sie einmal gefragt. „Nichts. Die guten Samariter trifft es immer als Ersten.“ Er hatte sie offenbar beobachtet und analysiert.

Amy setzte sich auf einen Stapel Waschpulverpakete und vergrub das Gesicht in den Händen. Sein Plan war aufgegangen, aber das hieß nicht, dass er damit bereits sein Ziel erreicht hatte.

Was wollte er von ihr?

Sie war doch viel zu unbedeutend, war weder vermögend noch die Tochter des Richters, an dem er sich rächen wollte, weil er ihn die vollen sechs Monate in U-Haft gelassen hatte. Derartige Szenarien gehörten in Romane, nicht in die Wirklichkeit. Oder hatte es etwas mit dem Asyl in der ehemaligen Grundschule zu tun? Steckte die Arische Bruderschaft dahinter, und er war nur ihre Marionette? Würde *The Brand* wirklich einen Indianer für seine Pläne einspannen? Das schien ihr unwahrscheinlich, es sei denn, er sollte als Sündenbock herhalten.

Was auch immer vor sich ging, sie musste auf der Hut sein. Jede Sekunde jeder Minute. Jede Minute jeder Stunde.

Jede Stunde eines jeden Tages. Immer.

Ihr erster Gedanke war, Lorcan sofort vor die Tür zu setzen, aber wenn sie genauer darüber nachdachte, erschien ihr das zu gefährlich. Er war ein Boxer, er wusste, wo sie wohnte, wo sie arbeitete und wo sie ihre Sozialstunden ableistete. Er konnte Nabil oder Skyler etwas antun ... oder ihr – und vermutlich befand sich sogar ihre Handfeuerwaffe in seinem Besitz.

Das Gefühl, das jedoch überwog, war Traurigkeit, denn sie hatte sich in den falschen Mann verliebt. Aber es war zu spät. Ihr Herz gehörte Lorcan bereits. Es würde schmerzhaft werden, es ihm wieder zu entreißen.

13. KAPITEL

November, ein Jahr zuvor
Lake Pontchartrain, Buckley-Anwesen

Sein Name war eigentlich irreführend. Der Lake Pontchartrain war kein See, sondern eine Lagune. Das zweitgrößte Salzgewässer der USA erstreckte sich von New Orleans im Süden bis Mandeville im Norden und Slidedell im Osten. Da Lorcans Heimatort, die größte Stadt in Louisiana, tiefer lag, schützten bis zu sechs Meter hohe Deiche die Bewohner vor der Überflutung. Bei Gavins neuem Anwesen reichte das Wasser jedoch bis ans Ufer.

„Kommst du?", rief er über den englischen Rasen.

Lorcan antwortete nicht, sondern riss seinen Blick vom See los und hob sein Weinglas, um ein Ja zu signalisieren. Erst vor wenigen Minuten hatte er sich von der Führung durch das imposante Haus weggeschlichen und in den Garten geflüchtet. Gavin hatte genug andere Anhänger, die an seinen Lippen klebten, während er seine Erfolgsgeschichte fortsetzte und seine Kolonialstil-Villa präsentierte, Kimora an einem Arm, eine Armbanduhr von Vacheron Constantin aus Genf am anderen.

Seiner Ehefrau schien das alles eher unangenehm zu sein. Sie schwieg und lächelte nur hin und wieder verlegen zur Unterstützung ihres Mannes. Am liebsten hätte Lorcan sie aus diesem Elfenbeinturm entführt. Er kannte sie gut genug, um zu wissen, dass sie andere Prioritäten im Leben hatte als Reichtum. Sie wollte mit ihrer Kunst erfolgreich sein, nicht um des Geldes willen, sondern um das tun zu dürfen, was sie gern tat. Mit ihrem knallgelben Kleid und dem orangeroten Lippenstift stach sie heraus. Sie passte nicht zu den anderen geladenen Damen, die entweder eine cremefarbene oder schwarze Abendgarderobe trugen. Bei ihnen lag jedes einzelne Haar akkurat. Ihre blonden Locken hatte Kimora zwar hochgesteckt, aber nur locker, sodass sich einige Haarsträhnen schon nach der Begrüßung der Gäste gelöst hatten. Im Gegensatz zu allen anderen wirkte sie ungezähmt, wie ein nicht mehr ganz so junges Hippiemädchen, das trotz erster Fältchen um die Augen seinen jugendlichen Charme nicht eingebüßt hatte.

Lorcan spürte ein Zucken in den Lenden und trank sein Glas mit einem Schluck leer. Der Alkohol tat ihm nicht gut, stellte er fest, als er über den Rasen zu Gavin und seinem Gefolge aufschloss, die vor dem Pavillon standen – anstatt ihn zu entspannen, nährte er den Unmut in ihm. Er hoffte, er würde seine Zunge im Zaum halten können. Am liebsten hätte er allen gesagt, dass dieses Anwesen noch zur Hälfte der Bank gehörte. Die Geschäfte von Buckley MacConmara florierten, aber die Immobilienfirma war noch jung. Man scheffelte keine Millionen von heute auf morgen. Der Markt könnte einbrechen, oder es könnte etwas Unvorhergesehenes passieren.

Genervt stellte er sich zu Gavins Jüngern und lauschte den Lobeshymnen, die sein Partner auf sich selbst anstimmte.

Gavin trat auf die zweite Stufe des Eingangs, damit alle ihn sehen konnten. „Ich habe diesen Pavillon für meine liebe Ehefrau umgestalten lassen. Sie hat es verdient, immerhin hat sie mich geheiratet. Opfer müssen belohnt werden."

Lorcan hörte Kimoras Lachen, aber es klang peinlich berührt.

„Er hat fast so viel gekostet wie die Renovierung der Villa. Alles wurde rausgerissen. Am Ende standen nur noch die vier Säulen an den Ecken." Sein Gesicht war so rot wie seine Haare, entweder vom Wein oder vor Euphorie. „Kimora wollte Wände aus Glas, also habe ich sie ihr gekauft. Sie wünschte sich ein gläsernes Dach, das sie verdunkeln kann, denn der Lichteinfall ist wichtig beim Malen, und ich besorgte es ihr. Eine Sonderanfertigung. Kostspielig, aber nichts ist mir zu teuer für meine Frau, mein wahres Glück."

Lorcan ließ sein leeres Glas einfach ins Gras fallen. War das der Gavin, mit dem er nächtelang in den Pubs auf der Bourbon Street gesessen und Pläne für eine geschäftliche Partnerschaft geschmiedet hatte? Er erkannte den Streichholzkopf, wie er ihn früher genannt hatte, kaum wieder. Heutzutage wurde Gavin regelrecht böse, wenn Lorcan ihn mit Spitznamen wie „Feuerteufel" neckte. Gavin Buckley war schließlich jetzt wer. Ein Geschäftsmann. Der Jungunternehmer des Jahres. Ein Ehemann.

Letzteres störte Lorcan am meisten. Er fühlte, wie sein Schwanz gegen die Naht seiner Hose drängte, und schaute in die Gesichter der Männer und Frauen. Bemerkten sie nicht, dass sich Gavin mit dem Hauskauf übernommen hatte? Sahen sie nicht, dass er in Wahrheit Kimora damit kaufen wollte?

Der Gavin von früher hatte sich nicht viel aus Statussymbolen gemacht. Aber inzwischen schien er sich um hundertachtzig Grad gedreht zu haben. Wie er dort auf der Treppe stand und prahlte, trat er auf wie ein Zirkusdirektor, der seine blutleeren Nummern anpries, um das Publikum zu beeindrucken. Lorcan ahnte jedoch, dass es Kimora war, der er imponieren wollte.

Gavin war nicht dumm, er spürte das Knistern zwischen Lorcan und ihr. Da er kein großer Verführer war, glaubte er wohl, sie mit einem großen Haus und einem Atelier an sich binden zu können. Lorcan wusste es besser. Kimora war zu clever, um sich davon einwickeln zu lassen.

Erst als Lorcan von Gavins Neuerwerb gehört hatte, hatte er sich eine Eigentumswohnung am Ende des French Quarters im Stadtviertel Treme zeigen lassen. Er hatte schon immer von einem Apartment mit Blick auf den Louis-Armstrong-Park geträumt. Es war die einzige freie Wohnung, denn die Gegend war trotz der hohen Preise heiß begehrt – aber sie hatte kein Kinderzimmer und kam deshalb nicht für ihn infrage.

Nur mit einer Faust in der Tasche ertrug Lorcan die Besichtigung des Pavillons. Bei den Pinseln lagen auch Schaber. Er konnte sich gerade noch zurückhalten, einen Spachtel zu nehmen und auf das Porträt, das Kimora von Gavin gemalt hatte, einzustechen. Das Bild war als einziges gut ausgeleuchtet, damit es auch jedem ins Auge fiel.

Plötzlich tauchte Kimora neben ihm auf und flüsterte ihm ins Ohr: „Er ist immer noch dein Freund." Vorwurfsvoll schaute sie ihn an.

Lorcan suchte sein Spiegelbild in der Scheibe. Sein Gesicht sah aus wie das eines Pitbulls. Er setzte sein charmantes Geschäftslächeln auf, das konnte er inzwischen an- und ausknipsen, wie er wollte.

Schweren Herzens gab er zu, neidisch auf Gavins Auszeichnung zu sein. Er staunte, was sein Partner aus seinem Leben machte, während er selbst auf der Stelle trat. Zudem fühlte er sich ausgegrenzt, dabei sollte er mittendrin sein, schließlich war er die andere Hälfte von Buckley MacConmara. Aber die meisten Wohnungssuchenden, die im Sekretariat der Firma anriefen, verlangten Mr Buckley persönlich zu sprechen. Gavin betreute inzwischen doppelt so viele Klienten wie er. Es war lediglich eine Frage der Zeit, bis Gavin ihm vorschlagen würde, ihn auszuzahlen, um die

Immobilienfirma allein zu führen.

„Du bist nur ein Accessoire für ihn, Kimora."

„Ich will so etwas nicht hören."

Zärtlich strich er im Verborgenen über ihr Handgelenk. „Wie die Designerarmbanduhr, die er sich nach dem Kauf dieses Domizils gar nicht mehr leisten kann."

„Sie ist ein Werbegeschenk." Sie schnaubte und wollte gehen, doch er hielt sie am Arm fest.

„Nicht jeder hat eine Malerin zur Frau. Das macht ihn interessant, ebenso wie dieses protzige Anwesen am See", stichelte er.

Sie kam so nah an ihn heran, dass er die Gänsehaut an ihrem Hals sehen konnte. Tagsüber waren es noch sechzehn Grad gewesen, aber nun, da die Nacht hereinbrach, fiel die Temperatur ab.

Leise presste sie die Worte hervor: „Er liebt mich mehr als alles andere auf dieser Welt."

„Und das beweist er dir mit diesem Prunk?", fragte er sarkastisch.

„Er zeigt es mir, indem er sich nachts an mich klammert wie ein Ertrinkender an ein Stück Holz. Selbst nach der langen Zeit, die wir schon zusammen sind, sagt er mir noch jeden Tag, dass er mich liebt. Sonntags bringt er mir das Frühstück ans Bett. Er lädt die Filme runter, die ich mag, ohne dass ich ihm die Titel nennen muss, und schenkt mir Fotobände statt Schmuck, weil er weiß, was mir gefällt." Ihr Brustkorb wogte auf und ab. „Gelb findet er schrecklich und macht mir trotzdem Komplimente, wenn ich etwas in der Farbe anhabe, und ich trage sie oft. Er denkt sich eine Ausrede für mich aus, damit ich eins seiner Geschäftsessen schwänzen kann, weil ich lieber an einem Bild weitermalen möchte. All das und noch viel mehr."

„Warum hast du aufgehört, auf meine SMS und E-Mails zu antworten?" Nach ihrer Verschmelzung hatten sie sich heiße Nachrichten geschrieben, aber sie waren mit jeder Woche, die verging, weniger geworden. Zumindest von ihrer Seite aus.

Verständnislos riss sie die Augen auf. „Das habe ich dir doch gerade gesagt."

Die Anspielung auf ihre Aufzählung von Gavins guten Seiten verletzte ihn. Er wollte nicht hören, was für ein toller Hecht sein Konkurrent war. „Behaupte nicht, du würdest nicht mehr an das Crescent City Blues and Barbecue Festival im Oktober zurückdenken. Es liegt noch immer Verlangen in deinem Blick."

„Die Stimmung auf dem Lafayette Square war hochgekocht. Wir haben uns mitreißen lassen. Das war falsch."

Er schnalzte ärgerlich mit der Zunge. „Fühlst du dich Gavin gegenüber verpflichtet?"

„Ich lasse mich nicht kaufen, falls es das ist, was du meinst." Stolz reckte sie ihr Kinn in die Höhe. „Mein Platz ist an seiner Seite. Du willst nur besitzen, was ihm gehört, eben weil es ihm gehört."

Ihre Worte trafen ihn. Er fühlte sich gekränkt, konnte aber nicht leugnen, dass ein Fünkchen Wahrheit darin lag. Resigniert ließ er ihren Arm los. Je rarer sie sich machte, desto mehr begehrte er sie. Das war ihm neu. Bisher waren die Frauen stets ihm hinterhergelaufen. „Ich spüre mit jeder Faser meines Körpers, dass du das, was auf dem Fest zwischen uns passiert ist, wiederholen möchtest."

„Das ist nur dein eigener Wunsch, den du auf mich projizierst", erwiderte sie kühl. Er sah ihr an, dass sie log, aber ihre Bindung zu Gavin war stärker. „Lass mich bitte in Ruhe. Schreib mir nicht mehr und ruf mich nicht mehr an, denn ich kann dir nicht geben, was du suchst."

Kimora ließ ihn einfach stehen und ging zu ihrem Ehemann, der sie in die Arme nahm. Gavin warf Lorcan einen Blick zu, der nicht etwa triumphierend oder wütend war, sondern eher taxierend, als würde er sich fragen, was das sollte.

In diesem Moment kam sich Lorcan wie ein Stalker vor. Das war er aber nicht. Kimora hatte ihn kaltgestellt. Sie hatte sich für Gavin entschieden. Den Mann mit den roten Haaren, der sich Sport nicht einmal im Fernsehen ansah, der ihr ein Heim gekauft hatte, das geringfügig kleiner war als das Weiße Haus, und der ahnte, was zwischen ihr und seinem Partner vorgefallen war, und ihr dennoch keine Szene machte. Sie zog den Kerl, der keine Eier in der Hose hatte, ihm vor. Lorcan war wie vor den Kopf geschlagen!

Übellaunig eilte er hinaus, denn er verspürte eine große Lust, das Atelier auf der Stelle in Schutt und Asche zu legen.

14. KAPITEL

August dieses Jahres
Waggaman, Skylers Haus

Als Amy ihren Wagen am Straßenrand vor ihrem Shotgun House parkte, da sie keine Garage besaß, traute sie ihren Augen kaum. Lorcan und Skyler saßen auf der Veranda ihres Cousins und zischten ein Budweiser wie zwei alte Kumpels.

Verwundert blieb sie einen Moment im Auto sitzen und stieg erst aus, als die beiden schon komisch guckten. Sie hatte sich langsam von ihrem ansehnlichen, aber zwielichtigen Untermieter zurückziehen wollen. Ausgerechnet jetzt freundete er sich mit ihrer Familie an. Handelte es sich dabei vielleicht um Stufe zwei seines Plans? Erst Amy verführen, dann sich in ihrem Leben ausbreiten, wenn möglich sogar festkrallen?

Lorcan nahm seine nackten Füße von der Balustrade und stand auf. Sein Schaukelstuhl wippte nach. „Lass alles im Kofferraum. Ich trage selbstverständlich den Einkauf rein, Amy“, rief er zu ihr herüber.

„Das kann warten.“ Lächelnd machte Skyler eine Geste, damit er sich wieder hinsetzte. Halb saß, halb lag er in seiner Hängematte. Er hielt seinem Gast seine Flasche hin, eine stumme Aufforderung, mit ihm anzustoßen, was dieser dann auch tat.

Einladend winkte Skyler seine Cousine heran. „Komm, setz dich zu uns. Wer arbeitet, darf auch feiern, schließlich ist Freitagabend. Soll ich dir ein Bud aus dem Kühlschrank holen, oder trinkst du bei Lorcan mit?“

Amy spürte unvermittelt, wie Hitze ihr in die Wangen stieg. Wie viel wusste er von ihr und Lorcan? Was hatte ihr neuer Mitbewohner ihm bloß alles erzählt?

Während sie auf die beiden Männer zuging, fiel ihr auf, wie ähnlich sie sich waren. Sie waren muskulös gebaut, doch Lorcan schien seinen gesamten Körper zu trainieren, ihr Cousin dagegen stemmte nur Gewichte. Seine Hüften waren schmal und seine Beine schlank, langsam bekam er jedoch einen Stiernacken. Seine Arme sahen regelrecht aufgepumpt aus. Mit seinem unproportional großen Bizepsmuskeln und seiner Glatze erinnerte er sie an Popeye, aber das hörte Skyler nicht gern.

Was ihn ihrer Meinung nach attraktiv machte, war das spitzbübische Funkeln in seinen Augen. Manchmal kam er ihr wie ein Junge in einem Männerkörper vor. Unten gut bestückt, aber nur Unsinn im Oberstübchen. Er wusste seine Vorzüge durchaus einzusetzen, aber die Frauen langweilten ihn schnell. Amy versuchte gar nicht mehr, sich den Namen seiner neuen Freundin zu merken, wenn er sie ihr vorstellte.

„Ich muss erst noch erwachsen werden“, pflegte er zu sagen, um dann laut zu lachen, immerhin war er im April dreißig Jahre alt geworden.

Oberflächlich betrachtet waren sich die beiden Männer ähnlich, aber es gab einen gravierenden Unterschied, der Amy bewusst wurde, je näher sie kam. Lorcans Blick trübte eine Düsterkeit, die sie nicht zu deuten wusste. Handelte es sich um Melancholie, um Traurigkeit oder gar Hass? Auf Skyler schien die Sonne zu scheinen, er nahm alles leicht oder tat wenigstens so. Über Lorcan dagegen lag ein Schatten, und Amy wusste nicht, ob dieser jemals wieder verschwinden würde, ob er ihr gefährlich werden konnte, weil er eines Tages aus Lorcan ein Monster machen würde, oder ob Lorcan selbst ein Opfer war.

Lorcan nahm wieder Platz. „Ist alles wieder okay mit deinem Wagen?"

„Mein Auto sprang gestern Abend nach der Arbeit nicht an. Nabil hat mich nach Hause gebracht und heute Morgen zur Werkstatt gefahren", sagte sie, als müsste sie Skyler erklären, was passiert war, damit er sich keine Sorgen machte. Über den Tag verteilt hatte ihr bester Freund ihr acht SMS geschrieben:

Denk an dich.
Ist dir auch heiß?
Wohnt der Typ noch bei dir?
Essen wir was zusammen in der Mittagspause?
Du bedeutest mir viel.
Du siehst immer nur das Gute in den Menschen.
Pass auf dich auf.
Du bist toll!

Aber sie hatte nur einmal geantwortet, um ihm zu sagen, dass sie mittags in der Verwaltung bleiben und durcharbeiten würde, um früher Feierabend zu machen. Lorcans Bagels hatte sie nicht erwähnt. Irgendwann hatte Nabil es aufgegeben, und ihr Handy war verstummt.

„Fährt Nabil immer noch mit dem Tretesel?", fragte Skyler und schüttelte den Kopf.

„Mach dich nicht lustig über ihn." Amy stieß seine Hängematte an, aber sie schwang kaum hin und her, da ihr Cousin zu schwer war. „Er ist Sportler, wie ihr."

„Kinder fahren Fahrrad. Richtige Kerle stemmen Gewichte." Er nickte Lorcan zu, doch dieser zuckte kaum mit dem Mundwinkel.

Das konnte sie nicht auf ihrem besten Freund sitzen lassen. Bei einem ihrer letzten Besuche hatte er sich in ihrem Beisein ein frisches T-Shirt angezogen, und sie hatte festgestellt, dass er gar nicht so übel aussah. Er war eben kein Arnold Schwarzenegger, sondern ein Lance Armstrong. „Nabil ist Radsportler. Er hat sogar schon einige Pokale gewonnen."

„Und sich dabei die Nüsse platt gefahren." Skyler lachte als Einziger über seinen derben Witz. Prustend schlug er sich auf den Oberschenkel.

Amy verdrehte die Augen. „Er stand sogar schon mal in einer Fachzeitschrift."

„Die Werbeanzeige hängt immer noch eingerahmt bei ihm im Wohnzimmer." Skyler gluckste wie ein Junge und tippte sich mit dem Zeigefinger an die Stirn.

„Er hat tausend Dollar für das Fotoshooting bekommen und musste nur einen Energydrink in die Kamera halten." Manchmal brauchte ihr Cousin einen Dämpfer, er konnte ihn gut wegstecken, daher bemerkte sie scharfzüngig: „Dir hat noch niemand Geld angeboten, obwohl du denkst, dass du aussiehst wie ein griechischer Gott."

„Sei doch nicht immer so ernst."

Plötzlich ließ er seine Hand vorschnellen, packte sie am Arm und zog sie auf seinen Schoß, bevor sie wusste, wie ihr geschah. Die Scharniere der Hängematte quietschten bedrohlich. Er knabberte so sachte an ihrem Hals wie damals, als sie noch Kinder gewesen waren, dass es kitzelte und sie lachte. Doch mit Lorcan als Zuschauer war ihr das peinlich. Das unschuldige Spiel bekam eine erotische Komponente. Es wirkte mit einem Mal schmutzig und falsch. Heftig kämpfte sie gegen Skyler an. Ihr Cousin musste spüren, dass etwas anders war als früher und dass Amy langsam sauer wurde, denn er hörte auf, sie zu beißen, ließ sie jedoch nicht los, sondern schaute sie irritiert an.

„Entschuldigung, Kumpel." Lorcan zerrte sie von ihm

herunter und zog sie auf seine Knie. „Aber sie gehört jetzt auf meinen Schoß."

Glücklich, dass er sie aus dieser unangenehmen Situation, in die Skyler sie mit seiner Unbedarftheit gebracht hatte, gerettet hatte, legte sie ihm einen Arm um seine Schulter. Seine Nähe fühlte sich gut an. Trotz ihrer Zweifel an seiner Aufrichtigkeit tat es gut, von ihm gehalten zu werden und ihn zu spüren. Dennoch durfte sie nicht vergessen, dass er etwas im Schilde führte. Sie musste unauffällig herausfinden, was er von ihr wollte, und dieses Wissen nutzen, um ihn loszuwerden, ohne dass er ihr oder jemandem, der ihr nahestand, schaden konnte. In diesem Moment, wo er sanft ihre Hüften drückte und sie mit einer Wärme im Blick ansah, die seiner Scharade trotzte, nahm sie sich vor, seine Anwesenheit bis zu einer Aussprache mit allen Sinnen zu genießen.

„Ihr seht aus, als würdet ihr gleich übereinander herfallen." Schnalzend lehnte sich Skyler zurück.

Amy wurde heiß. Sie fragte sich, was er von Lorcan wusste. Er würde einem Stadtstreicher und Exhäftling wohl kaum seine Cousine überlassen. Vermutlich hatte Lorcan die Wahrheit schöngefärbt. Das war ihr recht.

In einem Zug leerte Skyler seine Bierflasche und wischte sich mit dem Handrücken über den Mund. „Dein Freund und ich haben viel gemeinsam, nicht nur, dass wir unsere Körper schinden, um gut für euch Frauen auszusehen."

„Eigentlich steht bei mir die Fitness im Vordergrund", warf Lorcan ein.

„Papperlapapp. Das behauptest du nur, weil Amy dabei ist."

„Wenn du meinst."

Skyler murrte. „Wir stehen beide darauf, unsere Liebhaberinnen ein wenig anzuleiten, wenn du verstehst …"

Verwirrt schaute sie von einem zum anderen. Lorcan machte den Eindruck, als wolle er das Thema lieber vermeiden, und schwieg.

Skyler schwang sich herum und setzte sich. Leiser als zuvor erklärte er: „Es macht uns an, ihnen zu sagen, was sie tun sollen, wenn sie vor uns knien und demütig zu uns aufschauen und wir sie dazu bringen, Dinge zu machen, zu denen sie sich von alleine nicht überwinden könnten. Wir mögen unsere Partnerinnen gehorsam."

Ein starkes Prickeln floss durch sie hindurch. Die Männer hatten sich gerade erst kennengelernt und schon über Sex gesprochen? Das erstaunte Amy. Sie mussten wirklich auf einer Wellenlänge liegen. „Gehorsam?"

„Nur wenn die Frauen es auch wollen", fügte ihr Cousin hinzu. „Niemand zwingt sie dazu, vor uns zu kriechen, außer ihre eigene Geilheit. Wir erniedrigen sie nicht, sondern geben ihnen im Grunde nur das, was sie wollen, was sie heißmacht. Es geht um einvernehmlichen Sex, nichts anderes würden wir jemals akzeptieren."

Amy bekam eine wohlige Gänsehaut. Sie dachte daran, wie Lorcan sie mit dem Morgenmantelgürtel an die Duschstange gebunden und im Garten unterworfen hatte, indem er sie mit seinem Körpergewicht auf den Rasen gedrückt und ihre Hände festgehalten hatte.

„Wir fesseln sie, um sie zu erregen, wir schlagen sie, damit sich ihre Lust steigert, wir machen ihren gesamten Körper zu einer einzigen großen Intimzone." Lorcan streichelte Amy beruhigend. „Sie sind nicht so hilflos, wie es scheint, denn sie bekommen ein Safeword, mit dem sie das Liebesspiel jederzeit abbrechen können."

„Du magst so etwas auch?", fragte sie leise.

„Ab und zu. Es sorgt für Abwechslung."

„Lorcan ist mein Mann.“ Skyler hob seine Hand, damit sein Gast sie abklatschte. „Ich habe Nabil im letzten Sommer Aufnahmen von Subs gezeigt, die Harnische und Mundspreizer trugen. Er ist hart geworden, hat einen angewiderten Blick drauf geworfen und das Magazin dann in hohem Bogen weggeworfen, als wären die Seiten plötzlich in Flammen aufgegangen. Später habe ich ihn dabei erwischt, wie er SM-Bilder auf meinem Rechner angaffte, dieser kleine Scheißer, dabei sollte er im Internet nur eine Adresse für mich raussuchen.“

„Du bist doch mit Nabil befreundet“, erinnerte Amy ihn. Sie mochte es nicht, wenn Skyler schlecht über ihn redete.

„Ja, sicher, tut mir leid. Aber ich hasse diese Doppelmoral! Die Typen, die zetermordio schreien, aber sich heimlich Pornofotos ansehen und sich dabei einen runterholen, sind die Schlimmsten. Vor denen muss man sich in Acht nehmen, nicht vor uns, die ihre Neigung offen zugeben.“ Mit der Faust klopfte er mehrmals auf seinen Brustkorb. Dann erhellte sich seine düstere Miene. „Da lobe ich mir Lorcan, der steht dazu. Ist ja auch nichts dabei. Wir sind keine schlechten Menschen, sondern mögen es nur gerne ein bisschen härter, genauso wie unsere Geliebten. Wer nicht dafür ist, der passt nicht zu uns. Was ist mit dir, Amy? Stehst du auf die harte Tour?“

Ihre Augen weiteten sich. Sie hatte nicht vor, mit ihrem Cousin über ihre Vorlieben zu sprechen. Selbstverständlich hatten sie schon über Sex geredet, aber nur an der Oberfläche gekratzt, wie sie jetzt feststellte.

„Er hat jemanden kennengelernt“, warf Lorcan ein.

Erleichtert, dass er von ihr ablenkte, atmete sie auf.

„Ebony findet, ich sehe aus wie Vin Diesel.“ Skyler zwinkerte.

„Das beweist, wie verliebt sie in dich ist.“ Mit einer diebischen Freude formte Amy aus ihren Daumen und Zeigefingern zwei Ringe und hielt sie sich vor die Augen. „Sie trägt eine verdammt dicke rosarote Brille.“

Skyler streckte seine Hände nach ihr aus und tat so, als wollte er nach ihr greifen. „Wenn Lorcan nicht da wäre, würde ich dich jetzt auf den Boden werfen und so lange kitzeln, bist du weinst, wie früher. Weißt du noch?“

Seine Attacken waren unbarmherzig gewesen, aber sobald Tränen ihre Wangen hinabliefen, hatte er ein schlechtes Gewissen bekommen und aufgehört. Demonstrativ schmiegte sie sich an ihren Beschützer.

„Ebony fährt darauf ab, wenn man ihr dabei zusieht.“ Während Skyler sein Kinn kraulte, beobachtete er Amys Reaktion genau.

So wie er das sagte, bekam das unscheinbare Wörtchen „dabei“ eine dreckige Note. Sie wusste genau, was er damit meinte, aber nicht, wie sie darauf reagieren sollte. Diese für sie neue Art der Sexualität machte sie neugierig. Sehr sogar! Doch sie lenkte sie im Moment zu sehr ab. Sie sollte einen klaren Kopf bewahren, das Gespräch jedoch brachte sie durcheinander und ließ sie beinahe vergessen, was der Indianer ihr enthüllt hatte. Aber eben nur fast.

„Soll das eine Einladung sein?“ Lorcans Brauen wölbten sich.

Mit glänzenden Augen sah Skyler auf seine Armbanduhr. „Ich treffe sie in zwei Stunden am Seeufer. Sie mag Voyeure. Die Kleine ist noch nicht so weit, dass sie aus unmittelbarer Nähe beobachtet werden möchte, aber es macht sie an, wenn sie weiß, dass jemand aus dem Verborgenen zusieht.“

„Hört sich eher so an, als würdest du ihre Erziehung darauf ausrichten, dass sie sich eines Tages vorführen lässt.“

Lorcans Stimme klang eine Nuance dunkler.

So vertraut die beiden Männer auch wirkten, Amy wurde das Gefühl nicht los, dass sie einander heimlich belauerten. Betrachteten sie sich nicht nur als Verbündete, sondern auch als Konkurrenz?

Skyler blieb ihm eine Antwort schuldig. „Also? Interessiert?"

„Ich weiß nicht." Unschlüssig knabberte Amy an ihrer Unterlippe. Sie hatte ihrem Cousin noch nie beim Sex zugeschaut, aber selbstverständlich hatte sie ihn schon nackt gesehen, schließlich waren sie zusammen aufgewachsen.

„Es ist ein harmloses kleines Spiel", flüsterte Lorcan ihr ins Ohr. „Und wer weiß, vielleicht finden wir Gefallen daran und haben auch unseren Spaß."

Mit den Fingerspitzen glitt er hauchzart über ihre Kehle. Er bannte Amy mit seinem Blick, in dem ein Verlangen lag, dem sie nicht widerstehen konnte. Sein Begehren schien keineswegs gierig, alles verschlingend, sondern warm und wohltuend. Bei ihm fühlte sie sich seltsamerweise sicher, dabei war er derjenige, der ein dunkles Geheimnis hütete. Aber er gab ihr eben auch Kraft, er schenkte ihr Halt, und vor allen Dingen drängte er sie nicht dazu, auf Skylers Angebot einzugehen, sondern überließ ihr die Entscheidung.

Zaghaft nickte sie. Während ihr Cousin applaudierte, verlor sie sich in Lorcans Augen. Wurde er unter ihr hart? Sie konzentrierte sich auf ihren Hintern, und tatsächlich wuchs eine Wölbung in seinem Schritt. Sein erigierendes Glied ließ sie erahnen, dass sie es nicht nur beim Zuschauen belassen würden.

Als sie kurz darauf in ihrem Haus allein waren, um den Einkauf wegzuräumen, sich frisch zu machen und umzuziehen, stellte sie klar: „Auf keinen Fall werde ich mehr zulassen, als die zwei zu beobachten. Ich will nicht vor Ebony und Skyler mit dir intim werden, und ich möchte auch Ebony nicht küssen oder noch weiter gehen, nur weil euch Männern so etwas gefällt."

„Red keinen Unsinn, Babydoll." Lorcan legte die Handflächen an ihre Wangen und küsste sie sanft. Seine Zunge glitt zwischen ihre Lippen, und sie stöhnte in seinen Mund, selbst überrascht darüber, wie sehr die Aussicht auf die kommenden Stunden sie erregte. Was sie gehört hatte, ließ sie feucht werden, aber das durfte er nicht erfahren. Lorcan war der letzte Mann, dem sie sich unterwerfen sollte. Dumm nur, dass sie an nichts anderes mehr denken konnte.

Verlegen wandte sie sich ab und stellte das Müsli in den Schrank. Eigentlich hatte sie kein Anrecht auf ihn. Erst vor wenigen Stunden hatte sie sich vorgenommen, einen Weg zu finden, ihn loszuwerden, ohne dass es Ärger gab. Dennoch konnte sie sich eine spitze Antwort nicht verkneifen: „Und du auch nicht."

„Was meinst du?" Er ließ Wasser in das Spülbecken laufen. Ein Mann, der freiwillig abwusch – damit sammelte er einen weiteren Pluspunkt bei ihr.

Sie fand nicht die richtigen Worte. Ihr war das Gespräch peinlich. „Mit Ebony."

Aus dem Augenwinkel heraus sah sie, wie das Grinsen auf seinem Gesicht immer breiter wurde. „Versprochen."

Die Zeit verging quälend langsam. Amy wurde immer unruhiger, weil sie nicht wusste, was sie erwartete und ob sich Lorcan an die Abmachung hielt. In einem Moment wollte sie ihn vorher noch verführen, aber sie ahnte, dass sie das einiges an Spannung kosten würde, daher riss sie sich am Riemen. Im nächsten schalt sie sich eine Närrin, weil sie zuließ, dass die Beziehung zu ihm noch intensiver wurde.

Das neue Erlebnis würde sie für immer an ihn erinnern, es schweißte sie zusammen, und sein Griff um ihr Herz würde noch stärker werden.

Was tue ich hier nur, fragte sie sich, als sie zu ihrem Auto gingen, um zum Lake Pontchartrain aufzubrechen. Während sie die Türen aufschloss, scherte ein blauer Ford aus der Reihe der parkenden Fahrzeuge aus. Das linke Hinterrad eierte genauso wie bei Nabils Wagen, eigentlich müsste es ausgetauscht werden, aber er hatte kein Geld dazu. War er das vielleicht sogar? Blinzelnd spähte sie dem Wagen hinterher, aber er bog bereits nach rechts ab. Wunderte sich Nabil, weil sie seine zahlreichen SMS nicht beantwortete? Machte er sich Sorgen und wollte nachschauen, ob es ihr gut ging? Warum hatte er dann nicht bei ihr geklingelt?

„War das ein Nachbar von dir?“ Lorcan folgte ihrem Blick und stützte sich mit den Unterarmen auf dem Wagendach ab. „Der Ford.“

„Nein“, erwiderte sie knapp, da sie nicht mit ihm über ihren pakistanischen Freund reden wollte.

„Hm“, machte er und zuckte mit den Schultern. „Er parkte auch in der Straße, als du mich das erste Mal mit nach Hause genommen hast. Und kaum stiegen wir aus, fuhr er ebenfalls weg.“

„Tatsächlich?“ Amy schaute noch einmal in die Richtung, als könnte sie das Auto noch sehen. Lorcan besaß eine gute Beobachtungsgabe, sie musste vorsichtig sein.

„Wahrscheinlich Zufall“, meinte er und setzte sich auf den Beifahrersitz.

„Vielleicht, ja“, murmelte sie, war sich aber nicht sicher. Ihr Bauchgefühl sagte ihr, dass es Nabil gewesen war. Parkte er öfters in der Nähe ihres Hauses? Hätte er Skyler besucht, wäre er auch kurz bei ihr vorbeigekommen, das machte er immer so. Was hatte sein seltsames Verhalten zu bedeuten?

In dieser Nacht würde sie keine Antwort mehr auf ihre Frage bekommen, daher schob sie den Gedanken beiseite und setzte sich hinters Lenkrad. Mit jedem Meter, den sie dem Treffpunkt näher kamen, wurde sie nervöser. Skyler hatte sie zu seinem ehemaligen Verleih für Wassersportgeräte bestellt.

Vor etwas mehr als acht Jahren hatte er den Laden erstanden und sich selbstständig gemacht. Der Hurrikan Katrina hatte ihm jedoch einen Strich durch die Rechnung gemacht. Die Lagune war ohnehin schon belastet gewesen. Aber als während der Katastrophe Ende August 2005 einige Deiche brachen, musste New Orleans ausgepumpt werden. Man leitete das Schmutzwasser in den Pontchartrain-See, was nicht nur den 125 Arten von Wasserlebewesen zusetzte, sondern auch Skyler. Mühsam hatte er sein Geschäft renoviert und neu eröffnet. Doch die Kunden waren weggeblieben. Jeder hatte mit seinem eigenen Schicksalsschlag zu kämpfen. Und selbst als es wieder bergauf ging, scheuten die Menschen den direkten Körperkontakt mit dem belasteten Gewässer. Der Verleih ging pleite. Skyler fand keinen Käufer für das Haus, obwohl eine kleine Lagerhalle dazugehörte, in der er früher die Surfboards, Jetskis und andere Gerätschaften aufbewahrt hatte. Die Ausrüstung hatte er verscherbelt, das Gemäuer zerfiel.

Anscheinend hat er inzwischen einen anderen Verwendungszweck dafür gefunden, dachte Amy belustigt.

Aufgeregt lenkte sie ihren Wagen durch das Tor, das er wohl für sie hatte offen stehen lassen. Um sicherzugehen, dass sie nicht gestört wurden, stieg Lorcan aus und schloss es hinter ihnen. „Betreten strengstens verboten!“, las sie auf dem Schild, das an einer Silberweide neben der Einfahrt hing. Früher hatte dort gestanden: „Willkommen im *Sea Snake – Watersports 'n' Fun*".

Amy stellte das Auto in einiger Entfernung zu dem grauen Betonklotz ab, der nur noch Reste der Farbe aufwies, in der er einst gestrichen worden war. Gemeinsam schlichen sie in der Dunkelheit voran. Je näher sie kamen, desto lauter klang das sanft gegen das Ufer schwappende Wasser. Die Luft roch nach Algen und feuchtem Gras. Zikaden zirpten in der Dunkelheit. Von einem Boot, das in einiger Entfernung ankerte, drang R&B-Musik zu ihnen herüber. Anscheinend feierte eine Handvoll junger Leute dort eine kleine Privatparty, schemenhaft sah man sie an Bord tanzen.

Amy ergriff die Hand ihres Begleiters. Ihr Herz schlug schneller. Lorcan küsste sie und schob sie nah an ein Seitenfenster der Halle heran. Drinnen brannte Licht. Ein einzelner Strahler war auf eine afroamerikanische Schönheit gerichtet, die wenige Meter seitlich von der Scheibe entfernt auf einer Hundedecke kniete.

Ebony trug eine Zwangsjacke, die ihre Brüste aussparte. Prall hingen sie herab und wirkten durch den weißen Stoff noch dunkler. Ihr Unterleib war nackt. Sie war blank rasiert, wehrlos und offensichtlich erregt. Ihr Mund stand offen, als bekäme sie nicht genügend Luft. Ihre Beine waren gespreizt. Sie spannte immer wieder kurz die Pomuskeln an und blickte erwartungsvoll zu ihrem Herrn auf.

Vor ihr ging Skyler, nur bekleidet mit einer schwarzen Lederhose, auf und ab. Die Schnallen an seinen Springerstiefeln klapperten bei jedem Schritt. Er hatte wohl eine Bewegung ausgemacht, denn er schaute zu ihnen herüber. Lorcan hob die Hand zum Gruß. Skyler nickte, sah auf Ebony hinab und lächelte maliziös.

15. KAPITEL

August dieses Jahres
Lake Pontchartrain, Sea Snake – Watersports 'n' Fun

Ebony musste erahnen, dass sie nicht länger mit ihrem Liebhaber allein war, denn ihr Brustkorb hob und senkte sich hektischer, und sie setzte zum Sprechen an, doch Skyler machte „Pst". Das reichte, um sie zum Schweigen zu bringen.

Amy faszinierte die Macht, die er über diese Frau besaß. Er schrie sie nicht an oder drohte ihr mit Schlägen, sondern sein Blick allein reichte. Dabei kannte er Ebony doch kaum. Wie hatte er sie so schnell dazu gebracht, sich ihm unterzuordnen? Amy kam zu dem Schluss, dass die Frau bereits Erfahrung in dieser düsteren Variante der Erotik besitzen musste. Womöglich war sie auch naturdevot, falls es so etwas gab. Oder Skyler hatte Qualitäten, von denen Amy nichts ahnte.

Unweigerlich fragte sie sich, ob sie sich ebenfalls einem Mann unterwerfen könnte. Oder würde ihr Stolz ihr im Weg stehen? Lorcan hatte bereits zweimal Dominanz ihr gegenüber ausgeübt, aber dabei hatte er sie überrumpelt. Zu ihrer eigenen Überraschung reizte es sie, herauszufinden, ob sie über ihren Schatten springen konnte. Er hielt sie wohl für ein braves Kleinstadtmädchen, aber was Sex betraf, war sie recht offen. Sie konnte sich durchaus gehen lassen und die Lust in vollen Zügen genießen. Ihre Neugier wuchs.

Amy stellte sich auf die Zehenspitzen und spähte durch ein Loch im Glas. Eine Ecke war herausgebrochen. Skyler hatte sich offenbar in der Halle eine kleine Werkstatt eingerichtet. An einer Seite lagen Holzlatten, an der anderen stand eine Werkbank, außerdem hingen an einigen Wandhaken neben einer Regalwand diverse Handwerkzeuge. Amy wagte kaum, sich wieder aufrecht hinzustellen, denn da sie genau hörte, wie Ebony ihren Atem ausstieß, musste diese wiederum jeden Laut von ihr wahrnehmen können.

Erhaben, wie sie es ihrem kumpelhaften Cousin, der gern flachste und seine Späße mit anderen trieb, gar nicht zugetraut hätte, schritt Skyler um seine Lustsklavin herum und machte sie damit sichtlich nervös. Seit März des Vorjahres arbeitete er als Fahrer für Essen auf Rädern. Morgens, mittags und abends belieferte er alte und kranke Menschen, dazwischen hatte er Pause.

„So toll es sich auch anfühlt, etwas Gutes zu tun", hatte er einmal zu ihr gesagt, „es sind beschissene Arbeitszeiten."

Vermutlich verbrachte er an diesem traurigen Ort seine Freizeit und träumte davon, den Verleih irgendwann doch wieder zu eröffnen.

Ungeniert, obwohl zwei Personen zusahen und eine davon sogar seine Cousine war, holte er seinen Schaft heraus. Erst präsentierte er ihn Ebony, indem er vor ihrem Gesicht lasziv über das nicht übermäßig lange, aber doch recht dicke Glied auf und ab strich, und als diese bereitwillig ihren Mund öffnete, schob er es hinein. Während sie geflissentlich saugte, beobachtete er sie. Seine Erregung schwoll an, das erkannte Amy daran, dass er schwerer zu atmen schien, ansonsten blieb er cool.

Erst als er in Ebonys kurze schwarze Locken griff und sie zu ihm aufschaute, seinen Schwanz noch zwischen ihren Lippen, erzitterte er. Behutsam glitt er tiefer in sie hinein und zog sich wieder, bis auf die Penisspitze, zurück. Er nahm sie oral, und als wüsste sie, was er von ihr verlangte, legte sie den Kopf in den Nacken und presste ihren Mund auf sein Geschlecht. Ihre Blicke klebten aneinander, und Amy ahnte, dass sich beide daran aufgeilten; er, weil sie demütig vor ihm kniete und seiner Lust diente, und sie, weil er ihr Lust verschaffte, indem er sie benutzte.

Amy selbst bekam eine Gänsehaut und ertappte sich dabei, wie sie leise stöhnte, froh darüber, dass Lorcan hinter ihr stand und nicht ihre glühenden Wangen sah. Er lachte leise, und das reichte schon, um sie noch verlegener zu machen. Seltsamerweise ließ sie eben jene Scham feucht werden. Gefühle, die normalerweise negativ waren, wie Verlegenheit, Erniedrigung, Angst und Schmerz bekamen durch diese dunkle Spielart der Lust eine erotische Komponente. Ansatzweise spürte sie das bereits am eigenen Leib. Es verwirrte sie, aber gefiel ihr, es war befremdlich und machte sie trotzdem an.

Lorcan tastete sich zu ihrem Busen vor. Zärtlich massierte er ihn, während er einen Arm um ihre Hüften legte und ihre Kehrseite eng an seine Lenden drückte. Da sein Gesicht über ihrer Schulter schwebte, kitzelte sein Atem ihr Ohr. Sachte rieb er seine Erektion gegen ihren Hintern.

Skyler nahm Ebony immer leidenschaftlicher. Er hielt ihren Kopf an den Haaren fest. Durch die Zwangsjacke, die ihre Hände an ihren Bauch band, konnte sie seine Stöße nicht abfangen. Sie war hilflos, ihm ausgeliefert, und versuchte hin und wieder, sich abzuwenden, doch er hielt sie fest. Blinzelnd bemühte sie sich um eine Art der Kommunikation. Sie wurde unruhig, keuchte, hob ein Knie und stellte es wieder auf.

Endlich hörte er auf, sie oral zu penetrieren, aber er entfernte sich nicht komplett aus ihrer Mundhöhle, sondern blieb zur Hälfte in ihr. „Du wirst sehr bald lernen, mich tiefer aufzunehmen.“ Er sagte das so, als wäre sein Wort Gesetz, als hätte sie keine Wahl.

Leise schnaubte Amy.

„Sie hat sich dazu bereit erklärt, das Recht, über ihren Körper zu bestimmen, an ihren Herrn abzutreten, als sie zu diesem Treffen kam." Lorcans Hand glitt von ihrem Busen hinauf zu ihrem Hals. „Das ist Teil ihrer Abmachung. So funktionierten Dominanz und Unterwerfung nun mal."

„Wie konnte sie nur?" Da war ein innerer Widerstand in ihr, den sie nicht leugnen konnte, und dennoch war ihr Höschen nass.

„Es macht sie geil. Sie möchte es nicht anders. Nur so kommt sie auf ihre Kosten." Mit seinem Zeigefinger zeichnete er ihre Unterlippe nach. „Im Zweifelsfall hat sie ja noch das Safeword."

Das beruhigte sie. Ebony musste eine starke Frau sein, dass sie sich derart intensiv hingeben konnte. Mit einem Mal bewunderte Amy die Fremde, die unweit vom Fenster in einer kargen Halle auf einer Hundedecke kniete, gefesselt war und Skyler die Kontrolle über sich verlieh.

„Du hast keins." Kaum hatte Lorcan das gesagt, schob er einen Finger in ihren Mund. „Das bedeutet, ich kann mit dir tun und lassen, was ich möchte." Sinnlich glitt er vor und zurück. „Alles!" Abrupt stieß er einen zweiten Finger hinein. „Du hast keine Möglichkeit, mich aufzuhalten."

Hatte sie schon, das hatte sie im November letzten Jahres bewiesen. Der Überfall hatte sie im Nachhinein stärker gemacht!

Aber jetzt befand sie sich in einer völlig anderen Situation. Lorcan wollte ihr nur Angst einjagen, und das schaffte er auch. Aber es war eine frivole Angst, eine, die Lust versprach und ihren Schoß anschwellen ließ. Immer wieder drang er mit seinen Fingern zwischen ihre Lippen. Er eroberte sie tiefer und forderte sie genauso heraus wie Skyler seine Sklavin. Annähernd konnte Amy nachvollziehen, was Ebony gerade empfand. Es war überraschend heiß, jemand anderem die Macht über sich zu überlassen. Sie fasste zwar Lorcans Handgelenk, hielt ihn aber dennoch nicht auf, wenn er wieder bis zu den Fingerwurzeln in sie hineinstieß. Über seine Hand hinweg beobachtete sie Ebony.

Die Afroamerikanerin wehrte sich immer vehementer. Skyler schien gnadenlos, aber besonnen zu sein, denn er drang offensichtlich tiefer ein, als sie es gewohnt zu sein schien, zog sich jedoch rechtzeitig zurück, wenn sie auch nur leicht würgte.

„Atme flacher. Durch die Nase“, sprach er besänftigend auf sie ein. „Konzentriere dich darauf, Rachen und Zunge locker zu lassen. Wenn du dich mental darauf einlässt und es akzeptierst, wird dein Körper folgen und nicht mehr abwehrend reagieren.“

Tatsächlich beruhigte sich Ebony etwas. Sie schnaufte nicht mehr laut und versuchte auch nicht mehr, seinem Glied auszuweichen. Dafür schob sich Skyler nicht mehr ungestüm in sie hinein, sondern langsam. Stück für Stück drang er mit seinem Glied weiter in ihre Mundhöhle vor.

Auch Lorcan füllte Amy ganz mit zwei Fingern aus, und diesmal ließ er sie in ihr. Er zwang sie, seine Herrschaft über sie hinzunehmen, zu kapitulieren. Und sie tat es, sie genoss diese kleine Obszönität, die im Grunde harmlos war und nur zu etwas Schmutzigem wurde, weil es um Unterwerfung ging.

Sie sah, dass Ebony immer wieder schluckte. Skylers Schaft musste sehr weit in ihr stecken, viel tiefer als Lorcans Finger in Amys Rachen. Doch auch diesmal verlor die Sub den Kampf gegen ihren Würgereflex. Seufzend zog sich ihr

Meister zurück. Eine einzelne Träne rann über ihre Wange. Gefühlvoll wischte Skyler sie ab.

Doch dann sagte er etwas, das seine Zärtlichkeit Lügen strafte: „Du hast versagt, ich bin enttäuscht von dir. Damit du dich beim nächsten Mal mehr anstrengst, werde ich dich jetzt bestrafen müssen. Das sollte dir eine Lehre sein. Ich werde erst zufrieden sein, wenn du meinen Schwanz ganz aufnehmen kannst."

Amy traute ihren Ohren nicht. Das war ungerecht, denn Ebony hatte sich solche Mühe gegeben, hatte, selbst für Amy sichtbar, mit sich gerungen und am Ende ihre Panik überwunden, bis ihr Körper an seine Grenzen gelangt war. In Amys Augen hatte sie ihr Bestes gegeben, um Skyler zu gefallen.

Doch noch weniger konnte Amy fassen, dass Ebony lächelte und antwortete: „Danke, Herr, es tut mir leid, ich habe nichts anderes verdient." Ihre Stimme klang dunkel und rau vor Lust.

Nachdem Lorcan seine Finger aus Amys Mund gezogen hatte, zischte sie empört, aber in ihrem Inneren schwoll ein seltsames Summen an. Es wurde immer lauter, ihre Zellen schienen zu vibrieren. Das Blut rauschte in ihren Ohren und durch ihre Spalte. Sie wollte Ebony vor den drohenden Schmerzen retten und gleichzeitig sehen, was geschehen würde, was Skyler mit ihr vorhatte und wie seine willige Sklavin reagieren würde. Und sich vorstellen, an ihrer Stelle zu sein.

Lorcans Hand glitt unter ihr Kleid. Er schob ihren Slip beiseite und verrieb ihren Speichel auf ihrem Schoß. „Den bräuchte ich ja gar nicht", stellte er mit einem frivolen Unterton fest und drang mit den zwei Fingern, die eben noch in ihrem Mund gewesen waren, in ihre Möse ein.

„Wie kann man nur so nass sein? Dabei regst du dich doch über die Strafe auf." Seine Worte beschämten sie und gossen dennoch Öl ins Feuer ihrer Wollust.

Einige Male stieß er in sie hinein. Das Schmatzen war ihr peinlich, bewies es doch, wie geil sie war. Skyler hatte von Doppelmoral gesprochen. Schuldig, dachte sie, ich bin nicht besser als Nabil. Aber sie war lernfähig und erkannte, dass sie ihren Gerechtigkeitssinn bei dieser Form der Sexualität ausschalten musste. Sie spreizte die Schenkel noch etwas weiter, hielt sich an Lorcan fest und lehnte ihren Hinterkopf gegen seine Schulter. Ihre Beine zitterten, als er ihre Feuchtigkeit auf ihren Schamlippen sinnlich verteilte.

Sie presste die Lippen aufeinander, um nicht laut zu stöhnen, und beobachtete, wie Skyler einen kleinen fahrbaren Holztisch heranzog. Darauf stand ein schwarzer Kasten mit einigen Knöpfen und einem Regler. Ein Kabel führte von einer Seite der Box zu einem Griff, der für Amy wie eine Mischung aus Mikrofon und Vibrator aussah. Es handelte sich um eine zehn Zentimeter lange Metallstange, an deren oberem Ende ein Chromball saß.

Flehend schaute Ebony zu Skyler auf und schüttelte den Kopf.

„Du hattest doch erwähnt, dass du gerne herausfinden würdest, ob dich Reizstrom anmacht. So schnell werden Wünsche manchmal wahr." Sein Lächeln wirkte beunruhigend auf Amy. „Oder hast du gelogen, um mein Interesse zu wecken?"

„Nein, Herr. Ich habe nur Angst." Sie saugte ihre Unterlippe ein. Ein Tropfen ihrer Feuchtigkeit rann an ihrem Schenkel hinab.

„Die gehört doch mit dazu, Dummerchen. Sie ist wie das Salz in der Suppe." Er tätschelte ihre Wange und schob ihr die Stange zwischen die Zähne wie eine Trense. Ihre Augen weiteten sich.

Amy hielt den Atem an. Aber Skyler beachtete das Gerät nicht, sondern stellte sich hinter seine Sklavin. Er legte einen Arm um ihren Hals, hob ihr Kinn an und drehte ihren Kopf dabei zu dem Fenster, hinter dem die Voyeure standen. Zärtlich streichelte er Ebonys Brüste. Mit dem Daumen rieb er über die Spitzen und zwirbelte sie erst behutsam, dann immer kräftiger, bis seine Sub das Gesicht verzog. Als wollte er die Qual wiedergutmachen, strich er daraufhin sanft darüber. Seine Finger spreizte er dabei, sodass die Nippel kurz in die Zwischenräume abtauchten. Ebony seufzte.

Plötzlich presste er zwei Finger zusammen und quetschte die Brustwarze. Seine Sklavin gab ein erstauntes „Ah“ von sich und stöhnte, mehr ließ der ungewöhnliche Knebel ohnehin nicht zu. Sogleich fuhr ihr Meister wieder gefühlvoller fort. Der stete Wechsel von zart und hart schien ihr gut zu gefallen, denn sie schloss die Augen, wohl um sich dem Genuss voll und ganz hinzugeben, denn ihre Miene wirkte immer entrückter.

Sie öffnete die Augen erst wieder, als Skyler von ihr abließ. Er nahm den Stab aus ihrem Mund und schaltete das Gerät ein.

Amy spannte sich an. Sie legte eine Hand auf die von Lorcan und hinderte ihn somit daran, ihre Spalte zu liebkosen. Er versuchte erst gar nicht, sich loszureißen und sie weiterhin zu fingern, und sie vermutete, dass der Anblick ihn ebenso bannte wie sie. Eng an sie geschmiegt, stand er still hinter ihr. Sein Atem an ihrem Ohr ging stoßweise.

Noch immer hielt Skyler Ebonys Kopf mit dem Arm fest. Sie konnte ihn weder senken noch zur Seite bewegen und reagierte nervös, wenn der Elektroschocker, den er provozierend vor ihrem Gesicht hin und her schwenkte, aus ihrem Sichtfeld verschwand. Ihr Brustkorb wogte heftig auf und ab. Die Zwangsjacke an sich machte sie schon hilflos, doch die Aussparungen, aus denen ihre Brüste heraushingen, machten sie regelrecht verletzlich. Ebonys Nippel standen hart und gerötet hervor. Mit jeder Sekunde, die Skyler seine Dienerin warten ließ, atmete diese schneller.

Nur kurz hielt er ihr den Chromball an die Brust, doch sie schrie auf. Dann kicherte sie verlegen, sodass Amy vermutete, dass die bittersüße Berührung gar nicht so schlimm gewesen war, wie die Afroamerikanerin erwartet hatte. Der nächste Kuss des Foltergeräts folgte sofort. Erneut gab Ebony einen Schrei von sich, aber diesmal nicht ganz so laut.

„Das Gerät ist auf die minimale Stufe eingestellt", erklärte Lorcan leise, vermutlich da Amy jedes Mal zusammenzuckte.

Ohne viel Zeit verstreichen zu lassen, stellte Skyler den Kontakt wieder her, aber diesmal stöhnte seine Sub nur erregt. Als wäre ihm das nicht genug, hielt er den Ball an einen Nippel. Sie kreischte und kämpfte gegen ihn an, doch Amy blieb dank des Strahlers nicht verborgen, dass die Innenseiten von Ebonys Oberschenkeln feucht waren.

Immer wieder drückte Skyler den Schocker gegen die empfindliche Haut ihrer Brüste. Ebonys Stöhnen klang inzwischen obszön, ihre Schreie heiser, und sie schaukelte ihr Becken, als würde ein unsichtbarer Liebhaber in sie hineinstoßen. Ihre Gegenwehr erlahmte. Bereitwillig nahm sie den Lustschmerz hin. Sie lehnte sich sogar an Skyler und warf ihm zwischendurch einen verliebten Blick zu.

Er hob ihr Kinn an und küsste sie. Dann legte er das Schockgerät neben die schwarze Box und stieß den Tisch mit dem Fuß fort.

Erleichtert, da er nicht vorhatte, die Amperezahl zu erhöhen, entspannte sich Amy. Ihre Brustspitzen waren so empfindlich, dass sie spürte, wie der Stoff ihres BHs bei jeder kleinsten Bewegung darüberrieb. Ihr Schoß kribbelte stark. Lorcans Hand fühlte sich heiß an. Oder strahlte ihre Scham die Hitze aus?

Skyler umschlang Ebonys Hüften und zog sie auf die Füße. Einen Moment hielt er sie fest, da sie leicht schwankte, aber sie fing sich schnell wieder. Damit sie sich mit dem Hintern dagegenlehnen konnte, zog er einen hüfthohen Ständer aus Holz heran, den er, wie Amy vermutete, normalerweise für Sägearbeiten brauchte. Aus dem Regal nahm er einen blutroten Vibrator, der nicht ganz so lang war wie die, die Amy kannte, dafür aber eine beachtliche Dicke aufwies und einen Fortsatz zum Stimulieren der Klitoris hatte. Während Ebony die Beine spreizte, wuchs das Lächeln um Amys Mund. Jetzt endlich würde die junge Frau die Belohnung für ihre Tapferkeit erhalten.

Mit einer Hand stützte sich Skyler auf dem Gestell ab, mit der anderen bohrte er das Toy in Ebonys feuchte Mitte. Er drehte es, schraubte es förmlich in sie hinein, doch es wollte nicht ganz hineingleiten. Der künstliche Schaft war zu breit oder die junge Frau eng gebaut.

„Du entspannst dich nicht genug. In deine köstlich duftende Öffnung passt noch viel mehr hinein." Lächelnd küsste er seine Faust, öffnete die Hand jedoch wieder. „Aber das haben wir gleich."

Er bugsierte die Schönheit seitlich an den Holzständer und somit mit dem Gesicht zu den Beobachtern, hob ihr Bein darüber und half ihr hoch, als würde er sie auf ein Pferd hieven. Da sie klein war, kam sie nicht mit den Füßen auf. Ihr Eigengewicht drückte den Vibrator ganz in sie hinein. Sie keuchte. Ihre Wangen waren erhitzt. Erwartungsvoll schaute sie ihren Herrn an.

Skyler setzte dieses spitzbübische Grinsen auf, das Amy an ihm mochte, und holte eine Fernbedienung, die nicht größer als eine Blockbatterie war, aus seiner Hosentasche. Kaum hatte er den Schalter betätigt, summte der Vibrator leise, und Ebonys Gesichtsausdruck wurde glückselig. Skyler richtete den Fortsatz auf den Kitzler aus, drückte erneut, und das Summen wurde lauter. Ebony stöhnte.

„Wehe, du kommst vor mir", warnte er sie und griff eine Tube aus dem Regal. Sein Phallus ragte steinhart aus seinem Hosenschlitz. Er gab eine durchsichtige Flüssigkeit darauf und verrieb sie genüsslich. Amy ging davon aus, dass es sich um Gleitgel handelte. Neugierig reckte sie den Hals, als er einen Strang zwischen Ebonys Gesäßhälften drückte und ihn verteilte. Da eine ihrer Öffnungen bereits besetzt war, erriet Amy unschwer, was er vorhatte, auch ohne dass sie sehen konnte, was er genau tat.

Jede seiner Bewegungen war beherrscht, aber in seinen Augen las Amy Gier. Auch er wollte endlich das Finale einläuten. Er stellte sich hinter Ebony. Als die sich versteifte, ahnte Amy, dass er in sie eingedrungen war. Einige Sekunden wartete er. Dann umfasste er ihren Nacken und drückte ihren Oberkörper tiefer. Noch während er das tat, schob er seinen Schaft weiter in ihre Enge hinein. Die Schwarze stöhnte mehrfach. Zuerst hörte es sich geplagt an, dann lustvoll, und Amy hoffte, dass das Toy in ihrer Mitte ihr die Qual erleichterte.

Skyler vergrub eine Hand in den Locken seiner Sub und zog ihren Kopf hoch. Somit konnten die beiden Voyeure jede Regung von ihrem Gesicht ablesen. In einem Moment verzerrte es sich, im nächsten trübte sich ihr Blick vor Erregung. Sie biss die Zähne zusammen, denn Skyler versenkte sein Glied vollkommen in ihr. Seine Lenden schlossen mit ihren Pobacken ab. Er wartete, bis sie die Luft aus ihren Lungen stieß. Auch ihre Mimik entspannte sich. Erst dann entfernte er sich wieder etwas aus ihr und glitt zurück in die warme Enge.

Als Amy bemerkte, dass ihr Mund offen stand, schloss sie ihn rasch. Sah ihr Cousin sie an? Es machte den Eindruck, aber sie glaubte nicht, dass er, der im Lichtkegel stand, sie im Dunkeln ausmachen konnte. Trotzdem zog sie sich etwas mehr zurück. Wahrscheinlich starrte er nur ins Leere und konzentrierte sich darauf, Ebony nicht zu ungestüm zu stoßen oder zu früh zu kommen. Amy verkniff sich ein mädchenhaftes Kichern, weil sie sich vorstellte, was für ein Gefühl das für ihn sein musste. Ebonys Ringmuskel molk seinen Schwanz bestimmt regelrecht. Es war sicherlich nicht leicht für ihn, seine Lust zu kontrollieren, bis auch sie so weit war.

Aber beide waren offenbar so scharf geworden, dass sich Ebony bald aufbäumte. Mühsam, das sah Amy ihr an, versuchte sie, ihren Orgasmus zurückzuhalten, damit sie nicht vor ihrem Meister kam, wie er ihr befohlen hatte. Inzwischen stieß Skyler allerdings schneller in sie hinein. Er knurrte fast, pumpte noch heißblütiger und stellte den Vibrator just in dem Moment noch eine Stufe höher, als seine Lenden zuckten. Nun schrie Ebony schon wieder, aber diesmal aus purer Lust. Während der Vibrator in ihrer Mitte summte, rieb er mit dem Fortsatz gleichzeitig über ihre Klitoris. Skylers letzte Stöße trieben Ebony über den Holzbalken und gleichzeitig zum Höhepunkt. Zuckend hing sie dort, völlig losgelöst von allem Irdischen, und gab sich einem höllischen Orgasmus hin. Neidisch beobachtete Amy das Schauspiel. In diesem Augenblick war es Ebony ganz bestimmt egal, ob sie allein mit Skyler war oder ob zwei oder hundert Menschen zuschauten.

Das Summen hörte auf. Schwer atmend warf Skyler die Fernbedienung auf das Regal. Er hob Ebonys Oberkörper langsam an, löste die Fesseln der Zwangsjacke und schmiegte sich an ihren Rücken.

„Ich liebe dich", sagte er in ihr Ohr. Amy konnte ihn nicht hören, so leise sprach er, doch sie las die Worte von seinen Lippen ab und bekam sogleich ein schlechtes Gewissen, da er sicherlich nicht umsonst geflüstert hatte – dieses Geständnis war nur für Ebonys Ohren bestimmt gewesen.

Hatte es Skyler doch endlich mal erwischt? Amy hoffte es und freute sich mit ihm. Sie wusste nur nicht, wie sie verhindern sollte, krebsrot zu werden, wenn er und Ebony demnächst auf einen Kaffee bei ihr vorbeischneiten, damit sie die neue Freundin ihres Cousins kennenlernte.

„Komm, wir lassen die beiden allein." Lorcan küsste Amys Nacken und zog sie von der Scheibe weg.

Als wären sie ebenfalls Voyeure gewesen, die sich nun dezent zurückzogen, ließen die Partygäste auf dem Boot den Motor an, und es entfernte sich tuckernd. Jetzt erst nahm Amy die Musik wieder wahr. Bisher hatte das Geschehen in der Halle ihre Aufmerksamkeit zu sehr gebannt, sodass sie alles andere ausgeblendet hatte. Das Gegröle der Feiernden wurde immer leiser, bis schließlich nur noch das Zirpen der Zikaden und, wenn eine Brise durch die Äste strich, das Rascheln von Blättern zu hören waren.

Wie romantisch dieser Ort bei Nacht ist, dachte Amy, während sie Arm in Arm mit Lorcan zum Auto schlenderte. Nur bei Tageslicht sah man, dass das *Sea Snake* mitten in einem Industriegebiet lag.

Als Lorcan sie gegen den Stamm der Silberweide drängte, beschleunigte sich ihr Puls. Aber es war keineswegs ein unangenehmes heftiges Pochen, denn sein Blick versprach Leidenschaft. Das Licht der Straßenlaterne erhellte sein Gesicht von der Seite und erzeugte gleichzeitig Schatten darauf, die ihm etwas Dämonisches verliehen.

„Dreh dich um, zieh deinen Slip aus und heb dein Kleid an“, befahl er in einem sanften, aber bestimmten Ton.

Ihre Augen weiteten sich. Was hatte er vor?

Er sah sie eindringlich an, als wollte er keine Regung von ihr verpassen. „Ich möchte dich schlagen.“

Seine Worte verschlugen ihr glatt die Sprache. Nach Atem ringend erinnerte sie sich daran, dass er beim Sex im Garten schon davon gesprochen hatte, ihr den Hintern zu versohlen. Erst das Fesseln an die Duschstange, dann diese Anspielung. Amy wurde sich bewusst, dass sie seine Neigung früher hätte erkennen können. Sein Angebot ließ sie wohlig erschauern, trotzdem haderte sie. Es war eine Sache, anderen zuzusehen und sich vorzustellen, wie es wäre, in der Rolle der Dienerin zu sein, aber eine völlig andere, diese Fantasie real werden zu lassen.

„Genieße die Angst." Er öffnete die Schnalle seines Gürtels und zog ihn betont langsam aus den Schlaufen seiner Jeans. „Sie ist genauso bitter und gleichzeitig zuckersüß wie der Lustschmerz. Nur indem du ihn kostest, findest du heraus, ob er dir schmeckt."

Sie raffte ihr Kleid zur Hälfte und zögerte. Ihr Körper kribbelte von den Zehen bis hinauf in ihren Kopf. Wenn sie so darüber nachdachte, wollte sie sich diese Chance auf eine neue Erfahrung nicht entgehen lassen. Was Sexualität betraf, war sie aufgeschlossen. Ihr Cousin hielt sich in der Nähe auf, es konnte ihr nichts passieren. Dennoch war es ihr unmöglich zu ignorieren, dass diese Furcht nicht nur erregend, sondern auch echt war.

„Keine Sorge, ich bin genauso verantwortungsvoll wie Skyler und werde nicht zu weit gehen." Sinnlich strich er über ihre Wange. „Du brauchst nur ‚Ich liebe dich' zu rufen, laut, versteht sich, damit ich es auch mitbekomme, und ich breche ab."

„Ich lie…?" Prompt lief sie hochrot an, weil sie sich durchschaut fühlte. Ja, sie hatte sich in ihn verknallt, aber

Liebe war eine andere Hausnummer. Seine Anweisung machte sie verlegen. Sie ahnte, dass Lorcan genau das damit hatte erreichen wollen. Er ging wohl davon aus, dass sie dieses vermeintliche Bekenntnis ungern machen würde, zumal Skyler und Ebony es mitbekommen könnten, und er hatte recht damit. Zwischen ihnen durfte nie mehr als Sex laufen, es sei denn, er entpuppte sich als Bodyguard, den ihr Cousin heimlich engagiert hatte, um sie vor den Gästen des Asyls zu beschützen. Ganz abwegig war dieser Gedanke nicht, denn für Amys Geschmack verstanden die beiden sich ein bisschen zu schnell zu gut. „Heißt es nicht Safeword? Sollte es daher nicht ein Wort sein und nicht ein ganzer Satz?"

„Das zu bestimmen liegt einzig und allein in der Macht deines Herrn." Er fasste ihr Kinn mit leichtem Druck und hob es etwas an. „Noch mehr spitze Bemerkungen, und das Leder wird auch deinen Busen küssen."

Ihre Nippel prickelten. Amy spürte ein Ziehen in den Brüsten und drehte sich rasch um. Ihr Körper hatte sich ohnehin längst entschieden, denn ihre Schamlippen fühlten sich so heiß an, als wären sie Vulkane, in denen Lava brodelte. Sie zog ihr Höschen aus, bemerkte, dass nicht nur ein feuchter Fleck darauf zu erkennen war, sondern der gesamte Steg nass war, und warf es in die Dunkelheit.

„Spreize deine Beine." Lorcans Stimme erklang nah an ihrem Ohr, er musste direkt hinter ihr stehen.

Ihr Herz trommelte so wild, dass sie glaubte, jeder am Pontchartrain Lake müsste es hören. Nervös spannte sie ihre Kehrseite an, ließ die Pomuskeln jedoch wieder locker, da nichts geschah. Worauf wartete Lorcan nur? Sie wagte nicht, über ihre Schulter zurückzusehen, sondern knabberte an ihrer Unterlippe. Ständig verlagerte sie ihr Gewicht immer nervöser von einem Fuß auf den anderen.

Als der erste Schlag erfolgte, öffnete sie den Mund zu einem Schrei, aber stattdessen kam ein Keuchen heraus, weil sie zu überrascht darüber war, dass Lorcan nicht auf ihren Hintern, sondern auf ihren Oberschenkel gezielt hatte.

Der zweite Hieb traf den anderen Schenkel, schon ein wenig fester. Amy biss die Zähne zusammen. Aufgeregt horchte sie in sich hinein, um herauszufinden, was sie empfand. Im Moment war sie noch zu durcheinander. Zumindest löste der Schmerz kein Entsetzen bei ihr aus, das beruhigte sie etwas.

Als das Leder ihren Rücken hart streifte, richtete sie sich kerzengerade auf. Beinahe hätte sie den Saum ihres Kleides fallen lassen. Damit das nicht geschah, krallte sie sich daran fest. Einige Tropfen ihrer Feuchtigkeit flossen an ihrem Bein hinab. Amy sah nicht hin, sondern spürte sie nur. Sie streichelten Amys Haut, die viel empfindlicher als normal zu sein schien, als wäre jede einzelne Pore hoch konzentriert oder sogar elektrisiert.

Der vierte Schlag ließ ihre Gesäßhälfte erzittern. Überrascht über die Härte schrie Amy auf. Sogleich hörte sie eine Frau lasziv seufzen und glaubte schon, dass sich Ebony in der Finsternis zum Zuschauen eingefunden hätte. Doch dann wurde ihr bewusst, dass sie selbst es war, die diesen wollüstigen Laut von sich gegeben hatte. Das Blut pulsierte durch ihren Schoß.

Zwischen ihren Schenkeln brannte die Lust bereits lichterloh, bevor Amys Verstand sich überhaupt eingestand, wie erregend die Erniedrigung war.

Lorcan holte aus, der Gürtel zischte durch die Luft, und Amy hielt den Atem an. Am liebsten wäre sie ausgewichen, doch sie blieb stehen, weil sie so tapfer wie Ebony sein wollte. Nein, das war nicht wahr; sie ermahnte sich, ehrlich sich selbst gegenüber zu sein. Sie wollte geschlagen werden. Ein dunkler Teil ihrer Seele sehnte den Schmerz überraschenderweise herbei.

Das Leder klatschte laut auf die Pobacke, die bisher unbehelligt geblieben war. Amy ließ den Stoff los, biss in ihren Unterarm und gab einen gedämpften Schrei von sich. Die Pein ließ sie erbeben. Sie schloss die Augen und spannte ihren ganzen Körper an. Für einen Moment stand die Zeit für sie still.

Obwohl es höllisch wehtat, lag auch eine Art Frieden in dieser Qual. Es gab nur ihre pochende Gesäßhälfte, alles andere spielte keine Rolle mehr.

Kein Mann, in den sie sich verschossen hatte, der aber nur Zeit mit ihr verbrachte, weil er irgendeinen obskuren Plan verfolgte. Kein bester Freund, der ihr Avancen machte, anstatt um seine große Liebe zu trauern, und der ihr Haus heimlich beobachtete. Kein Cousin, der sich zu schnell mit Lorcan angefreundet hatte, obwohl bisher jeder Liebhaber in ihrem Leben kritisch von ihm begutachtet worden war. Keine Schattenwelt der Erotik, die sie mehr faszinierte, als es womöglich gut für sie war, denn nun sehnte sie sich nach weiteren Erfahrungen, und der Einzige, der ihr Verlangen zurzeit stillen konnte, war ein Boxer, der frisch aus der Untersuchungshaft entlassen worden war.

Mit dem körperlichen Schmerz konnte sie umgehen, bei dem Rest war sie unsicher.

Langsam ebbte er ab. Erst jetzt nahm sie Lorcan wahr, der ihre Kehrseite liebkoste. Er streichelte ihren Po und küsste unentwegt ihre Halsbeuge. Amy genoss die Zärtlichkeiten, die sie umso intensiver wahrnahm, weil sie auf Härte folgten. Sie stöhnte, als er ihre Backen massierte. Noch immer tat es weh, aber nicht mehr halb so stark wie zuvor, außerdem gefiel ihr das bittersüße Ziehen.

„Ich habe dort hinten etwas liegen sehen." Lorcan drehte sie mit dem Rücken zum Baum. „Bleib ja so stehen."

Die Dunkelheit verschlang ihn. Als er zu ihr zurückkehrte, hatte er ein Seil in der Hand. Es musste schon länger im Gras gelegen haben, denn es war an manchen Stellen grün, an anderen dagegen schmutzig. Neugierig und zu berauscht von den neuen Erlebnissen, um beunruhigt zu werden, beobachtete sie, wie er ein Ende um ihr Handgelenk schlang. Er ging um den Stamm herum, sodass sich ihr Arm nach hinten bog, streckte ihren anderen ebenfalls nach hinten und band ihre Hände zusammen.

Nun war sie ihm ausgeliefert. Sie hätte Angst bekommen müssen, nach allem, was der Indianer ihr gestanden hatte, aber ihre Wehrlosigkeit machte sie ausnahmslos an. Sie war bereits zu erregt. Sie wollte, dass Lorcan sie dominierte, und nur er.

Er trat vor sie. Einige Atemzüge lang blickte er sie lediglich an. Seine Miene war undurchdringlich, beinahe düster, aber seine Augen funkelten lüstern. Bedächtig öffnete er Knopf für Knopf ihres Kleides, bis zu ihrem Bauchnabel. Er schob den Stoff zur Seite und hob ihre Brüste aus den Schalen des BHs, er betrachtete sie und strich seitlich daran vorbei. Ihre Brustspitzen taten ebenso weh wie ihr Hintern, allerdings schmerzten sie vor Erregung, sie wollten angefasst werden. Doch Lorcan berührte sie nicht, sondern winkelte ein Bein von Amy an, führte sein Glied an ihre Mitte und drang mit einem kräftigen Stoß bis zur Wurzel in sie ein.

Endlich, dachte Amy und hielt ihr Stöhnen nicht zurück. Für ihren Geschmack glitt er viel zu bedächtig aus ihr heraus und wieder in sie hinein. Ihre Lust war schon zu weit fortgeschritten, als dass sie sich Zeit lassen wollte. Um ihm zu zeigen, wie sehr sie es brauchte, schob sie ihm ihr Becken entgegen. Lorcan lachte, und Amy befürchtete schon, er würde sie noch eine Weile zappeln lassen, doch offenbar war er ebenso heiß wie sie, denn er pumpte schneller. Ihr Größenunterschied stellte sich dabei als problematisch heraus. Sein Schaft rutschte ab und zu aus ihr heraus, sodass Lorcan ihn einige Male neu einführen musste.

Irgendwann war ihm das wohl zu bunt, denn er hob Amy hoch, drückte sie mit seinem Unterleib gegen den Stamm, was seinen Schwanz tief in sie hineintrieb, und winkelte auch ihr zweites Knie an. Um einen besseren Halt zu haben, schlang sie die Beine um seine Hüften. Von nun an war *No more Mr Nice Guy* angesagt.

Lorcan hielt sich nicht mehr zurück, sondern hämmerte in sie hinein, dass ihr Hören und Sehen verging. Er presste sie mit seinen heftigen Stößen gegen den Baum und nahm sie im Stehen. Amy war verführt, vor schnell wachsender Lust ihre Augen zu schließen, aber um nichts in der Welt wollte sie sich den Anblick von Lorcan entgehen lassen. Sie saugte das Bild förmlich in sich auf. Mit seinen muskulösen Armen hielt er sie, als wäre sie leicht wie eine Feder. Seine Lider waren halb geschlossen. Schweiß perlte von seiner Stirn, durch den wilden Ritt spürte auch Amy wieder die Schwüle der Nacht. Ihr Rücken rieb über die Rinde, aber es kümmerte sie nicht. Feuchtigkeit lief zwischen ihren Gesäßhälften hindurch. Lorcans Schaft spießte sie auf und peitschte sie ungestüm dem Orgasmus entgegen. Wenn es nach ihr ginge, hätte er sie bis zum Morgen nageln können. Der Höhepunkt ihrer Lust kam viel zu schnell.

Während sie zuckend in der Luft hing und lächerlich gutturale Laute von sich gab, als wäre sie ein liebestrunkenes

Täubchen, drang Lorcan noch einige Male in sie ein und kam dann auch. Stöhnend presste er seinen Unterleib fest gegen den ihren. Seine Bizeps- und Nackenmuskeln waren zum Zerreißen angespannt. Seine Beine vermutlich auch, aber die konnte Amy nicht sehen. Sie hatte nie davon geträumt, es mit einem Muskelprotz zu treiben, aber es hatte durchaus sein Gutes, so durchtrainiert zu sein wie Lorcan, wie sich just herausgestellt hatte. Er hatte seine Standhaftigkeit gleich auf zwei unterschiedliche Arten bewiesen.

Vorsichtig stellte er sie auf die Füße, löste das Seil und umarmte sie so behutsam, als wäre sie zerbrechlich. Erschöpft lehnte sich Amy an seine harte Brust. Alles tat ihr weh, ihr Rücken, ihr Hintern, ihre Oberschenkel und ihr Geschlecht, aber sie fühlte sich so gut wie schon lange nicht mehr.

Was für ein Füllhorn an neuen Erfahrungen! Sie wollte mehr. Mehr. Mehr!

Amy zog Lorcan enger an sich. Er hatte die Situation nicht ausgenutzt. Er hatte den Schmerz wohl dosiert, sodass sie diesen als lustvoll empfunden hatte. Wie versprochen hatten sie bei Ebony und Skyler nur zugesehen und nicht mitgemischt. Als sie gefesselt gewesen war, hätte er alles mit ihr anstellen können, aber er hatte sie wie mit einer Kanone, mit seiner Kanone, in die Höhe geschossen und es ihr so gewaltig besorgt wie kein Liebhaber zuvor.

Sie musste sich eingestehen, dass er in dieser Nacht ein Teil ihres Vertrauens zurückgewonnen hatte. Ob das gut oder schlecht war, würde sich zeigen.

17. KAPITEL

August dieses Jahres
Waggaman, Shotgun House

Als Amy am Samstagmorgen aufwachte, fühlte sie sich wie gerädert. Nach dem Sex mit Lorcan war sie zwar in einen tiefen Schlaf gefallen, aber schon nach zwei Stunden wieder aufgewacht. Zu viele Gedanken hatten sie daran gehindert, weiterzuschlummern. Obwohl sie völlig fertig war, stand sie nach einer weiteren Stunde quälenden Hin- und Herwälzens auf. Sie wusch sich leise und zog sich an. Es fiel ihr schwer, dennoch verzichtete sie darauf, Kaffee aufzubrühen, weil sie vermeiden wollte, Lorcan zu wecken.

Doch kaum hatte sie ihren Laptop auf den Küchentisch gestellt und aufgeklappt, stand er auch schon in der Tür. Nackt und prachtvoll gebaut wie ein Spartaner. Er reckte sich und gähnte. „Warum bist du so früh auf den Beinen?"

Sie kam sich überwacht vor. Vielleicht drückte sie auch nur ihr schlechtes Gewissen, weil sie sich hinter seinem Rücken über ihn informieren wollte. Sie musste endlich ihre Internetrecherche fortsetzen. Denn ihr Inneres würde nicht ruhen, bevor sie genau wusste, was dic Justiz Lorcan vorgeworfen hatte. Etwa den Mord an seinem Geschäftspartner Gavin Buckley? „Ich konnte nicht mehr einschlafen."

„Warum nicht?", fragte er und kraulte seinen Kinnbart.

Sie zuckte die Achseln. „Sonneneruptionen vielleicht."

„Was machst du?" Mit einer Handfläche rieb er sich durchs Gesicht, als würde ihm das helfen, wach zu werden. „Wieder nach diesem gebrauchten Rock suchen, der gerade modern ist, den du dir aber neu nicht leisten kannst?"

Das hatte er sich gemerkt? Die Art, wie er das sagte, ließ

sie erahnen, dass er wusste, dass sie geflunkert hatte. Schon einmal hatte er sie dabei erwischt, wie sie im Internet seinen Namen gegoogelt hatte. „Soziale Netzwerke. Warum bist du auf?"

„Ich musste mal." Anstatt auf die Toilette zu gehen, setzte er sich jedoch ihr gegenüber auf den Stuhl. Mit gespreizten Fingern kämmte er seine Haare zurück, die wie eine Löwenmähne abstanden, da sie gemeinsam nachts noch geduscht hatten. Während Amy sich ihren Schopf rasch trocken geföhnt hatte, war er mit nassem Kopf ins Bett gegangen. Das hatte er nun davon. Und es stand ihm sogar unverschämt gut.

Amy wurde das Gefühl nicht los, dass sie sich an diesem Morgen belauerten. Blinzelte er sie argwöhnisch an, oder waren seine Augenlider lediglich halb geschlossen, weil er noch müde war? Warum ging er dann nicht wieder ins Bett? Wollte er sie kontrollieren? Das würde er nicht schaffen.

Ihr wurde klar, dass sie in den eigenen vier Wänden nicht mehr unbeobachtet war, und entschied, ihre Nachforschungen in der Bibliothek fortzusetzen. Demonstrativ schloss sie ihr Notebook und schob es von sich fort. „Ich habe mir spontan überlegt, zu meinen Eltern zu fahren und mit ihnen zu frühstücken. Meine Mutter sprach mich schon auf der Arbeit an, ob ich noch leben würde, weil ich mich nicht bei ihnen melde. Gegen Mittag bin ich wieder zurück. Dann suchen wir weiter nach einer Bleibe für dich."

„Mir fiele etwas Besseres ein, das wir machen könnten."

An seinem frivolen Unterton erkannte sie, dass trotz Müdigkeit seine schmutzige Fantasie bereits aktiv war. „Willst du denn nicht wieder zurück in die Gesellschaft finden?"

Er lehnte sich vor und stützte sich mit den Ellbogen auf dem Tisch ab. „Die Gesellschaft hat mir in den Arsch getreten."

Sie sah den Moment gekommen, ihn auf die Mordvorwürfe anzusprechen, doch sie traute sich nicht. Was würde geschehen, wenn sie ihn in die Ecke drängte? Würde er seine Krallen ausfahren und sich verteidigen? Ein Mann vieler Worte war er bisher nicht gewesen. Er hatte selbst gesagt, dass die Justiz ihm nichts hatte nachweisen können, was aber keineswegs bedeutete, dass er unschuldig war. Und wenn er den Mord doch begangen hatte? Würde er nicht zögern, sie ebenfalls zu töten, um sie zum Schweigen zu bringen oder einfach nur um seinen Frust an ihr abzureagieren? Ihn direkt zu konfrontieren schien ihr zu riskant, zumal sie allein mit ihm war. Das würde sie sich nur wagen, wenn Skyler oder Nabil ihr den Rücken stärkten.

„Warum zeigst du ihr nicht den Stinkefinger und stehst wie Phönix aus der Asche wieder auf?" Nervös rollte sie den Bund ihrer Bluse ein und glättete ihn sogleich wieder. Wann hatte er aufgehört zu kämpfen? In dem Moment, als die Handschellen klickten oder als er aus der Untersuchungshaft entlassen wurde und seine Freunde und Bekannten ihn schnitten?

„Ich bin nicht so stark, wie du glaubst." Er stand auf und ging zurück ins Bett – ohne das WC benutzt zu haben.

Also hat er mich doch kontrollieren wollen, stellte sie ernüchtert fest. Allein durch sein Auftauchen hatte er ihr mitgeteilt: Ich bekomme mit, wenn du dich gegen mich wendest. Aber dann hallten seine letzten Worte in ihr wider. Eben noch hatte sie sich vor ihm gefürchtet, jetzt tat er ihr leid. In einem Moment sah er wie ein Berserker aus, im nächsten wie ein geprügelter Hund. Welches war sein wahres Gesicht?

Sie nahm ihre Handtasche und verließ das Shotgun House, absichtlich ließ sie den Laptop auf dem Tisch, damit Lorcan sich in trügerischer Sicherheit wähnte.

Die Jefferson Parish Library lag Waggaman am nächsten, aber sie war recht klein, und die Räume erinnerten eher an Klassenzimmer. Amy fuhr lieber zur New Orleans Public Library auf der Loyola Avenue in Midtown. Während sie die Treppe ins zweite Obergeschoss nahm und die Abteilung mit den digitalisierten Zeitungen betrat, fragte sie sich, ob sie nicht in Wahrheit nach Beweisen für Lorcans Unschuld suchte. Sie wünschte sich so sehr, dass alles ganz anders war, als es erschien, dass er tatsächlich unschuldig war und sich alles klären würde. Damit sie eine Zukunft hatten.

„Das ist doch verrückt", murmelte sie und setzte sich an einen der Computer, die in kleinen Kabinen standen. Diese Achterbahnfahrt der Gefühle zerrte an ihren Nerven. Sie wollte mehr über ihn erfahren, als er gewillt war, von sich preiszugeben, um ihn und seine Verschlossenheit besser zu verstehen – und um endlich Gewissheit zu haben.

Aufgewühlt durchforstete sie die Lokalpresse. Sie schätzte, dass Lorcan Ende Juni, Anfang Juli aus der U-Haft entlassen worden war, denn für gewöhnlich wurde den männlichen Insassen der Kopf geschoren, und sein Haar war schon wieder gewachsen. Da er selbst erwähnt hatte, sechs Monate im Gefängnis gesessen zu haben – das Maximum, was vermuten ließ, dass die Vorwürfe gegen ihn stark gewesen waren –, fing Amy mit den Zeitungsausgaben an, die Anfang des Jahres erschienen waren. Als sie die Überschrift in der *Times-Picayune* vom 11. Januar las, wurde ihr übel vor Aufregung.

Mutmaßlicher Mörder von Kimora Buckley verhaftet
Der Immobilienmakler Lorcan MacConmara steht in dringendem Tatverdacht, die Ehefrau seines Ge-

schäftspartners Gavin Buckley ermordet zu haben. Das NOPD schließt ein Verbrechen aus Leidenschaft nicht aus. Auf dem Handy von Kimora Buckley wurden unzählige Nachrichten von MacConmara mit eindeutigem Inhalt gefunden. Mitarbeiter der Firma bestätigten, dass er Kimora Buckley nachstellte, wenn sie ihren Mann abholte. Gäste, die zur Einweihungsparty des Buckley-Anwesens am Lake Pontchartrain geladen waren, berichteten der Times-Picayune, dass MacConmara Mrs Buckley auf der Party bedrängte. Die Belästigungen begannen im Oktober vergangenen Jahres. Zweieinhalb Monate später, drei Tage nach Neujahr, ver…

Mehr konnte Amy nicht lesen. Denn plötzlich sah sie Lorcans Spiegelbild auf ihrem Bildschirm. Ein Schrei blieb ihr im Halse stecken. Erschrocken sprang sie auf. Sie wirbelte herum und verdeckte den Monitor mit ihrem Körper. Ihr Puls raste. Ihre Wangen brannten.

„Was machst du denn hier?“ Sie klang schrill. Einige der Bibliotheksbesucher schauten sie rügend an. Mit einem gequälten Lächeln bat sie um Verzeihung für die Störung.

Seine Miene war wie versteinert. „Hast du geglaubt, ich bleibe den ganzen Tag in deinem Haus, während du unterwegs bist?“

Ihr Herzschlag setzte einen Takt aus. Darüber hatte sie noch nie nachgedacht. Wo trieb er sich herum, wenn sie arbeitete? Mit wem verbrachte er seinen Tag? Oder spionierte er ihr etwa hinterher? „Bist du mir gefolgt?“

„Ich habe dich zufällig in die Bibliothek gehen sehen und bin hinterher, um dir einen Kuss zu geben.“ Er steckte seine Daumen in die Taschen seiner Bluejeans, aber seine Lässigkeit wirkte aufgesetzt. „Es dauerte etwas, bis ich dich in dem großen Gebäude gefunden hatte.“

Für wie naiv hielt er sie? Die NO Public Library lag zwar zentral, dennoch war New Orleans zu groß, als dass man sich so einfach über den Weg lief. Er machte keine Anstalten, sie zu küssen, was sie noch mehr beunruhigte als die Frage, ob sie sich überhaupt von ihm küssen lassen sollte oder nicht.

Seine Kiefer mahlten. „Wolltest du nicht zu deinen Eltern?“

Sie schaute auf ihre Armbanduhr. Ihre Hand zitterte. „Ich habe sie von unterwegs aus angerufen“, log sie. „Sie lagen noch im Bett. Ich wollte ihnen noch eine halbe Stunde Zeit geben, um sich fertig zu machen.“

„Was machst du hier?“, fragte er und schaute sich um.

„Die Zeit vertrödeln.“ Unauffällig rieb sie über ihre Oberarme, da sie mit einem Mal fröstelte. Sie fühlte sich, als stünde sie vor der Inquisition und ihre Antworten würden darüber entscheiden, ob sie unbehelligt gehen gelassen würde oder im Folterkeller landete.

Er runzelte seine Stirn. „Du kannst doch zu Hause surfen.“

Da ihr keine Ausrede einfiel, zuckte sie nur die Achseln.

Sein Blick wurde so finster, dass sein Gesicht einen brutalen Ausdruck bekam. „Wir sollten reden.“

„Worüber?“ Sie versuchte, nach hinten auszuweichen, stieß aber gegen den Tisch.

„Das weißt du genau, Babydoll“, sagte er mit rauer Stimme und deutete mit einem Kopfnicken auf den Bildschirm hinter ihr. „Mir hinterherzuspionieren bringt dich in Gefahr.“

18. KAPITEL

Dezember, ein Jahr zuvor
New Orleans, Louis Armstrong Park

Als Lorcan durch den Stadtpark spazierte und Kimora auf einem Parallelweg erspähte, traute er seinen Augen kaum. Zufall? Oder ein Wink des Schicksals?

Er hatte sie seit der Einweihungsparty im November nicht mehr gesehen und auch nicht gesprochen. Obwohl es ihm schwergefallen war, hatte er ihr keine SMS und keine E-Mails mehr geschrieben. Nach dem Abnabelungsprozess war seine Leidenschaft verblasst, und es fühlte sich okay an. Kimora gehörte nicht an seine Seite, das akzeptierte er.

Doch nun, einen Monat später, spürte er, dass sein Interesse an ihr nicht vollkommen verschwunden war.

Noch hatte sie ihn nicht bemerkt. Sie ging auf eine Gabelung zu, an der sich ihr Weg und seiner kreuzten, und sprach aufgeregt in ihr Mobiltelefon. „So geht das nicht weiter. Wir kommen aus zwei verschiedenen Welten. Bitte. Wie oft soll ich das wiederholen?“ Eine Pause trat ein, in der sie auf dem Nagel ihres kleinen Fingers herumkaute. Anscheinend sagte ihr Gesprächspartner etwas. „Meine Einstellung wird sich nicht ändern. Akzeptiere das endlich. Lass mich in Frieden. Nein … nein, hör zu. Ich kann das jetzt wirklich nicht gebrauchen.“

Nervös schaute sie sich um, als ob sie gejagt würde, aber Lorcan nahm an, dass sie nur prüfen wollte, ob jemand sie hören konnte. Als ihre Blicke sich trafen, weiteten sich ihre Augen. „Ich muss jetzt Schluss machen. Ruf nicht wieder an.“ Rasch schaltete sie das Telefon aus.

Lorcan kam immer näher. War Gavin am anderen Ende der Leitung gewesen? Vermutlich. Unauffällig musterte er sie von oben bis unten. Sie trug einen safrangelben Strickmantel, in dem Lorcan, der sich selbst als Heißblüter bezeichnete, geschwitzt hätte. Die Wettervorhersage hatte eine Tageshöchsttemperatur von sechzehn Grad angekündigt, und die Sonne meinte es an diesem Mittag gut mit New Orleans. Ein orangeroter Seidenschal hing locker um Kimoras Hals. Darunter trug sie Schwarz, eine Farbe, die ungewöhnlich düster für sie war.

Ihre weizenblonden Locken wippten, als sie vor ihm stehen blieb. „Schleichst du mir schon die ganze Zeit hinterher?"

„Ich bin nur spazieren gegangen." Lächelnd zuckte er die Achseln.

„Ausgerechnet im Louis Armstrong Park?"

„Ich habe mir ein Penthouse in Treme zeigen lassen." Ihm fiel auf, dass die Falten in ihrem Gesicht tiefer waren als zuvor. „Noch habe ich meinen Traum, ein zentral gelegenes Apartment mit Blick ins Grüne zu ergattern, nicht aufgegeben."

„Eine Wohnungsbesichtigung am Sonntag?" Sie wickelte ihren Schal enger um ihren Hals, nur um ihn sogleich wieder zu lockern.

Was war nur los mit ihr? Bisher war sie immer gelassen gewesen, fast ein wenig erhaben, als könnte sie nichts aus der Bahn werfen, als würde sie über den irdischen Dingen stehen. „Bei den Immobilienpreisen in dieser Gegend kann ich das vom Verkäufer verlangen."

„Entschuldige." Immer wieder strich sie eine Strähne hinters Ohr, die jedoch nicht halten wollte, und gab es schließlich auf. „Ich bin etwas durcheinander."

„Dann ist es also wahr? Du und Gavin, ihr habt euch getrennt."

„Wie bitte?" Irritiert folgte sie seinem auf ihr Handy gerichteten Blick. „Ach, das. Über ihn möchte ich nicht reden." Sie schüttelte den Kopf und steckte das Telefon in die Jackentasche. „Gavin und ich, wir machen nur eine schwierige Zeit durch, das ist alles."

„Das tut mir leid." Tat es ihm wirklich. Er wünschte weder seinem Partner noch ihr etwas Schlechtes. Trotzdem war er froh, sie wiederzusehen. Allein. Das brachte ihn in einen Zwiespalt.

Skeptisch runzelte sie die Stirn.

„Ehrlich", fügte er einfühlsam hinzu.

Sie schnaubte. „Er glaubt, ich würde ständig fremdgehen."

„Ich bereue es aufrichtig, wie ich mich auf eurer Einweihungsparty aufgeführt habe." Dieses High-Society-Gehabe war eben nicht sein Ding. Er traf sich lieber auf der Bourbon Street mit ein paar Kumpels im Pub und schaute sich die National Football League im Fernsehen an. Wahrscheinlich zog Gavin deshalb die dicken Fische an Land, er wusste besser mit den Reichen umzugehen. Lorcan dagegen galt als Ansprechpartner der sogenannten kleinen Leute. Ihm war das egal. Na ja, fast. Sein Ego reagierte hin und wieder angefressen, aber er arbeitete daran.

Sie dämpfte ihre Stimme. „Er weiß das von dir und mir."

„Du hast es ihm gesagt?" Ihre Offenheit ihrem Ehemann gegenüber überraschte ihn. Dass Gavin ahnte, dass sie auf Tuchfühlung gegangen waren, hatte sich Lorcan schon gedacht, aber nicht, dass sein Partner es tatsächlich wusste. „Er hat sich nichts anmerken lassen."

„Du bist eben sein Freund." Kimora zog den Gürtel ihres Mantels enger. „Er möchte nicht, dass sich das ändert."

Sah das Gavin immer noch so, obwohl er im Büro nur das Nötigste mit ihm sprach? Etwas perplex öffnete Lorcan den Mund, wusste aber nicht, was er entgegnen sollte, und schwieg. Er sollte wohl diese Freundschaft mehr wertschätzen, als er es in letzter Zeit getan hatte, immerhin kannte er Gavin länger als jeden anderen seiner Kumpels.

„Immer wenn ich mit einem Mann rede, denkt er, es könnte etwas zwischen dem Fremden und mir laufen. Obwohl wir nicht einmal Frühling haben, scheinen zurzeit alle in Flirtlaune zu sein. Das macht es nicht gerade einfacher."

Lorcan verlagerte sein Gewicht von einem Fuß auf den anderen. „Was meinst du damit?"

„Ach nichts."

Eigentlich hatte er Kimora schon aufgegeben, aber nun war sie frei und die Situation eine andere. Bei dem Anblick der Plastiktüten, die sie trug, spürte er ein Ziehen in der Brust. Weihnachten stand vor der Tür. Wie schön wäre es, die festlichste Zeit des Jahres einmal nicht nur mit seinen Eltern zu verbringen, sondern mit einer Frau. Vor seinem geistigen Auge sah er sich mit Kimora an Heiligabend an der Tafel seiner Familie sitzen. Er stellte sich vor, wie sie am ersten Feiertag auf der künstlichen Eisbahn, die jedes Jahr während des „Celebration in the Oaks"-Lichterfestivals im New Orleans City Park aufgebaut wurde, Händchen haltend Schlittschuh liefen und am zweiten im Bett liegen blieben, Haut an Haut. Diesen Luxus hatte er in seinem Leben selten genossen. Seine Beziehungen hatten nie lange gehalten. Aber je älter er wurde, desto mehr sehnte er sich nach Beständigkeit.

Spontan fragte er: „Darf ich dich zum Mittagessen ins French Quarter einladen?"

„Nein, danke." Sie wandte sich von ihm ab, blieb jedoch stehen, als er nachhakte.

„Wirklich nicht? Auf einen Snack vielleicht? Ihr wohnt nicht einmal mehr zusammen, du bist ihm nichts schuldig, außerdem bleiben wir an einem öffentlichen Ort. Ich entführe dich nicht in einen Hinterhof, um wollüstig über dich herzufallen." Er lachte verlegen, weil seine Anspielung auf ihre gemeinsamen Stunden schal klang.

Pikiert kräuselte sie die Nase und machte einen Schritt zurück, worauf er die Hände hob. „Ich wollte dir nicht zu nahe treten."

„Es geht nicht." Erneut schaute sie sich um, als wäre ihr jemand auf den Fersen.

„Spioniert Gavin dir hinterher?"

„Red keinen Unsinn." Sie nahm die Tüten in die andere Hand und betrachtete den roten Abdruck in ihrer Handfläche. „So etwas würde er nie tun."

Wich sie absichtlich seinem Blick aus, weil sie selbst nicht an das glaubte, was sie soeben geäußert hatte? „Du hast gesagt, er klammert sich nachts an dich wie ein Ertrinkender an ein Stück Holz. Was glaubst du, zu was Menschen fähig sind, wenn sie verzweifelt sind?"

„Es war nett, dich wiederzutreffen."

„Kimora." Er hielt sie am Arm fest.

Ungehalten riss sie sich los. „Auf Wiedersehen, Lorcan." Dann eilte sie davon.

Seufzend fuhr er sich durchs Haar. Er hatte es mal wieder verbockt. Unauffällig schaute er in alle Richtungen, aber die Spaziergänger beachteten Kimora nicht. Vielleicht litt sie unter Verfolgungswahn. Die Trennung von Gavin schien ihr sehr nahezugehen. Möglicherweise hatte sie aber auch Angst vor ihm. Er erinnerte sich an ihr Gespräch im Oktober.

„Wenn Gavin uns erwischt, flippt er aus“, hatte sie gesagt.

„Ausflippen, er? Niemals. Er macht seinem Ärger nie Luft.“

„Du hast keine Ahnung, wie er wirklich ist.“

„Entschuldige bitte, Kimora, aber ich kenne ihn schon fünfzehn Jahre länger als du.“

„Du hast allerdings nie mit ihm zusammengelebt. Zu Hause verhalten sich die Menschen immer anders. Gavin ist sehr eifersüchtig, doch er würde das nie jemand anderem zeigen außer mir.“

„Eifersüchtig habe ich ihn noch nie erlebt.“

„Er war auch noch nie so verliebt wie in mich, sagt er zumindest.“

Lorcan folgte Kimora in einigem Abstand, um sicherzugehen, dass sie unbehelligt an ihr Ziel kam. Und weil er wissen wollte, wo Kimora untergeschlüpft war.

19. KAPITEL

August dieses Jahres
New Orleans, NO Public Library

„Lass uns nach Hause fahren.“ Lorcan packte ihren Arm, zog sie ein Stück vom Computer weg und schloss die Datei, die sie sich angeschaut hatte.

„Nein.“ Energisch riss sich Amy los. In dieser angespannten Situation wollte sie auf keinen Fall allein mit ihm sein. Sie fürchtete sich nicht ernsthaft vor ihm, dazu hatte er ihr nie einen Anlass gegeben, und außerdem war sie zu verliebt in ihn, aber ein Quäntchen Unsicherheit blieb.

Er neigte sich zu ihr und dämpfte seine Stimme. „Hier können wir nicht reden.“

Amy nickte. Er hatte ja recht. Die anderen Besucher der New Orleans Public Library schauten sie bereits ärgerlich an. Aber sie wollte auf jeden Fall an einem öffentlichen Ort mit ihm sprechen, falls das Gespräch hitziger werden sollte. „Lass uns erst einmal rausgehen.“

Als sie aus dem kühlen Gebäude hinaus ins Freie traten, begann Amy zu schwitzen. Die Temperatur war an diesem Vormittag noch moderat, aber die Luftfeuchtigkeit war heute besonders hoch. Die Aussprache mit Lorcan tat ein Übriges, dass Schweißperlen auf ihre Stirn traten.

Auf dem Vorplatz blieb sie stehen und drehte sich zu ihm. „Ich weiß alles.“

Verdutzt, wohl weil sie ausgerechnet hier die Unterredung begann, schaute er stirnrunzelnd in alle Richtungen, zuckte die Achseln und stellte sich vor sie. „Alles? Nicht einmal ich bin voll im Bilde.“

Wie konnte das sein? Wollte er sich als Opfer darstellen?

„Du wurdest festgenommen, weil man dich verdächtigte, Kimora Buckley ermordet zu haben."

„Ich wurde wieder freigelassen."

„Aus Mangel an Beweisen."

Er legte seinen Kopf schief. Sein Blick wurde grüblerisch, als würde er sie analysieren. „Vor dem Gesetz bin ich unschuldig."

Das bedeutete rein gar nichts. „Die Vorwürfe gegen dich müssen schwer genug gewesen sein, um zu rechtfertigen, dich in Untersuchungshaft zu nehmen."

Für einen Moment wirkte er in sich gekehrt. „Ich habe mich benommen wie ein dummer Junge, der noch grün hinter den Ohren ist. Aber das heißt noch lange nicht, dass ich fähig bin, jemanden zu töten."

„Unter gewissen Umständen ist jeder dazu in der Lage." Sie erschrak selbst darüber, wie trocken sie das äußerte.

Er lächelte sarkastisch. „Selbst du, Mrs Sauber?"

„In einer Notlage, ja." Erinnerungen tauchten vor ihrem geistigen Auge auf.

Der Unterstand für die Müllcontainer vor der Stadtverwaltung.

Waggaman im Dämmerlicht eines Novemberabends.

Das Messer in ihrer Hand, das sie dem maskierten Mann in den Bauch stach.

Ohne nachzudenken, ohne Reue.

Sie würde es jederzeit wieder tun! Vielleicht sogar noch weiter gehen.

Einige Wochen nach dem Überfall war ihr Entsetzen abgeklungen, stattdessen loderte Hass in ihr. Mit offenen Augen hatte sie davon geträumt, die Klinge wieder und wieder in den Angreifer hineinzurammen. Glücklicherweise hatte sie letztes Jahr nicht die Chance dazu bekommen. Sie wüsste nicht, wie sie damit leben sollte, ein Leben ausgelöscht zu haben, nicht einmal wenn es Notwehr gewesen wäre.

„Wenn ich zurückschaue, erkenne ich mich selbst kaum wieder." Nachdenklich rieb er einige Male über seinen gestutzten Kinnbart. Dann schüttelte er den Kopf. „Mir kommt es so vor, als hätte ich mich damals selbst ein Stück weit verloren."

So weit, dass er aus Eifersucht getötet hatte? fragte sie sich.

„Ich bin aus meiner Bahn geraten, als ich Kimora auf dem Crescent City Blues and Barbecue Festival plötzlich mit anderen Augen sah. Davor hatte ich sie nur wenige Male getroffen und wenn, dann war sie für mich nur Gavins Freundin und danach seine Ehefrau gewesen. Sie ist nicht wie die meisten Frauen, sie kleidet sich anders, scheint über den Dingen zu stehen, eine Künstlerin eben, die sich nicht anpasst, sondern so ist, wie sie ist, und in sich zu ruhen scheint. Deshalb erkannte ich nicht sofort, wie anziehend sie ist."

„Dein Geschäftspartner aber schon." Ihr Magen krampfte sich zusammen, weil Lorcan von dieser Frau schwärmte. Warum sprach er über sie, als wäre sie nicht tot? War sie in seiner Fantasie immer noch so lebendig, dass er ihr Ableben nicht wahrhaben wollte?

„Ich habe von fremden Früchten genascht und einen hohen Preis dafür bezahlt." Er rümpfte die Nase. „Wahrscheinlich habe ich es sogar verdient, alles verloren zu haben. Aber wegen eines einzigen Fehltritts?"

„In der Januar-Ausgabe der *Times-Picayune* stand, dass du Kimora belästigt hättest."

Stöhnend raufte sich Lorcan die Haare und setzte sich auf eine Metallbank, von denen insgesamt vier den Weg zur Bibliothek säumten. „Die Zeitungen haben eine Menge Lügen gedruckt. Aber wir hatten weder eine Affäre, noch habe ich sie vergewaltigt, Herrgott noch mal."

Amy fragte sich, ob sie die Wahrheit – seine Wahrheit – überhaupt hören wollte. Seine Worte taten ihr weh, dabei hatte sie vor ihm auch Beziehungen gehabt. Es war töricht, eifersüchtig auf eine Exflamme von ihm zu sein … auf eine Tote.

„Auf dem Festival ist es über uns gekommen. Wir verloren die Kontrolle. Die sexuelle Magie zwischen uns war stärker als Treue und Loyalität, Ehegelübde und Freundschaft. Kimora wollte es ebenso sehr wie ich. Niemals hätte ich sie dazu gezwungen."

„Was war mit den anzüglichen SMS, die du ihr angeblich geschickt hast?", bohrte Amy weiter.

„Am Anfang schrieb sie mir ebenso viele frivole Nachrichten zurück." Ein bitterer Zug legte sich um seinen Mund. „Sie war jedoch schlauer als ich und kam schneller zur Besinnung. Nach einer Weile antwortete sie mir nicht mehr, und statt sie in Ruhe zu lassen, erwachte mein Jagdinstinkt. Heute weiß ich, dass es zu diesem Zeitpunkt schon nicht mehr um sie ging, sondern nur darum, zu gewinnen."

Das sprach nicht gerade für ihn. Es zog Amy an seine Seite, doch sie blieb vor der Bank stehen. „Zeugen sagten aus, du hättest Kimora auf einer Party der Buckleys belästigt."

Er schnaubte. „Unfug. Ich war schlecht gelaunt, weil Gavin seinen Reichtum zur Schau stellte wie ein eitler Pfau und seine Ehefrau vorführte, als wäre sie nur ein Accessoire. Ich erkannte ihn nicht wieder. Gavin wirkte auf mich an diesem Abend wie ein Typ, den ich normalerweise nicht einmal mit dem Arsch angucke. Er führte eine Schar Fremder auf seinem neuen prunkvollen Anwesen herum und tat, als wären sie seine besten Freunde. Mich behandelte er dagegen wie einen Bekannten aus der Vergangenheit, den er einladen musste, obwohl er es nicht wollte. Ich war sauer und gekränkt." Entschuldigend hob er beide Hände. „Auch neidisch, ich gebe es zu. Weil ich mich nicht so galant geben konnte wie er und weil ich beruflich nicht das erreichen konnte, was er erreicht hatte. Deshalb wollte ich mir wenigstens das nehmen, was im Bereich des Möglichen lag."

„Kimora." Ihren Namen auszusprechen, tat Amy körperlich weh.

Seine Augen wurden feucht, aber er sah Amy direkt an. „Ich wollte sie für mich gewinnen, um ihm eins auszuwischen und weil ich mich nach einer Frau sehnte, mit der ich eine Zukunft haben könnte. Hätte ich sie getötet, hätte ich sie genauso verloren wie Gavin auch."

Das hörte sich logisch an. Amy schwieg. Sie spürte seinen Schmerz und musste mit ihrem eigenen fertig werden, denn sie befürchtete, dass Lorcan noch etwas für diese Frau empfand. Und vielleicht sogar immer empfinden würde.

„Die Indizien und Zeugenaussagen sprachen gegen mich, aber sie hätten vermutlich nicht ausgereicht, mich hinter Gitter zu bringen, hätten die führenden US-Wirtschaftsmagazine Gavin nicht zum Jungunternehmer des Jahres gewählt. Dadurch stieg er zu einem der wichtigsten Bürger von New Orleans auf", erzählte er, lehnte sich zurück und legte seine Arme auf der Rückenlehne ab. „Ich kam in den Knast. Die Polizei fand aber keine stichhaltigen Beweise. Nicht einmal Kimoras Leiche. Schließlich mussten sie mich entlassen, dabei hätten sie den Medien doch so gerne schnell einen Schuldigen präsentiert." Mit einem Mal sah er müde aus. Er stützte sich mit den Ellbogen auf den Oberschenkeln ab und ließ den Kopf hängen. „Zu diesem Zeitpunkt war mein Leben längst zerstört. Buckley MacConmara bekam keine neuen Aufträge, mein Ruf war dahin, und selbst meine Freunde mieden mich. Manche sagten mir sogar ins Gesicht, ich sollte endlich damit herausrücken, wo ich Kimora verscharrt hätte, damit Gavin sie wenigstens beerdigen könnte."

Nun nahm Amy doch neben ihm Platz. Sie verspürte den Wunsch, über seinen Rücken zu streichen, ihn in ihre Arme zu ziehen und zu trösten, doch sie widerstand dem Drang. Konnte sie ihm trauen? Sie wollte ihn nicht vorverurteilen wie sein Bekanntenkreis, dennoch blieb ein Rest Zweifel, egal wie gebrochen er in diesem Moment erschien. Schon einmal hatte er ihr etwas vorgespielt, als er sich von dem Indianer auf dem Parkplatz des Obdachlosenasyls zum Schein hatte zusammenschlagen lassen. Was wollte er von ihr? Nur ein Bett und etwas zu Essen? Sex? Oder war da mehr?

Kopfschüttelnd richtete er den Oberkörper wieder auf. „Ich stand vor dem Nichts, wegen eines Quickies in einem Hinterhof."

„Das tut mir leid."

„Ach ja?" Skeptisch blickte er sie an.

„Ich weiß, wie du dich fühlst." Herrje, sie klang wie ihre Mutter, die ihr damals, als sie mit fünfzehn Jahren die ersten Tränen aus Liebeskummer vergoss, sagte, dass schon morgen die Welt wieder rosig aussehen würde. Hatte sie nicht. Amy hatte Wochen gebraucht, um über Matt Lieberman hinwegzukommen.

„Tust du nicht."

„Nein, du hast recht", gab sie zu und nestelte am Verschluss ihrer Handtasche. „Aber Nabil."

Lorcan schnaubte. „Ausgerechnet er."

„Euch verbindet mehr, als du denkst. Er hat auch seine",

es fiel ihr schwer, diese Worte zu verwenden, „große Liebe verloren."

„Kimora war nicht meine große Liebe", warf er ein und strich mit seinen Fingerknöcheln ihren Oberarm hinab. „Es war nur eine kurze Schwärmerei."

Amy musste sich räuspern, um fortfahren zu können. „Marnie verschwand letzten Sommer."

Sein Blick wurde hellwach. „Wurde ihre Leiche ebenfalls nie gefunden?"

Amy winkte ab. „Sie hatte sich in New Orleans nie wohlgefühlt. Wahrscheinlich ist sie einfach auf und davon, weil sie es im schwülheißen Mississippidelta nicht mehr aushielt. Skyler glaubt das. Sie hat alles zurückgelassen, bis auf ihre Papiere."

„Und wovon geht Nabil aus?"

„Dass sie zurück in ihre Heimatstadt Seattle ging."

„Ohne sich von ihm zu verabschieden und ihre Sachen mitzunehmen? Klingt ziemlich abwegig, wenn du mich fragst." Mit gespreizten Fingern kämmte Lorcan sein Haar zurück und legte unabsichtlich das Zeichen hinter seinem Ohr frei. „Oder als würde er ihr Verschwinden herunterspielen."

Beim Anblick des Shamrock setzte ihr Herz einen Schlag aus. Aber hier, in der Öffentlichkeit, fühlte Amy sich sicher. Es war Zeit, einige Dinge zu klären. „Was bedeutet das Kleeblatt?"

Zuerst zog er seine Brauen zusammen, dann erhellte sich sein Blick. „Ach, das vergesse ich immer wieder. Es ist schon so lange da. Gavin und ich haben es uns vor fünfzehn Jahren gegenseitig mit einem Zirkel eingeritzt."

„Gehört ihr beide zur Arischen Bruderschaft?", fragte sie leise. Ihre Hände krampften sich um ihre Tasche.

„Wie bitte?“ Erstaunt weiteten sich seine Augen. Dann legte er seinen Kopf in den Nacken und lachte. „Das Shamrock ist das inoffizielle Nationalsymbol unserer Heimat. Unsere Familien stammen beide aus Irland.“

Sie errötete heftig. „Daher stammt also dein seltsamer Name.“

„Seltsam? Pass auf, was du sagst.“ Seine Stimme bekam diesen erotischen Unterton, der ihre Lust jedes Mal aufs Neue anfachte. „Wir waren jung, hatten getrunken und waren felsenfest davon überzeugt, dass unsere Freundschaft ewig halten würde. Anstatt Blutsbrüderschaft zu feiern, entschieden wir uns für das Kleeblatt. Dumm, nicht wahr?“

Sie entspannte sich. „Nein, wunderschön, aber auch traurig.“

„Hätten wir damals gewusst, dass wir einmal zu Feinden …“ Er beendete den Satz nicht. Seine Kiefer mahlten.

„Ist es wirklich Feindschaft?“

„Bis Kimora verschwand, hatte er mir nie einen Vorwurf gemacht. Er wusste, dass sie mit mir fremdgegangen war, reichte aber weder die Scheidung ein, noch warf er mich aus der Firma oder verbannte mich aus seinem Leben. Er tat einfach das, was er immer tat, als wäre alles im Lot. Sein Inneres muss dagegen eine einzige große Wunde gewesen sein.“ Lorcan stieß mit der Faust gegen seine Schläfe, als wollte er sich selbst boxen. „Mein Gott, was bin ich für ein Arschloch gewesen!“

„Könnte er nicht für das Verschwinden seiner Ehefrau verantwortlich sein?“

Nach einer Weile sagte er: „Nein“, hatte aber zu lange überlegt, als dass Amy ihm dieses klare Statement abnahm.

„Eifersucht ist eins der häufigsten Mordmotive.“

„Ich traue ihm ein Verbrechen nicht zu.“ Er schüttelte

den Kopf, hielt dann jedoch inne. „Aber das hat er bestimmt auch über mich gedacht und seine Meinung geändert, als ich verhaftet wurde."

„Ist es nicht vielmehr so, dass du ihn nicht als Mörder sehen möchtest?" Genauso wie sie an Lorcans Unschuld glauben wollte. „In deiner Welt bist du der Böse und er der arme gehörnte Ehemann. Aber vielleicht hat er die Rollen heimlich getauscht und dir und Kimora heimgezahlt, dass ihr ihn hintergangen habt."

Nachdenklich schwieg er.

„Gavin wusste, dass die Beweise in deine Richtung wiesen. Indem er die Leiche seiner Ehefrau wegschaffte und vielleicht den Cops einen Wink gab, sodass du zum Hauptverdächtigen wurdest, schlug er zwei Fliegen mit einer Klappe."

„Schon möglich", räumte er ein und rieb die Handflächen aneinander. „Vielleicht gibt es aber auch einen dritten Mann."

„Einen weiteren Liebhaber?" Diesen Gedanke empfand Amy als abwegig.

„Nein, so ist Kimora nicht. Sie ist keine Schlampe. Aber sie ist eine begehrenswerte Frau und hat als Malerin viele Fans in der Kunstszene." Er drehte sich zu ihr und legte den Ellbogen auf die Rückenlehne. „Bei unserer letzten Begegnung im Louis Armstrong Park telefonierte sie mit einem Mann und klang aufgebracht."

Wieso wechselte er ständig von der Vergangenheits- in die Gegenwartsform, wenn er von ihr sprach? Amy kam das langsam verdächtig vor. Oder wollte er nicht wahrhaben, dass sie tot war? „Doch sicherlich mit Gavin."

„Vermutlich. Kimora hatte sich damals gerade eine Auszeit von ihrer Ehe genommen. Mit wem auch immer sie telefonierte, derjenige bedrängte sie massiv."

Mit Besorgnis beobachtete sie, wie sich seine Hände zu Fäusten ballten. Seine Aggressivität kehrte zurück. Er hatte sein Tief überwunden und wirkte nicht mehr niedergeschlagen, sondern saß aufrecht da, angespannt und dennoch zu allem bereit, wie ein Gladiator vor einem Kampf in der Arena. War er in New Orleans geblieben, um Rache zu üben? Suchte er bei ihr nur ein Versteck, um unbehelligt und in Ruhe seinen Plan vorzubereiten? „Hast du meinen Revolver aus meiner Handtasche genommen?"

„Nein."

„Ehrlich nicht?"

Sorgenfalten traten auf seine Stirn. „Ist er weg?"

„Ich muss ihn verlegt haben", log sie.

„Du besitzt keinen Waffenschein, oder?"

Wollte er sie in die Ecke drängen? „Der Colt gehörte meinem Großvater."

„Deswegen trägt man ihn doch nicht bei sich."

„Ich werde nicht zulassen, dass man mir noch einmal wehtut!" Eindringlich sah sie ihn an. Hoffentlich hatte er die Warnung verstanden.

„Was meinst du damit?"

Sie wandte sich ab. „Ach nichts."

Er griff sie bei den Schultern und drehte sie wieder zu sich. „Was ist dir passiert?"

Warum sollte sie es ihm nicht erzählen? Es würde ihm beweisen, dass sie durchaus in der Lage war, sich zu wehren. Kurz und knapp berichtete sie ihm von dem Tag des Überfalls.

„Oh mein Gott! Wenn ich den Kerl in die Finger kriegen würde ..." Er zog sie in seine Arme und drückte sie fest an sich.

Wie gut sich seine Umarmung anfühlte! Wie männlich er roch! Außerdem hielt er *sie* fest und nicht Kimora. Sie stand nicht über den Dingen wie die Malerin, sondern sie war bodenständig und bei ihm. Außerdem liebte sie ihn, was Kimora nicht getan hatte. Wusste er das? Er musste es spüren. Aber empfand er ebenso? „Was dann?"

Er schob sie ein bisschen von sich fort, damit er sie ansehen konnte. Sein Gesicht bekam einen brutalen Ausdruck. „Dann könnte ich für nichts garantieren."

Sie lächelte und ließ sich nur allzu gern von ihm küssen, aber sein Kuss schmeckte nicht so süß wie sonst. Denn sosehr sein Beschützerinstinkt ihr gefiel, so sehr fragte sie sich, ob er nicht doch ihre Handfeuerwaffe genommen hatte, um damit Rache zu üben für das, was man ihm und Kimora angetan hatte.

20. KAPITEL

Januar dieses Jahres
New Orleans, Buckley MacConmara

Wie ein Einbrecher drückte sich Lorcan mit dem Rücken gegen die Wand seines Büros und linste durch den Türspalt hinaus in den Flur.

„Bitte treten Sie ein." Gavin hielt zwei Polizisten die Tür zum kleineren der beiden Konferenzräume von Buckley MacConmara auf. „Hier drin können wir in Ruhe reden."

Verstohlen schaute der ältere der beiden Cops über seine Schulter, sodass Lorcan zurückwich, damit sie ihn nicht entdeckten. Als er wieder in den Korridor spähte, waren sie verschwunden, und die Tür zum Meeting-Raum glitt gerade ins Schloss. Was wollte das NOPD hier? Überbrachten sie Gavin gerade die traurige Nachricht, dass er Kimoras Leiche abholen lassen konnte, sobald der Gerichtsmediziner sie untersucht hatte?

Lorcan ging zum Fenster und schaute hinaus. Das Auto mit dem Schriftzug *New Orleans Police* parkte am Straßenrand vor der Immobilienfirma und erregte bereits Aufmerksamkeit. Passanten blickten zuerst zum Wagen, dann zum Gebäude und tuschelten.

Früher war er so naiv gewesen zu glauben, den freundlichen Polizisten aus dem Video für Verkehrsunterricht, das er als Schüler in der Grundschule gesehen hatte, würde es wirklich geben. Doch seit Kimoras Verschwinden vor acht Tagen hatten Vertreter des Police Department ihn so oft verhört, dass er sie nur noch „scheiß Bullen" nannte.

Sie waren unfähig, auf die einfachsten Fragen Antworten zu finden. Wie konnte zum Beispiel jemand aus einem bewachten Anwesen verschwinden, als hätte er sich in Luft aufgelöst? Das Dienstmädchen Sue hatte, als sie am Morgen ein Fenster der Villa zum Lüften öffnete, beobachtet, wie die Hausherrin zum Atelier am Ende des Gartens schlenderte. Danach verlor sich Kimoras Spur. Sue glaubte sich daran zu erinnern, das Rattern eines Dingis gehört zu haben, während sie die Betten frisch bezog. Aber erstens war sie sich nicht sicher, da eine andere Angestellte den Flur gesaugt hatte, und zweitens waren Boote auf dem Lake Pontchartrain, an dem das Grundstück lag, nun wirklich keine Seltenheit.

Die Polizei ging davon aus, dass Kimora längst tot war, weil keine Lösegeldforderung eingegangen war.

Sie hatten das Mobiltelefon der Vermissten untersucht. Überraschenderweise hatte Kimora die zunächst schlüpfrigen, dann verzweifelten SMS, die sie von Lorcan erhalten hatte, nicht gelöscht. Die Cops gingen davon aus, dass sie die Nachrichten als Beweismittel aufgehoben hatte, da sie sich von Lorcan bedrängt fühlte. Doch er wusste es besser. Kimora hatte die Zeit mit ihm genossen. Ein Teil von ihr hatte sich zu ihm zurückgesehnt. Womöglich wären sie in einem anderen Leben ein Paar geworden, aber in diesem gehörte sie zu Gavin. Das hatte er begriffen. Er interessierte sich nicht für Malerei, er ging nicht auf Konzerte, und seine Schwärmerei für Kimora war längst abgekühlt. Er schätzte sie, aber begehrte sie nicht mehr. Wie gut, dass sie das eher erkannt hatte als er! Ohne sie hätte er einen schweren Fehler begangen und ausgerechnet seinen besten Freund todunglücklich gemacht.

Nervös wandte sich Lorcan um und lauschte, aber die Polizisten waren immer noch im Konferenzraum. Wann gingen sie denn endlich, damit er Gavin fragen konnte, ob es Neuigkeiten gab? Zudem konnte er sich wegen ihrer Anwesenheit nicht auf seine Arbeit konzentrieren. Diese Arschlöcher hatten ihm zugesetzt. Es waren wohl zahlreiche Anrufe, die von einem Wegwerfhandy aus getätigt worden waren, auf Kimoras Anschluss eingegangen. Sie konnten nicht zurückverfolgt werden, aber die scheiß Bullen hatten ihm unterstellt, dass sie von ihm stammten. Er hätte offiziell aufgehört, Kimora zu belästigen, und sich eine unauffälligere Art gesucht, ihr nachzustellen, hatten sie behauptet. Sicherlich wollten sie nur versuchen, ihn zu provozieren, in der Hoffnung, er würde sich verraten.

Sie konnten nicht ernsthaft glauben, er hätte sie umgebracht! Das war zu abwegig.

Als das Telefon auf seinem Schreibtisch klingelte, erschrak Lorcan. Er flog herum, sein Herz hämmerte. Er legte die Hand auf seinen Brustkorb und atmete tief durch. Verlegen lachte er.

Seit einer Stunde hatte niemand mehr angerufen. Nachdem der erste Artikel in der Presse erschienen war, dass Gavins Ehefrau vermisst wurde und die Polizei von Mord ausging, war es in der Immobilienfirma schlagartig ruhig geworden. Die Klienten zogen zwar nicht ihre Aufträge zurück, aber sie wussten nicht mit der Situation umzugehen, vermutete Lorcan, und mieden vorerst den Kontakt. Noch verzeichnete Buckley MacConmara keine Verluste, jedoch kamen auch keine neuen Projekte hinzu, was sich über kurz oder lang in den Zahlen niederschlagen würde.

Es war so wenig los, dass sie Carly ein verlängertes Wochenende genehmigt hatten. Die Teamassistentin hatte gestrahlt und sich und ihren Ehemann spontan in den Alligator Bayou Cajun Cottages in Prairieville eingemietet. Lorcan schaute auf seine Armbanduhr. Es war kurz vor elf Uhr morgens. Bestimmt befanden sich die beiden zu diesem Zeitpunkt schon auf einer geführten Tour durch das Sumpfgebiet, fuhren Kanu oder spazierten durch die Natur.

Am Vorabend hatte Carly ihr Telefon auf Gavin umgeleitet, der darauf bestand, nicht geschont zu werden. Doch da er mit den Polizisten sprach, hatte er es so eingerichtet, dass alle eingehenden Gespräche an Lorcans Apparat weitergeleitet wurden.

Das Klingeln wurde nervtötend. Er eilte zum Schreibtisch, nahm ab und meldete sich.

„Lorcan?" Ein zaghaftes Flüstern.

Er stutzte. Augenblicklich zog sich sein Magen zusammen. „Ja?"

„Lorcan, ich bin's." Ihre Stimme zitterte. „Hörst du mich?"

Spielte seine Fantasie ihm einen Streich? „Ja, aber …"

„Hilf mir. Hol mich hier raus. Bitte. Schnell."

Sein Puls raste. „Kimora?"

„Ich habe solche Angst." Er konnte jeden ihrer Atemzüge hören. „Er tut mir weh. Er will mich besitzen. Er wird mich umbringen. Er … er …"

Hatte sie die Zentrale angerufen und war nur bei ihm gelandet, weil Carly außer Haus war? Oder hatte sie seine Nummer direkt gewählt, um nicht bei Gavin zu landen? „Wo bist du?"

„Irgendwo. Weiß nicht. Ich war in seinem Keller. Ketten …" Die Worte überschlugen sich fast, so aufgeregt sprach sie. „Der Irre steht auf Ketten. Hab sie doppelt genommen, ihm damit ins Gesicht geschlagen."

„Wo bist du jetzt?"

Ihr klapperten die Zähne, während sie überlegte. „Oben", antwortete sie schließlich und klang verwirrt. „Ich hab ein Handy gefunden, eins zum Wegwerfen."

„Renn weg, Kimora!“ Es machte Lorcan verrückt, nicht bei ihr zu sein. Sie schien vom Schock wie gelähmt und konnte nicht klar denken.

„Ich kann nicht. Er hat meine Fußsohlen verbrannt. Mit einem Leuchtstab. Bin die Treppe hochgekrochen.“ Sie keuchte, als hätte sie große Schmerzen. „Kann kaum stehen.“

„Du schaffst das.“ Verzweifelt brüllte er: „Lauf!“

Sie wimmerte. „Komm mich holen. Ohne dich bin ich verloren.“

Kein Wort von Gavin, fiel ihm auf. Ein finsterer Gedanke regte sich in ihm, aber er ignorierte ihn, denn er war zweitrangig. „Du musst fliehen, und zwar sofort.“

Plötzlich gellte ihr Schrei durch den Hörer. So schrill, dass sich Lorcans Nackenhaare aufstellten und sein Ohr klingelte. In der nächsten Sekunde war die Leitung tot.

„Nein, nein, nein!“, wiederholte er immer wieder.

Sein Brustkorb krampfte sich so stark zusammen, dass es wehtat. Er bekam kaum Luft. Seine Augen wurden feucht. Auf Entsetzen folgte Wut, auf Wut folgte Verzweiflung. Er drückte den Hörer so fest, dass die beiden Schalen auseinanderbrachen. Bevor das elektronische Innenleben auf den Tisch fallen konnte, hörte er auf. Bestürzt starrte er auf den zerstörten Apparat. Was, wenn Kimora noch einmal anrief? Dann würde sie ihn nicht erreichen, weil er sein Telefon kaputt gemacht hatte.

Er drehte sich um und wollte gerade hinaus zu Carlys Schreibtisch laufen, um die Umleitung herauszunehmen, als die beiden Polizisten in sein Büro gestürzt kamen und sich auf ihn warfen. Grob drückte einer seinen Oberkörper auf den Tisch, drehte ihm seine Arme auf den Rücken und legte ihm Handschellen an. Als Lorcan überrascht und verwirrt umherschaute, sah er, dass der zweite Cop eine Waffe auf ihn gerichtet hatte.

Was war hier los? Hatten sie den Anruf von Kimora getürkt? So herzlos konnten nicht einmal die scheiß Bullen sein. Wenn das Telefonat fingiert gewesen war, so war er nicht in ihre Falle getappt. Was sollte diese Farce also?

„Lorcan MacConmara, wir verhaften Sie wegen des dringenden Tatverdachts, Kimora Buckley ermordet zu haben", sagte der Polizist hinter ihm erfreuter, als angebracht war.

„Sie ist nicht tot." Lorcan versuchte sich aufzurichten, aber der Mann drückte ihn zurück auf die Tischplatte. „Sie hat mich gerade angerufen."

„Ja, sicher. Was für ein Zufall!"

Es schockierte ihn, dass man ihm nicht glaubte. Sollten Polizisten nicht jedem Hinweis nachgehen? „Ich schwöre es. Prüfen Sie den letzten Anruf."

„Das machen wir sowieso."

„Sie müssen es sofort machen." Er erschrak über seinen weinerlichen Ton.

Der Mann hinter ihm knurrte und lehnte sich über ihn. „Niemand schreibt uns vor, wie wir unsere Arbeit zu machen haben, besonders kein Mörder."

„Kimora wird irgendwo gefangen gehalten. Sie lebt!"

„Das können Sie alles auf dem Revier beichten."

Beichten? Lorcan blieb die Spucke weg. Aber er wollte jetzt nicht darüber diskutieren, dass er vor dem Gesetz als unschuldig galt, bis das Gericht ihn verurteilte. Das war jetzt nicht wichtig. „Bis dahin könnte sie schon tot sein."

„Das käme Ihnen gelegen, nicht wahr? Dann könnte die Vermisste nicht mehr gegen Sie aussagen."

„Glauben Sie meinetwegen, was Sie wollen, aber ich bitte Sie, verfolgen Sie den letzten Anruf zurück", bettelte Lorcan. „Das Leben von Mrs Buckley hängt davon ab."

„Das vermeintliche Telefonat mit ihr haben Sie doch eh arrangiert." Das letzte Wort des Cops troff vor Ironie. „Lassen Sie mich raten, Sie wurden von einem Wegwerfhandy angerufen? Das ist doch Ihre Masche. Welcher Ihrer Freunde hat Ihnen dabei geholfen? Oder haben Sie Ihre eigene Nummer gewählt und das Telefon danach aus dem Fenster geworfen?"

In diesem Moment zog der Cop Lorcans Oberkörper hoch. Lorcans Blick fiel auf Gavin, der hinter dem Polizisten mit der Waffe stand, und schöpfte Hoffnung. Doch sie verpuffte sogleich, denn sein Freund und Geschäftspartner blinzelte ihn eiskalt an. Demonstrativ drehte Gavin ihm den Rücken zu und schritt hinaus. Was hatte er den Polizisten im Konferenzraum erzählt?

Hatte er Lorcan ans Messer geliefert?

21. KAPITEL

August dieses Jahres
Metairie, Buckley Real Estate Agency

Lorcan sah sich als Opfer. Aber war er das auch? Amy glaubte ihm, befürchtete allerdings, dass es daran lag, dass sie nur mit einem Unschuldigen zusammenbleiben konnte.

Um der Wahrheit einen Schritt näher zu kommen und sich ein eigenes Bild von Gavin Buckley zu machen, hatte sie sich an diesem Vormittag freigenommen. Allerdings hatte sie Lorcan gegenüber nichts von ihrem Vorhaben erwähnt, sonst hätte er sie mit Sicherheit davon abgehalten.

Zur gewohnten Zeit war sie aus dem Haus gegangen. Nun saß sie im Wartebereich vor der Anmeldung der Buckley Real Estate Agency und blätterte desinteressiert in dem Ordner mit Beschreibungen der zum Verkauf stehenden Häuser in New Orleans und Umgebung, sauer darüber, dass ihr Plan nicht aufging, weil Gavin keine Zeit für sie hatte. Wie hatte sie auch davon ausgehen können, dass sie einfach herkommen und mit ihm reden konnte? Seine neue Firma schien gut zu laufen. Das Telefon stand nicht still, und Carly Portier kam nicht einmal dazu, Amy den versprochenen Kaffee zu bringen. Trotz Klimaanlage standen Schweißperlen auf der Stirn der Afroamerikanerin. Immer wenn sie von der Rezeption in die Kaffeeküche gehen wollte, klingelte es erneut oder Mr Buckley oder einer seiner Kollegen benötigte ihre Unterstützung.

Dass Gavin die alten Büroräume in New Orleans aufgegeben hatte und nach Metairie gezogen war, überraschte Amy nicht. Bestimmt suchte er Abstand zu dem, was geschehen war. Vielleicht war auch die Nähe zu seinem Privatwohnsitz ausschlaggebend gewesen. Im Gegensatz zu dem alten Firmengebäude hatte er sein Anwesen am Pontchartrain-See nicht aufgegeben. Das fand Amy seltsam. Behielt er ihr gemeinsames Nest als Zeichen dafür, dass er Kimoras Tod nicht wahrhaben wollte, solange man ihre Leiche nicht fand? Oder hielt er sie auf dem Gelände fest?

Abwegig war dieser Gedanke nicht, fand Amy und tat so, als lese sie die nächste Immobilienanzeige durch. Das würde auch erklären, wie Kimora das Gelände hatte verlassen können, ohne gesehen zu werden: weil sie es nie verlassen hatte.

„Guten Morgen, warten Sie auf mich?"

Eine angenehm warme Männerstimme riss sie aus ihren Überlegungen. Überrascht, weil sie ihn nicht hatte kommen hören, schaute sie auf. Ein Mann mit kupferfarbenem Haar, den sie bisher nur von Fotos aus dem Internet und von den digitalisierten Zeitungen der NO Public Library kannte, lächelte sie an.

„Mr Thomas Thibodeaux kommt in fünf Minuten, Mr Buckley", rief Carly ihm rasch zu, vermutlich um zu verhindern, dass er Amy mit in sein Büro nahm und damit seinen Terminplan durcheinanderbrachte. Zu mehr kam sie nicht, denn eine Kollegin schritt zielstrebig auf den Empfangstresen zu, um sie darum zu bitten, ihr einige Unterlagen herauszusuchen.

„Gavin Buckley." Er reichte Amy die Hand, und sie schüttelte sie.

Ihr Puls stieg. „Es tut mir leid. Ich hatte mich nicht angemeldet. Ihre Assistentin gab mir diesen Ordner, damit ich schon mal einige Angebote prüfen kann. Aber ich habe einen Termin für übernächste Woche gemacht."

„So ausgebucht sind wir?" Er lachte verlegen. „Hat man Ihnen nichts zu trinken angeboten?"

„Doch, nur ist Mrs Portier sehr beschäftigt. Das ist in Ordnung."

„Einen Moment."

„Ich gehe eh gleich wieder", rief Amy ihm hinterher, da sie befürchtete, die Assistentin bekäme nun Ärger. Doch er ging an ihr vorbei und kehrte nach einer Minute mit einem Tablett, auf dem eine Tasse Kaffee und ein Glas Wasser standen, zurück. Beides stellte er vor Amy auf den Tisch.

„Sie haben die freie Wahl." Er zwinkerte. „Oder nehmen gleich beides."

„Danke schön", sagte sie. Er hatte sogar ein Kännchen mit Milch und portionierten Zucker mitgebracht. Warum gab er sich solche Mühe? Sie war nicht gerade gekleidet wie eine Klientin, die ihm viel Geld bringen würde.

Er streckte den Arm aus, sein Hemdsärmel rutschte hoch und er warf einen Blick auf seine Armbanduhr. „Ein bisschen Zeit habe ich für Sie. Mr Thibodeaux ist ja bisher noch nicht eingetroffen." Er knöpfte sein graues Jackett auf und setzte sich. „Wie war noch gleich Ihr Name?"

Sie hatte überlegt, einen falschen anzugeben. Aber da sie wusste, dass sie bei einer Lüge knallrot geworden wäre, hatte sie sich dazu entschieden, ihren richtigen Namen zu nennen. „Amy LaBauve, Miss."

„Cajun, richtig?"

Lächelnd nickte sie. Sie hatte gedacht, einen verbitterten Mann und hartgesottenen Geschäftsmann anzutreffen, aber Gavin machte einen freundlichen und gelassenen Eindruck.

„Ich habe irische Vorfahren. Genau das liebe ich an diesem Land. Die Vielfalt der Menschen." Er lehnte sich zurück. „Was kann ich für Sie tun, Ms LaBauve?"

„Ich habe von meinen Großeltern ein Shotgun House in Waggaman geerbt und überlege, es zu verkaufen und das

Geld in ein normales Haus zu investieren", flunkerte sie – dabei würde sie ihren geliebten Schuhkarton niemals freiwillig hergeben.

„Ist es gut erhalten?"

„Nein."

„Es wird nicht einfach werden, es abzustoßen, wenn ich ehrlich sein darf. Die meisten Menschen mögen es nicht, wenn die Räume hintereinander angeordnet sind und sie keinen Flur haben. Sie sagen, dann könnten sie gleich in einem Trailer wohnen." Seine Miene erhellte sich. „Aber wenn man an den Traditionssinn appelliert und der Fassade einen frischen Anstrich verleiht, läge eine Veräußerung im Bereich des Möglichen. Dazu müsste ich es mir natürlich erst einmal anschauen. Könnten Sie vorab Fotos mitbringen, wenn wir uns wiedersehen?"

Während sie sich über das gemeinsame Projekt, das niemals zustande kommen würde, unterhielten, musterte Amy ihn unauffällig. Er nahm sie ernst, obwohl er nicht überzeugt davon war, einen Käufer zu finden und ohnehin kaum etwas an ihr verdienen würde. Weder zeigte er ein schmieriges Vertreterlächeln noch die Überheblichkeit eines erfolgsgewohnten Businessmannes. Er ging auf sie ein und überlegte ernsthaft, wie er ihr helfen konnte. Sie hatte das Gefühl, als unterhielten sie sich auf einer Ebene, dabei kamen er, der Jungunternehmer des vergangenen Jahres, und sie, die arme Kirchenmaus mit dem renovierungsbedürftigen Eigenheim, aus unterschiedlichen Welten.

Gavin Buckley war nett. Dieses Fazit brachte Amy durcheinander. Hatte er ihr nur sein professionelles Gesicht gezeigt, oder war er von Lorcan – absichtlich oder nicht – falsch dargestellt worden?

„Entschuldigen Sie mich, ich muss jetzt leider gehen."

Gavin erhob sich und reichte ihr zum Abschied erneut die Hand. „Mailen Sie mir doch am besten einige Bilder von Ihrem Shotgun House zu, Innen- und Außenansicht, dann weiß ich, worüber wir wirklich sprechen."

Sie machte Anstalten, sich zu erheben, aber er bat sie mit einer Geste, sitzen zu bleiben. „Das mache ich. Danke, dass Sie sich trotz Ihrer vielen Termine Zeit für mich genommen haben."

„Hat mich gefreut, Ms LaBauve." Er schenkte ihr ein letztes Lächeln und trat zu einem Mann, der soeben hereingekommen war. Er begrüßte ihn herzlich und führte ihn in sein Büro.

Um Carlys Misstrauen nicht zu erregen, blätterte Amy noch ein wenig in dem Ordner, während sie an ihrem Kaffee nippte. Dabei fiel ihr ein Objekt auf, das ihr bekannt vorkam. Sehr bekannt sogar. Die Angaben, die neben dem Foto standen, passten ebenfalls.

Es handelte sich eindeutig um Nabils Haus.

Er hatte es vor dreieinhalb Jahren geerbt, nachdem seine Eltern bei einem Zugunglück ums Leben gekommen waren. Es handelte sich um ein zweistöckiges Gebäude mit zitronengelbem Anstrich und viel zu vielen Zimmern für eine einzelne Person. Amy wusste zwar, dass Nabil einen Käufer suchte – bisher erfolglos, weil das Gebäude gleich an zwei Hauptverkehrsstraßen lag –, aber nicht, dass er Gavin Buckley mit dem Verkauf beauftragt hatte. Da Nabil schon seit zwei Jahren auf ein adäquates Angebot wartete, lag die Vermutung nah, dass er bereits von Buckley MacConmara betreut worden war.

Sie dachte an das Gespräch mit dem Indianer zurück. Von Anfang an hatte sie sich gefragt, weshalb Lorcan den Kontakt ausgerechnet zu ihr gesucht hatte. Die Hoffnung, er könnte sich einfach nur zu ihr hingezogen gefühlt haben, hatte sich soeben zerschlagen.

Aufgewühlt klappte Amy den Ordner zu. Sie glaubte nicht an Zufälle. Die Polizisten hatten ihr damals nicht einreden können, dass der Maskierte sie nur vergewaltigen wollte, weil sie das Pech gehabt hatte, an diesem Novemberabend seinen Weg zu kreuzen. Ebenso wenig ging sie davon aus, dass Nabil ein Unbekannter für Lorcan war.

Als sie das Bürogebäude verließ, trat sie so hart auf, als wollte sie mit ihren Absätzen Löcher in den Boden stampfen. Sie hatte bei der Buckley Real Estate Agency die Verbindung zwischen Lorcans altem und seinem neuen Leben aufgespürt.

Es handelte sich ausgerechnet um Nabil, ihren besten Freund.

22. KAPITEL

August dieses Jahres
Waggaman, Shotgun House

Als Amy am Abend von der Arbeit heimkehrte, begrüßte Lorcan sie mit einem zarten Kuss auf den Mund. Er nahm ihr die Handtasche ab, ignorierte ihre gerunzelte Stirn und führte sie in die Küche. Es duftete köstlich. Nur die Deckenlampe im Badezimmer und die Flamme der Stumpenkerze auf dem Tisch spendeten etwas Licht.

Ein Mann, der von sich aus eine Kerze anzündete? Wow, dachte Amy und nahm Platz. Lorcan bemühte sich wirklich.

„Ich habe sie im Karton mit der Weihnachtsdeko gefunden", erklärte er, wohl weil er ihren Blick gedeutet hatte. „Leider war ich bei der Suche nach einem Grill nicht so erfolgreich. Ich musste die Spareribs in der Pfanne braten. Dazu gibt es Bohnen und Wedges, auch aus der Pfanne. Improvisiert, aber hoffentlich lecker."

Und romantisch. „Du legst dich ja wirklich ins Zeug."

„Ich habe auch einiges wiedergutzumachen." Er hockte sich vor ihren Stuhl und hielt sich an ihrer Armlehne fest. „Es tut mir leid, dass ich dir nicht von Anfang an die Wahrheit gesagt habe. Aber ich wusste, du würdest niemanden in dein Leben lassen, dem man einen Mord vorgeworfen hat, auch wenn derjenige nie verurteilt wurde. Selbst wenn man von allen Vorwürfen freigesprochen wird, bleibt doch immer ein Teil an einem haften. Mit dieser Ungerechtigkeit zu leben ist schwer, und man macht manchmal Dinge, die man hinterher bereut."

„Bedeutet das, wir sind ab sofort ehrlich und offen zueinander?"

Er lächelte undurchsichtig, als hecke er einen Plan aus. „Aber sicher doch, Babydoll."

Nachdem er aufgestanden war und sie auf die Nasenspitze geküsst hatte, trug er das Essen auf. Amy beobachtete ihn dabei. Wie konnte sie die Wahrheit aus ihm herauskitzeln, ohne dass sie zugeben musste, Gavin aufgesucht zu haben? Ihre kleine Recherche würde ihn garantiert wütend machen. Außerdem wollte sie vermeiden, Nabil ins Gespräch zu bringen. Dass die beiden Männer sich nicht leiden konnten, war vom ersten Augenblick ihres Aufeinandertreffens an klar gewesen. Auch wenn Lorcan glücklicherweise nicht zur Arischen Bruderschaft gehörte, bedeutete das noch lange nicht, dass Nabil nichts von ihm zu befürchten hatte. Wusste Lorcan, dass Nabil von Buckley MacConmara betreut worden war? Offenbar war nicht er damals der Ansprechpartner ihres besten Freundes gewesen, sondern Gavin, sonst hätten Lorcan und Nabil anders aufeinander reagiert. Hatte ihr Freund etwas mit der Ermordung von Kimora zu tun? Steckte er vielleicht sogar mit Gavin unter einer Decke?

„Warum ich?", fragte sie und goss Orangensaft in die Gläser.

Lorcan gab die kross gebratenen Rippchen auf die Teller und setzte sich Amy gegenüber an den Küchentisch. „Was meinst du? Wieso ich mich in dich verliebt habe?"

„Hast du?" Ihre Wangen glühten. Er nickte, und ihr Herz schlug einen Takt schneller. „Warum bist du bei mir geblieben, nachdem der Indianer dich zusammengeschlagen und ich dich mit nach Hause genommen hatte?"

„Weil du etwas Besonderes bist und ein gutes Herz hast." Er nahm sein Besteck und zeigte damit auf ihren gut gefüllten Teller. „Und jetzt iss, sonst wird es kalt, und du nennst mich einen schlechten Koch."

Also sind wir doch nicht ehrlich zueinander, dachte sie enttäuscht. Sie hatte den Indianer absichtlich erwähnt, um Lorcan die Möglichkeit zu geben, einzugestehen, dass er sich von ihm hatte verprügeln lassen, um ihren Samariterinstinkt zu wecken. Aber über diesen Vorfall schwieg er weiterhin.

Eine zweite Frage brannte ihr auf der Zunge. Amy versuchte, sie mit reichlich Saft herunterzuspülen, aber das funktionierte nicht. „Was ist mit Kimora?"

„Ich habe für sie nie das empfunden, was ich für dich empfinde. Bei dir fühle ich mich angekommen, zu Hause." Mit ernster Miene nahm er ihre Hand und drückte sie. „Sie gehört der Vergangenheit an. Denk nicht weiter über sie nach."

Wie konnte sie das? Kimora war immer noch präsent. Sie schwebte wie ein Damoklesschwert über ihnen. Lorcan wollte nicht daran arbeiten, zurück in die Gesellschaft zu finden, aber er wirkte auch nicht am Boden zerstört, sondern das Leben pulsierte durch ihn hindurch. Das ließ Amy vermuten, dass er seine Energie in andere Dinge investierte. Er musste einen heimlichen Racheplan verfolgen, einen, der etwas mit Nabil, Gavin und ihrem Revolver zu tun hatte. Für sie war klar, dass er den Kontakt zu ihr gesucht hatte, damit er ihrem Freund näher kommen und unauffällig in der Stadt bleiben konnte, um seinen ehemaligen Partner im Auge zu behalten. Hatte er sich dabei wirklich in sie verschossen, oder gehörte diese Lüge mit zu seinem Plan?

Gnade ihm Gott, sollte er mich nicht lieben, dachte Amy, stach ihre Gabel in das Fleisch zwischen zwei Rippchen und säbelte förmlich mit dem Messer zwischen den Knochen hindurch. Nichts ist schlimmer als die Rache einer hintergangenen Frau, pflegte ihre Großmutter zu sagen. „Oh ja."

„Wie bitte?“

„Ach nichts.“ Sie nahm ein Rippchen in die Hand, biss ab und kaute verdrießlich.

„Apropos ehrlich und offen“, begann ausgerechnet Lorcan. Er hielt eine aufgespießte Kartoffelecke hoch, betrachtete sie und schnitt dann eine verbrannte Stelle ab. „Warum gehst du nicht mehr ins Asyl?“

„Keine Zeit“, flunkerte sie und hatte das Gefühl, dass der Pfeil, den sie auf ihn abgeschossen hatte, sich als Bumerang entpuppte und zu ihr zurückschnellte.

„Ich hoffe nicht, dass ich der Grund bin.“ Während er die Kartoffel aß, schob er mit der Gabel einige Bohnen auf dem Teller hin und her. „Weil du deinen persönlichen Obdachlosen betreust.“

„Unsinn.“

Er legte das Besteck weg. „Hast du deine Sozialstunden alle abgeleistet, ist es das?“

Beinahe verschluckte sie sich an dem halb zerkauten Bissen in ihrem Mund. Rasch spülte sie ihn mit Saft hinunter. „Woher weißt du davon?“

Er zögerte einen Moment zu lang, als dass Amy ihm seine nachfolgende Erklärung abnahm. „Seth hatte sich mal mit Finley unterhalten. Der Koch stand in der Küche und hat ziemlich laut geredet, damit der Wachmann ihn vor der Durchreiche verstand.“

Bestimmt hatte Lorcan ihre Unterlagen durchsucht. Damit hatte sie rechnen müssen. Bei der Erinnerung daran, wie peinlich die ganze Sache im vergangenen Dezember gewesen war, wurde sie hochrot.

„Ich brauche jetzt ein Bier.“ Sie erhob sich und ging zum Eisschrank, doch bevor sie ihn öffnen konnte, stand Lorcan auch schon dicht hinter ihr.

Sinnlich schnupperte er an ihrem Haar. Er küsste ihre Ohrmuschel. Sein Mund strich über ihre Halsbeuge. Zärtlich biss er in ihren Nacken und drehte sie herum. „Ich brenne darauf zu erfahren, was meine kleine Ms Sauber verbrochen hat."

„Um dich über mich lustig zu machen?"

„Ein kleiner Fehltritt macht dich nur menschlicher, interessanter …" Er stützte sich an der Kühlschranktür ab. „Und noch begehrenswerter."

„So, du bist also scharf auf mich?", fragte sie keck und fasste ihm zwischen die Beine. Manchmal war die Flucht nach vorn die einzige Möglichkeit, seinen Stolz zu bewahren.

Überrascht über ihre Initiative weiteten sich seine Augen.

„Warte erst einmal ab, bis du meine Geschichte gehört hast." Während sie seinen Schritt massierte, erzählte sie Lorcan, dass auch sie schon verhaftet worden war, worauf sein Schaft sofort steinhart wurde.

23. KAPITEL

Dezember des vergangenen Jahres
New Orleans, Cat's Meow

Von außen sah das Cat's Meow auf der Ecke St. Peter und Bourbon Street nicht sonderlich einladend aus, aber Skyler hatte unbedingt in die Karaokebar gewollt, also war Amy mitgegangen. Zu ihrer Überraschung entpuppte sich die Inneneinrichtung als stylish, angefangen von den roten Wänden über den Teppich in Leopardenoptik bis hin zu den schwarzen Klubsofas.

Der Laden war brechend voll. Das hinderte ihren Cousin keineswegs daran, sich auf der kleinen Bühne die Seele aus dem Leib zu singen, obwohl er keinen einzigen Ton traf. Der Arzt aus dem Krankenhaus hatte ihm geraten, es nach der Blinddarmoperation ruhig angehen zu lassen, aber das war einfach nicht Skylers Ding. Er konnte es keine drei Tage zu Hause aushalten. Amy hatte zuerst versucht, ihn vom Ausgehen abzuhalten. Da ihre Warnungen, die Narbe könnte aufplatzen oder noch Schlimmeres könnte passieren, an ihm abprallten, hatte sie am Ende eingewilligt, ihn zu begleiten, um auf ihn aufzupassen.

Oder war es nicht eher sie, die froh war, einen starken Mann an ihrer Seite zu haben? Die versuchte Vergewaltigung lag gerade mal zehn Tage zurück. Der Arzt hatte Amy eine Woche krankgeschrieben. Danach hatte sie wieder arbeiten gehen wollen, obwohl sich der Vorfall vor der Stadtverwaltung abgespielt hatte. Jeden Morgen huschte sie nun flink wie ein Wiesel in das Gebäude hinein, und am Abend stürmte sie zu ihrem Wagen, als würde es aus Kübeln schütten und sie vermeiden wollen, nass zu werden. Aber immerhin meisterte sie ihr Leben wieder allein. Vorübergehend hatten ihre Eltern für sie eingekauft, nun übernahm sie das wieder selbst. Allerdings mied sie Acadiana Groceries. So gern sie den kleinen Cajun-Supermarkt in ihrer Heimatgemeinde unterstützte, sie schaffte es nicht einmal, vor der Tür zu parken und auszusteigen. Begleitet von schlechtem Gewissen fuhr sie nun zu Walmart in Elmwood.

Es ärgerte Amy, dass der maskierte Angreifer ihren Alltag nachhaltig verändert hatte. Den Spaß am Leben würde er ihr allerdings nicht nehmen. Energisch trank sie ihren Mojito aus, schlenderte zur Bar und bestellte sich einen neuen Drink. Während sie wartete, beobachtete sie kopfschüttelnd Skyler, der einen Country-and-Western-Song zum Besten gab und auf Macho-Cowboy machte, dabei jedoch so liebenswert dümmlich guckte wie Kevin James in seinen Komödien. Dieser muskulöse Kerl hatte kein Problem damit, sich zum Affen zu machen. Beneidenswert, fand Amy und lächelte. Nun war sie doch froh, mitgekommen zu sein.

Nur die Anmachversuche der Männer nervten sie. Jetzt drängte sich schon wieder ein Kerl neben sie an die Theke, als wäre die Bar klein wie eine Briefmarke, und grinste sie an. Ihr stand nicht der Sinn nach flirten. Sollte jemand sie antatschen, konnte sie für nichts garantieren. Den Revolver ihres Großvaters hatte sie zwar zu Hause gelassen, weil ihr Cousin sie beschützte, aber Fäuste, Fingernägel und Knie wusste sie durchaus effektiv einzusetzen, das hatte sie bewiesen.

„He, grabsch meine Freundin nicht an!“ Plötzlich packte eine junge Frau mit kurzen schwarzen Haaren den Typen und zerrte ihn am Oberhemd von Amy weg. Die Fremde schmiegte sich eng an sie, legte einen Arm um ihre Hüften und hauchte ihr einen Kuss auf die Wange. Der Mann hob entschuldigend beide Hände und räumte das Feld.

Völlig perplex blieb Amy stocksteif stehen. „Danke."

„Nicht du, sondern er sollte mir danken." Die Frau ließ etwas Luft zwischen ihnen, aber da sie eingeklemmt zwischen zwei Barhockern standen, waren sie immer noch nah beieinander. „Du hast ausgesehen, als wolltest du ihn jeden Moment mit Haut und Haaren fressen. Ich habe ihn vor dir gerettet."

„So schlimm?"

„Zum Fürchten! Mich hat's angemacht." Sie zwinkerte. Die stumpfen Rasierklingen, die sie als Ohrringe trug, baumelten hin und her. „Ich heiße Dixie."

Amy ging ein Licht auf. „Oh, ich glaube, du siehst da etwas falsch. Ich bin nicht …"

„Lesbisch? Ich schon." Noch immer lag ihre Hand an Amys Taille.

„Ich möchte gerade nur in Ruhe gelassen werden." Da sich Dixies Blick trübte, fügte sie rasch hinzu: „Von Kerlen!"

„Hast du gerade eine Beziehung beendet?"

„Sagen wir mal, ich hatte eine unschöne Begegnung mit einem besonders widerlichen Exemplar." Mehr wollte Amy nicht preisgeben. Sie hatte sich vorgenommen, nach vorn zu schauen. Es war auch nicht so, dass sie alle Kerle dieser Welt verabscheute. Aber sie brauchte etwas Zeit, bevor sie sich wieder von einem Mann anfassen lassen konnte. Dixies Berührung dagegen machte ihr nichts aus. Sie löste sogar ein leichtes Prickeln aus, was aber auch am Alkohol liegen mochte oder daran, wie die junge Frau sie ansah. Verlangend, aber nicht gierig, sondern vielmehr kess.

„Coole Frisur." Mit der Handfläche streifte sie Dixies weiße Haarspitzen, die mithilfe von Gel von ihrem Kopf abstanden, als hätte der Wind sie zerzaust. „Dixie ist aber nicht dein richtiger Name, oder?"

Ihr Gegenüber neigte sich vor. Dixie kam ihr so nah, dass ihr Atem Amys Wange kitzelte, als sie flüsterte: „Er lautet Bobby Sue, aber verrate es niemandem. Das ist wohl der scheußlichste, altmodischste Name in den ganzen Südstaaten. Er klingt nach *Unsere kleine Farm*, Laura Ingalls Wilder und so weiter, nach einer erwachsenen Frau mit Affenschaukeln, die jeden Sonntag mit ihren Eltern in die Kirche geht. Aber ich schlafe lieber aus." Sie zuckte die Achseln. „Ich habe meine Haare abgeschnitten und mich umbenannt. Dass ich auf Frauen stehe, hat aber nichts mit Protest zu tun. Ich stehe einfach auf Brüste und Mösen."

Amy hätte sich beinahe an ihrer eigenen Spucke verschluckt.

Dixie lehnte sich nicht wieder zurück. Sie blieb dicht vor Amy stehen und raubte ihr damit den Atem. Wie schön die junge Frau war! Sommersprossen zierten ihren blassen Teint. Sie hatte eine Stupsnase und die dunkelsten Augen, die Amy je gesehen hatte. Das grau-braun karierte Stoffkleid schmiegte sich eng an ihre schlanke Figur. Offenbar trug sie keinen BH darunter, denn die Knöpfe standen bis knapp unter der Linie, die ihr Busen bildete, offen und gaben reichlich viel preis.

Ihr Blick machte Amy nervös, aber auf eine angenehme Art und Weise. Sie verspürte keine Angst vor ihr oder dem Begehren, das die Fremde ihr signalisierte, sondern es schmeichelte ihr. Dixie drängte sie zu nichts, sondern ließ ihr eindeutig die Wahl. Unausgesprochen lag diese Offerte vor ihr wie ein Geschenk.

Amy wurde es heiß. Sie nahm ihren frisch gemixten Mojito und saugte den bittersüßen Cocktail durch den Strohhalm. Der Rum breitete sich wohltuend in ihr aus und nahm ihr ein wenig von der Aufregung.

Warnend blinzelte Dixie einen Mann an, der sich mit seinem Hintern auf der Rückenlehne einer Couch niedergelassen hatte. Nur der Gang trennte sie von ihm. Er hörte seinen beiden Freunden gar nicht zu, sondern starrte mit unverhohlenem Interesse zu ihnen herüber.

Dixie schnaubte. „Lass uns abhauen. Ich kann diese Typen nicht ausstehen, die denken, zwei Frauen würden sich nur miteinander vergnügen, um sie anzumachen."

„Ich weiß nicht." Um Zeit zu schinden, trank Amy ihren Drink in kleinen Schlucken. Vielleicht war das der Grund, warum der Rum ihr zu Kopf stieg, oder aber ihre Nervosität.

„Was ist gegen ein bisschen Spaß einzuwenden?", fragte Dixie und lächelte unverschämt anziehend. „Die Chemie zwischen uns stimmt. Ich habe nicht vor, dich davon zu überzeugen, dass das Gras am anderen Ufer grüner ist. Aber wir könnten erst einmal hier verschwinden und uns ein ruhiges Plätzchen ganz für uns alleine suchen. Dann sehen wir weiter. Du kannst gehen, wann immer du möchtest."

Hitzewellen brandeten über Amy hinweg. Sie konnte kaum fassen, dass vor ihr eine attraktive Frau stand, die ihr anbot, sie in die gleichgeschlechtliche Liebe einzuführen. Ein Abenteuer mit einer Liebhaberin! Wow, dachte sie und war sprachlos.

„Ein Kuss hier." Dixie streifte Amys Halsbeuge mit den Lippen.

„Ein Kuss da." Sie küsste ihre Wange.

„Und vielleicht auch dort." Sachte drückte sie ihren Mund auf Amys Lippen. „Wir lassen uns treiben und warten einfach ab, wohin uns das führt."

Überrascht nahm Amy das Pochen zwischen ihren Schenkeln wahr. Sie hatte niemals über Sex mit einer Frau nachgedacht, aber nun reagierte ihr Körper heftig auf diese Aussicht.

„Ich bin nicht alleine hier." Suchend schaute sie sich nach Skyler um. Auf der Bühne tanzte längst ein anderer Mann und krächzte schräg ins Mikrofon. Ihren Cousin entdeckte sie in einer Ecke. „Oh, wann hat er denn die Rothaarige kennengelernt?" Amy hatte ihn doch nur kurz aus den Augen gelassen, um sich einen neuen Cocktail zu besorgen. Gerade drückte er eine Unbekannte, die ihr flammend rotes Haar zu einem strengen Zopf nach hinten gebunden hatte, gegen die Wand und knutschte mir ihr herum, als wolle er ihr die Mandeln heraussaugen.

„Der wird dich nicht vermissen." Herablassend hob Dixie ihre Brauen.

„Das ist mein Cousin, nicht mein Freund", stellte Amy klar. Aber Dixie hatte recht. Was machte sie sich Sorgen um ihn! Er konnte selbst auf sich aufpassen. Obwohl sie fand, dass Skyler zu schnell vorging, beneidete sie ihn auch ein wenig. Er lebte sein Leben, wie es ihm gefiel, scherte sich nicht um die Meinung anderer und genoss jeden Tag. Amy dagegen grübelte in der Regel viel zu lange über etwas nach, bis die Chance schließlich verstrichen war. Diesmal nicht! „Ich sag ihm Bescheid, dann können wir los."

Keine fünf Minuten später saß sie neben Dixie auf dem Beifahrersitz. „Bist du sicher, dass du noch fahren solltest?"

„Ich habe nur einen einzigen Strawberry Daiquiri getrunken. Das ist doch wie Erdbeersaft." Ihre neue Bekanntschaft ließ den Motor an und fuhr los. Das Radio sprang an. Ein funkiges Instrumentalstück plärrte aus den Lautsprechern. „Außerdem sind wir nicht lange unterwegs."

Aufgeregt hielt sich Amy am Saum ihres Chiffonrocks fest. Ihre Bluse war so eng und sie so erregt, dass sie sogar die sanfte Reibung des Baumwollstoffes an ihren Brustspitzen spürte. „Wohin fahren wir überhaupt?"

„Lass dich überraschen." Grinsend lenkte Dixie ihren Wagen über die St. Peters Street in Richtung Jackson Square.

Sie passierten das House of Voodoo, bogen am French-Quarter-Besucherzentrum rechts ab und tauchten in den Woldenberg Park ein. Dort fuhr Dixie von der Hauptstraße ab. Eine Weile brausten sie über einen Zubringer durch den Wald, bis ihre neue Freundin schließlich zum Fahrkartenschalter von Steamboat Natchez abbog und das Auto unter einer Laterne abstellte.

Die Musik verstummte. Durch die plötzliche Stille nahm Amy das harte Klopfen ihres Herzens stärker wahr.

Obwohl sie in New Orleans aufgewachsen war und immer hier gelebt hatte, war sie noch nie mit dem einzigen Dampfschiff auf dem Mississippi gefahren. Es ist merkwürdig, dass man die Attraktionen in anderen Städten oft besser kennt als die vor der eigenen Haustür, dachte sie und spähte zum Fluss hinüber.

Sie schienen allein zu sein. Kein Wachmann war zu sehen. Der Parkplatz war leer, aber hell erleuchtet. Es gab auch Nachtfahrten mit dem Dampfer, aber offenbar fand an diesem Abend keine statt. Amys Nervosität nahm zu. Das Pulsieren zwischen ihren Beinen allerdings auch.

„Entspann dich." Beruhigend streichelte Dixie ihr die Schulter. Sie schnallte sich ab, drehte sich zu ihr und befreite ihre Beifahrerin ebenfalls vom Gurt. „Ich habe nicht vor, dich zu fressen, sondern nur, dich zu lecken."

Erneut wurde es Amy heiß, obwohl der Motor nicht lief und somit auch nicht die Autoheizung. Tagsüber stieg die Temperatur in diesen Dezembertagen immerhin noch auf sechzehn Grad, aber nachts wurde es so kurz vor Weihnachten schon empfindlich kühl. Davon spürte sie in diesem Moment nichts. Ihr Körper glühte. Hatte sie noch im Cat's Meow geglaubt, ihre Hitzewallungen lägen am Alkohol oder an der stickigen Luft im Klub, so wusste sie nun, dass Dixie der Auslöser dafür war.

Zärtlich küsste Dixie sie, und Amy dachte, dass jeder Mann wohl in dieser Situation über sie hergefallen wäre. Zumindest hatte sie die Erfahrung gemacht, dass Kerle oft etwas zu stürmisch vorgingen. Aber ihre Liebhaberin hielt sich zurück, vermutlich um Amy nicht zu erschrecken, die sich auf neues Terrain begab. Dass diese Zurückhaltung Dixie Kraft kostete, spürte Amy an ihrem Griff. Während ihr Kuss intensiver wurde, hielt sie Amys Oberarm fest und drückte dabei immer stärker zu, unbewusst, vermutete Amy.

Leidenschaftlich umschloss Dixie Amys Lippen mit den ihren. Sie drang in sie ein, um alsbald hemmungslos mit ihr zu züngeln. Amy stellte fest, dass eine Frau prinzipiell nicht anders schmeckte als ein Mann. Es gab keinen männlichen oder weiblichen Geschmack, sondern jeder Mensch besaß seinen eigenen. Der von Dixie erinnerte sie an Trinkschokolade, nicht etwa aus Instantpulver, sondern aus gemahlenen Kakaobohnen – kräftig, aber nicht zu süß, mit einem Schuss Rum, wegen des Daiquiris, den sie selbst getrunken hatte.

Dixie war eine geschickte Küsserin, sie setzte Lippen und Zunge zusammen ein. Amys Partner hatten entweder das eine oder das andere gemacht, aber niemals beides gleichzeitig. Was sie allerdings am meisten erregte, war der Tabubruch an sich. Frauen wurden nicht intim miteinander. Sie waren Freundinnen, zogen sich im Schwimmbad in einer Kabine um und schliefen in einem Bett, ohne den Gedanken daran, dass etwas zwischen ihnen laufen könnte. Doch nun saß sie hier im Auto mit einer Fremden und knutschte mit ihr, als gäbe es kein Morgen. Und es machte sie an. Ihre Scham kribbelte, sie strich voller Begehren über Dixies Rücken und drückte sie an sich.

Kurz löste sich Dixie von ihr. Sie kurbelte die Rückenlehne herunter, sodass Amy halb lag, schob ihr den Rock und ihr eigenes Kleid hoch und setzte sich auf ihren Schoß, die Knie rechts und links neben Amys Beinen. Überrascht formte Amy mit den Lippen ein lautloses „Oh“, denn Dixie trug nicht nur keinen BH, sondern auch keinen Slip. Ihre Spalte fühlte sich an Amys Oberschenkel heiß an.

Sogleich saugte sich ihre Geliebte sanft an Amys Hals fest, streifte mit den Lippen ihr Dekolleté und knöpfe ihr die Bluse auf. Amy wagte kaum zu atmen, als Dixie ihre Brüste aus dem BH hob und die Hände wie Schalen darunterlegte. Keuchend betrachtete Dixie sie. Amys Nippel wurden unter ihrem Blick noch härter. Sie konnte kaum glauben, was sie hier tat, und dennoch wirkte es so natürlich, mit Dixie auf Tuchfühlung zu gehen.

Als Dixie sich zu ihrem Busen herabneigte und Kuss neben Kuss daraufsetzte, hielt Amy für einige Sekunden die Luft an, nur um sie gleich wieder laut auszustoßen. Seufzend gab sie sich den Liebkosungen hin. Dixies schwarze Haare mit den weißen Spitzen rochen angenehm nach Gel. Sie knetete Amys Brüste von unten und stülpte ihren Mund über eine der Brustspitzen. Während Amy sich vor wachsender Lust in den Sitz drückte, rieb Dixie ihre Möse an Amys Schenkel und saugte behutsam an dem Nippel. Ihre Warze reagierte wie elektrisiert. Als wäre sie seit Jahren nicht angefasst worden. Lag es daran, dass sie das erste Mal von einer Frau verwöhnt wurde?

Mit einem Mal leckte Dixie wild über die Brustspitze und

drehte die andere zwischen Daumen und Zeigefinger hin und her. Amys Erregung schwoll rasch an. Sie hörte zwei Frauen stöhnen und wurde sich verlegen bewusst, dass sie eine davon war.

Glücklicherweise kamen an der abgelegenen Anlegestelle keine Fußgänger vorbei. Es gab keine Promenade, nur Dunkelheit und Wald, den die Bürger von New Orleans nachts mieden.

Ihr Unterleib bewegte sich wie von selbst. Vor Lust zuckte er hin und her, als würde er darum betteln, Dixies Aufmerksamkeit zu erlangen.

Tatsächlich schien Dixie sein Flehen zu erhören. Sie las Amys Körpersignale ausgesprochen gut, denn sie kniete sich in den Fußraum. Obwohl sie sehr schlank und zierlich gebaut war, brauchte sie eine Weile, um hineinzupassen und eine angenehme Position zu finden. Frivol schaute sie Amy an, während sie ihrer unerfahrenen Liebhaberin den Slip auszog und ihr die Schenkel langsam auseinanderschob.

Amys Brustkorb hob und senkte sich hastig. Immer wieder leckte sie über ihre Lippen, ihr Mund war wie ausgedörrt. Sie konnte kaum glauben, was passierte. Diese schöne, kesse Frau kniete vor ihren gespreizten Beinen. Vor ihrer nackten rasierten Spalte! Sie sah, dass Dixie mehrfach schluckte, als würde ihr das Wasser im Mund zusammenlaufen. Amy hielt sich am Sitz fest.

Dixies Hände glitten über Amys Hüften zu ihrem Hintern und legten sich seitlich darauf. Dann küsste die Schwarzhaarige ihren Venushügel. Mit der Zungenspitze strich sie über die geschwollenen Schamlippen, sie leckte durch die Mitte und seufzte genießerisch. Amy spannte sich zuerst an, ließ jedoch zunehmend lockerer. Diese kleine Zunge, die eine feuchte Spur auf ihrem Geschlecht hinterließ, entlockte ihr ein Keuchen nach dem anderen. Unglaublich sachte schlängelte sie um ihre empfindlichste Stelle herum.

Plötzlich drang Dixie mit zwei Fingern – so klein und filigran, aber eben deswegen erregend – in Amy ein. Ihr Mund schloss sich um Amys Kitzler und begann augenblicklich sanft zu saugen, sodass Amy, überrascht von der Intensität ihrer Lust, aufschrie. Dixie ließ sich davon nicht ablenken, sondern penetrierte sie zusätzlich. Weil sie die Geilheit kaum aushielt, packte Amy die Schultern ihrer Liebesdienerin, doch statt sie wegzustoßen, hielt sie sich an ihnen fest, ja, sie zog ihre Gespielin sogar unbewusst näher zu sich heran.

Dixies Finger drangen zunehmend schneller in sie ein. Amys Möse schmatzte. Die Feuchtigkeit lief zwischen ihren Gesäßhälften hinab. Dixie saugte stärker. Ab und zu leckte sie zusätzlich über die Klitoris.

Der Orgasmus rauscht viel zu schnell heran, dachte Amy. Im nächsten Moment überrollte er sie bereits. Sie zuckte, als würde sie auf dem elektrischen Stuhl und nicht in einem Auto sitzen. Dixie nahm den Mund von ihrem Kitzler, stieß sie noch einige Male und beobachtete dabei mit lusttrunkener Miene Amys Gesicht.

Amy errötete und lachte schamhaft. Da Dixie von ihr abließ und wieder auf dem Fahrersitz Platz nahm, beruhigte sie sich langsam. Sie griff ihr Höschen, das auf dem Schaltknüppel hing, um sich anzuziehen, denn nun, da ihre Erregung abschwoll, schämte sie sich. Doch Dixie legte die Hand auf ihre und hielt sie davon ab.

„Lass mich deine Möse noch ein wenig anschauen." Lächelnd streichelte Dixie sich zwischen den Beinen. „So feurig rot, so geschwollen, so groß."

Amy bekam ein schlechtes Gewissen, beugte sich zu ihrer Liebhaberin hinüber und schnupperte an ihrer Halsbeuge.

Sie roch köstlich nach Sandelholz und Vanille.

Doch Dixie schüttelte ihren Kopf. „Das brauchst du nicht."

„Ich möchte es aber", flüsterte Amy und meinte es auch so. Sie wollte erfahren, wie sich eine Frau anfühlte, wollte sehen und spüren, wie sie unter ihren Berührungen dahinschmolz.

Aufgeregt schob sie die Hand unter Dixies Oberteil und legte sie auf den kleinen festen Busen. Noch nie hatte sie eine fremde weibliche Brust angefasst. Trotz des A-Körbchens war sie weich und gab nach, als Amy sie massierte. Im Vergleich zum Umfang empfand sie die Brustwarze als groß. Vorsichtig zwirbelte sie den rosafarbenen Nippel. Dixies laszive Seufzer jagten Amy wohlige Schauer über den Leib. Sie wurde mutiger und packte fester zu. Das gefiel ihrer Liebhaberin offensichtlich, denn sie wand sich erregt auf dem Sitz. Ihre Augen waren halb geschlossen, sie sah Amy an und schien dennoch weit entfernt.

Zufrieden lächelte Amy. Ihre Hand glitt tiefer und fand Dixies Schoß. Wie heiß er war! Wie weich! Auch Dixie hatte sich rasiert, allerdings hatte sie einen schmalen Streifen ihres Schamhaars stehen lassen und diesen gekürzt, sodass nur noch ein zarter Flaum ihren Venushügel bedeckte. Sanft tastete sich Amy vor. Sie ließ ihre Fingerspitzen wie Spinnenbeine über das Geschlecht laufen und neckte schließlich mit dem Daumen die Klitoris. Sofort bäumte sich Dixie auf. Sie stöhnte laut, ungeniert und wollüstig, sodass sich Amy unweigerlich umschaute, ob sie noch immer allein auf dem Parkplatz im Woldenberg Park waren. Sie wünschte sich, Dixie hätte ihren Wagen im Schatten abgestellt. Allerdings hätte sie dann nicht jede Regung ihrer Gespielin miterleben können – die Lust, die ihr Gesicht verzerrte, ihr geöffneter

Mund, ihre Hände, die inzwischen ihre eigenen Brüste streichelten, und die Feuchtigkeit in ihrem Schoß.

Amy verteilte den Saft auf den Schamlippen. Wie gern hätte sie Dixies Spalte geküsst! Doch sie traute sich nicht, nicht beim ersten Mal. Da Dixie die Augen schloss, lutschte Amy einen Finger ab und rieb rasch weiter über Dixies Scham. Somit kostete sie indirekt von ihr. So schmeckt sie also, wie Chai Latte, würzig und dennoch mild, dachte Amy und hätte beinahe laut über diesen seltsamen Gedankenblitz gelacht. Tief stieß sie zwei Finger in Dixie hinein und ließ sie sogleich über ihren Kitzler kreisen.

Berauscht legte Dixie den Kopf in den Nacken, knetete ihre Brüste fester und spreizte die Beine weiter. „Ja, ja", murmelte sie. Und etwas deutlicher, aber keineswegs lauter: „Nicht aufhören, hörst du? Auf keinen Fall, bitte."

Amy freute sich darüber, dass sie ihrer Liebhaberin ebenfalls Lust bereiten konnte, und übte etwas mehr Druck auf den Kitzler aus. Zärtlich knabberte Amy an Dixies Ohr. Sie küsste es, leckte darüber und spürte ihre eigene Erregung erneut erwachen.

Plötzlich heulte eine Polizeisirene auf. Erschrocken richtete Amy sich auf und zog sich von Dixie zurück.

„Verdammt, nicht abbrechen." Dixie klang nicht wütend, sondern verzweifelt. Sie packte Amys Handgelenk und führte ihre Finger wieder zu ihrer empfindsamsten Stelle.

„Ein Cop!", rief Amy schrill.

Sie versuchte ihre Hand wegzuziehen, aber Dixie hielt sie fest und rieb sich lachend daran. „Ich komme schneller, als er bei uns ist, wetten?"

Tatsächlich schaffte Dixie es, den Höhepunkt zu erreichen, als der Polizist aus seinem Wagen stieg. Schnell richteten die beiden Frauen ihre Kleidung. Amys Gesicht glühte.

Stocksteif saß sie da, erschüttert über die peinliche Situation, als der Cop energisch gegen die Fensterscheibe auf der Fahrerseite klopfte. Der Lichtschein seiner Taschenlampe zeigte genau auf Amys Slip, der noch über der Kupplung hing. Sie hatte ihn vor Schreck vergessen. Am liebsten hätte sie sich in Luft aufgelöst.

Dixie jedoch blieb gelassen. Als wäre es das Normalste der Welt, nahm sie das Höschen und verstaute es im Handschuhfach. In aller Seelenruhe kurbelte sie die Scheibe herunter. „Ja, Officer?"

„'n Abend, Ladys." Die Miene des Polizisten war hart. „Ziehen Sie sich sofort vollständig an. Ich verhafte Sie wegen öffentlicher Unzucht."

Während Amy entsetzt die Augen aufriss, lehnte Dixie einen Arm aus dem Fenster und fragte: „Woher wollen Sie wissen, dass wir unsittlich waren?"

„Steamboat Natchez ist so abgelegen, dass früher öfter Vandalen das Schalterhäuschen und sogar den Dampfer demoliert und mit Graffiti verschandelt haben." Sein starrer Gesichtsausdruck löste sich auf, da sein Mund sich zu einem Lächeln formte. „Daher ist die gesamte Anlage videoüberwacht. Sie hätten sich nicht direkt unter den Kameras vergnügen sollen."

Amy wurde speiübel vor Bestürzung. Die versuchte Vergewaltigung hatte sie in die Arme von Dixie gespült. Nun wurde sie verhaftet, während der maskierte Angreifer immer noch frei herumlief.

So viel zum Thema Gerechtigkeit, dachte sie. Von einer Sekunde auf die andere erlosch die Hitze der Wollust in ihr, und sie bibberte vor Kälte.

24. KAPITEL

August dieses Jahres
Waggaman, Shotgun House

Glücklicherweise war Amy niemals angeklagt worden. Zum einen wollte man einen Skandal vermeiden, weil sie und ihre Eltern bei der Stadtverwaltung von Waggaman arbeiteten. Wäre ihr Vergehen öffentlich geworden, hätte das Image der Gemeinde einen Kratzer bekommen. Zum anderen war sie zum ersten Mal auffällig geworden, sodass sich Richter Alternate bei der Anhörung mit einer milden Strafe zufriedengab. Sie wurde verwarnt und zu Sozialstunden verpflichtet.

Nachdem Amy ihre Geschichte zu Ende erzählt hatte, setzte Lorcan sie auf die Küchenanrichte und vögelte sie, als wäre das sein erster Sex nach zwanzig Jahren Abstinenz. Ausgiebig duschten sie hinterher, aber das hätten sie sich sparen können. Denn kaum lagen sie im Bett, schliefen sie erneut miteinander. Diesmal ließ Lorcan sich Zeit und stieß Amy genussvoll, bis sie die Lust nicht mehr aushielt und ihn anflehte, endlich kraftvoll in sie hineinzupumpen. Triumphierend lachte er und kam ihrer Bitte nach – allzu gern, so schien es ihr.

Erschöpft fiel Amy in einen tiefen Schlaf. Kurz vor dem Morgengrauen musste sie auf Toilette. Danach schlummerte sie immer wieder kurz ein, ob nun für Minuten oder nur für Sekunden, vermochte sie nicht zu sagen. Sie schreckte aus verstörenden Träumen hoch, in denen sie Kimora Buckley sah. Manchmal stand Lorcan schützend mit gezücktem Revolver – dem Colt, den er aus Amys Handtasche entwendet hatte – vor ihr, dann wiederum trug er die tote Kimora auf Händen und weinte bitterlich.

Amy stand auf, bevor ihr Wecker klingelte. Sie fühlte sich, als ob sie die ganze Nacht wach gelegen hätte, als ob ein Stein in ihrem Brustkorb läge. Ein Blick in den Badezimmerspiegel zeigte ihr, dass heute ein Make-up-Tag war. Sie benutzte selten Schminke, aber sie würde auf keinen Fall das Haus verlassen, ohne die dunklen Ränder unter ihren Augen kaschiert und Rouge aufgetragen zu haben, um wenigstens etwas frischer zu wirken.

Lorcan tauchte im Bad auf und reckte sich gähnend. Von hinten schlang er die Arme um sie und zog sie zu sich heran. Er legte sein Kinn auf ihre Schulter und schloss die Lider.

Hatte er auch letzte Nacht von Kimora geträumt? Beherrschte sie noch seine Fantasien? Trauerte er ihr so sehr nach, dass er sich lieber auf einen Rachefeldzug begab, anstatt seine Energie darauf zu verwenden, sein eigenes Leben wieder in den Griff zu bekommen?

Eifersucht brannte lichterloh in Amy.

Mochte die Malerin auch tot sein, so lebte sie offenbar immer noch in Lorcans Gedanken weiter, sonst wäre er nicht hier. Er, der Boxer, hatte sich von dem Indianer übel zurichten lassen – nicht etwa um Amy nah zu sein, sondern um Vergeltung für den Mord an seiner Geliebten zu üben. Vielleicht schlief er sogar nur mit ihr, damit er Nabil und Gavin unauffällig ausspähen konnte; sein persönliches Opfer für die Vendetta, für Kimora. Und um versorgt zu sein, weil seine Liebe zu der verheirateten Frau ihn seine Existenz gekostet hatte. Amy konnte den Namen jetzt schon nicht mehr hören! Sie stöhnte gequält.

Lorcan richtete sich auf. „Was ist los?“

„Zu viel Orangensaft. Ich habe Sodbrennen“, log sie, schüttelte seine Arme ab und wusch ihr Gesicht mit eiskaltem Wasser. Gereizt tupfte sie sich trocken.

Er kannte sie wohl schon zu gut, denn er drehte sie herum und nahm ihr das Handtuch ab. „Sei ehrlich, was bedrückt dich?“

Ihr Gefühlsleben war in Aufruhr. Es wäre besser, ihre Zweifel für sich zu behalten, denn sie hatte ihn schon einmal gefragt, ob er noch etwas für die Künstlerin empfand, und er hatte abgewiegelt. Mit bohrenden Fragen vergraulte man Männer bekanntlich. Aber sie schaffte es nicht. Diese seltsamen Träume hatten sie aufgewühlt, sodass sie unter Strom stand. „Liebst du sie noch?“

„Wen?“

Ihr Hals fühlte sich an wie zugeschnürt. „Kimora.“

„Oh Amy!“ Lorcan schüttelte den Kopf. „Ich sagte doch schon, dass es nicht mehr als eine erotische Anziehungskraft gewesen ist. Alkohol, Feierlaune, Tanzen, nenne es einen Partyflirt, wenn du willst. Meine Gefühle sind schon vor mehr als einem halben Jahr erloschen. Es war dumm obendrein. Im Nachhinein komme ich mir vor wie ein trotziger Junge. Zudem war ich vernarrt in die Idee, eine solide Beziehung zu führen und ein Nest zu bauen. Am Ende ging es mir gar nicht mehr um Kimora.“

Er spielte das Thema herunter, natürlich. Amy schnaubte.

Tief atmete er ein und aus, dann legte er die Handflächen an ihre Wangen. „Herrgott, Babydoll, nach sieben Monaten weiß ich kaum noch, wie sie aussieht. Manchmal rufe ich mir ihr Gesicht ins Gedächtnis, aber es fällt mir immer schwerer. Oft ist da nur ein Fleck. Ganz schön beängstigend.“

Sie öffnete den Mund, denn neue Fragen brannten ihr auf der Zunge, doch er legte einen Finger an ihre Lippen. „Genug davon. Sie spielt zwischen uns beiden keine Rolle. Steigere dich nicht in eine Eifersüchtelei hinein, die unnötig ist. Ihr seid keine Konkurrentinnen. So, und nun mache ich

Frühstück und will nichts mehr davon hören."

Angesäuert schwieg sie. Doch als sie angezogen in die Küche kam, konnte sie sich nicht mehr zurückhalten: „Warum redest du immer noch im Präsens von ihr?"

„Lass es gut sein, bitte." Lorcan, der nur Shorts übergestreift hatte, setzte sich an den gedeckten Tisch und goss Kaffee in zwei Becher.

Selbst jetzt, wo sie wütend auf ihn war, wirkte das Spiel seiner Muskeln faszinierend auf sie. Doch sie ließ sich nicht von seiner Attraktivität ablenken. „Als würde sie noch leben." Aufgebracht stellte sie sich vor ihn hin, die Hände in die Hüften gestemmt, um deutlich zu machen, dass die Diskussion erst beendet war, wenn er ihr eine zufriedenstellende Antwort gab.

Seufzend fuhr er sich durch die strubbeligen Haare.

„Wieso versuchst du dich krampfhaft an sie zu erinnern, wenn sie dir doch angeblich egal ist?", polterte sie selbst für ihren Geschmack etwas zu kratzbürstig.

„Ich habe nie behauptet, dass sie mir nie auch nur das Geringste bedeutet hat." Seine Miene wurde hart.

„Ha!" Sie klatschte laut. „Also doch."

Er stützte sich mit einer Hand auf seinem Oberschenkel ab. „Also doch was?"

„Sie lebt in dir weiter. Du denkst ständig an sie und hältst sie dadurch am Leben. Sieben Monate ist es her, dass sie einem Verbrechen zum Opfer fiel, das hast du eben selbst gesagt, und du hast immer noch nicht losgelassen. Du kannst sie nicht vergessen, weil du es im Grunde gar nicht willst."

„Weil ich sie nicht vergessen darf!" Geräuschvoll schob er den Stuhl zurück und sprang auf. Plötzlich klang er dunkel und gefährlich. „Sie braucht mich. Ich bin ihre einzige Hoffnung."

Erschreckt machte Amy einen Schritt zurück. „Was willst du damit sagen?"

„Wenn ich sie loslasse, sucht niemand mehr nach ihr." Ein Beben ging durch seinen Körper. „Dann wird sie für immer an diesem schaurigen, finsteren Ort, an dem man sie gefangen hält, bleiben und leiden."

Konnte er sich erst von ihr verabschieden, wenn er sie begraben hatte, meinte er das? Amy runzelte die Stirn. „Ich verstehe nicht."

„Sie ist nicht tot", sagte er mit fester Stimme.

„Ja, sicher, sie verschwand, und ihr Leichnam wurde nie gefunden." Zögerlich fügte sie hinzu: „Aber sei doch realistisch ..."

„Oh, das bin ich! Ich habe mit ihr telefoniert, nachdem sie entführt worden war. Damals lebte sie noch. Das mag verdammt lange her sein, aber ich glaube erst, dass sie tot ist, wenn ich ihre Leiche gefunden habe. Bis dahin gehe ich davon aus, dass sie von einem Verrückten in einem Kellerverlies festgehalten wird."

„Wie bitte?", fragte Amy atemlos.

Als Lorcan von seinem letzten Kontakt zu Kimora berichtete, sprach er die Silben unnatürlich hart aus. Ein Außenstehender hätte ihn für kalt und herzlos gehalten, doch Amy ahnte, dass er dies tat, um nicht zu schluchzen und zusammenzubrechen.

„Ich habe solche Angst", hatte Kimora zu ihm gesagt. „Er tut mir weh. Er will mich besitzen. Er wird mich umbringen."

„Wo bist du?"

„Irgendwo. Weiß nicht. Ich war in seinem Keller. Ketten ... Der Irre steht auf Ketten. Hab sie doppelt genommen, ihm damit ins Gesicht geschlagen."

„Wo bist du jetzt?"
„Oben. Ich hab ein Handy gefunden, eins zum Wegwerfen."
„Renn weg, Kimora!"
„Ich kann nicht. Er hat meine Fußsohlen verbrannt. Mit einem Leuchtstab. Bin die Treppe hochgekrochen. Kann kaum stehen."
„Du schaffst das. Lauf!"
„Komm mich holen. Ohne dich bin ich verloren, Lorcan."
„Du musst fliehen, und zwar sofort."
Amy bekam eine Gänsehaut. Lorcan erzählte die Wahrheit, das erkannte sie an seinem flackernden Blick. Seine Schilderungen nahmen ihn sehr mit. Trotz seiner imposanten Erscheinung wirkte er verletzlich und hilflos.
„Sie kreischte hysterisch, dann war die Leitung tot." Einen Moment war er in sich gekehrt, dann schaute er Amy an und ballte die Hände zu Fäusten. „Kannst du jetzt verstehen, warum ich sie nicht aufgeben darf? Es hat mich innerlich zerrissen, dass ich ihr damals nicht helfen konnte. Ich darf sie nicht im Stich lassen. Niemand glaubt mir. Die Polizei geht davon aus, dass ich den Anruf fingiert habe, um eine falsche Fährte zu legen und von mir abzulenken. Gavin redet nur über seine Anwälte mit mir. Er scheint sich damit abgefunden zu haben, dass Kimora nie wieder zu ihm zurückkehren wird."
„Vielleicht hat er die Suche nach seiner Ehefrau aufgegeben, weil er sie in seiner Gewalt hat." Sie zuckte die Achseln.
„Das Buckley-Anwesen gleicht inzwischen einer Festung." Er grollte und lehnte sich mit dem Rücken an den Kühlschrank. „Selbst am Ufer wurde ein Zaun mit Kameras errichtet. Tag und Nacht patrouilliert dort ein Wachmann."

Offenbar hatte er die Gegebenheiten längst ausgekundschaftet. Gänzlich überzeugt von Gavins Unschuld war er also doch nicht. Jetzt wusste sie, womit er seine Zeit verbrachte, während sie arbeitete. Er stellte Nachforschungen an.

„Um ungebetene Gäste fernzuhalten oder einen Fluchtversuch unmöglich zu machen?“, äußerte sie laut ihre Gedanken.

„Der Gedanke kam mir auch schon. Ich muss in das Gebäude rein, egal wie.“ Schwungvoll drehte er sich herum und boxte gegen die Schranktür.

„Ich möchte dir helfen.“ War sie verrückt? Wollte sie wirklich, dass Kimora in sein Leben zurückkehrte? Nein. Sie fürchtete sich viel zu sehr davor, ihn am Ende doch an sie zu verlieren. Aber unter keinen Umständen konnte sie mit dem Wissen leben, dass eine Frau von einem Psychopathen festgehalten wurde! Amy war nicht überzeugt von Lorcans Theorie. Wenn jedoch allein die Möglichkeit bestand, dass Kimora sich in der Hand eines Kidnappers befand, musste sie helfen, sie zu befreien. Etwas anderes würde sie sich niemals verzeihen können, und das nicht nur, weil sie selbst schon einmal angegriffen worden war.

„Nein.“ Er fasste ihre Schultern und hielt sie fest. „Ich werde dich nicht in Gefahr bringen.“

„So weit muss es ja nicht kommen.“

„Ich sagte Nein!“, stellte er ausdrücklich klar. Beinahe verzweifelt küsste er sie. „Es ist schon riskant genug, dass ich bei dir wohne. Das könnte den Entführer auf dich aufmerksam machen. Versprich mir, dass du dich da raushältst. Ich möchte dich nicht auch noch verlieren.“

Zuerst wollte sie protestieren, doch das hätte nur zu weiteren Diskussionen geführt, daher griff sie zu einer List.

„Ich werde mich von dem Anwesen fernhalten. Zufrieden?" Mehr versprach sie nicht. Absichtlich.

Fest nahm er sie in die Arme und küsste ihr Haar. „Ich kriege jetzt nichts runter. Iss du in Ruhe. Ich habe einige Dinge zu erledigen."

Das hatte sie auch. Sie mochte ihm versprochen haben, das Buckley-Grundstück nicht zu betreten, aber neben Gavin gab es ja noch eine weitere Spur. Nabil. Er stellte die einzige Verbindung zwischen ihr und Lorcans altem Leben dar. Das musste einfach etwas zu bedeuten haben.

Damit Lorcan nichts merkte, machte sie am Nachmittag eine Stunde früher als üblich Feierabend und fuhr von der Stadtverwaltung direkt zu dem zitronengelben Haus mitten in New Orleans. Weil es an zwei Hauptstraßen lag und Nabils blauer Ford die Garageneinfahrt besetzte, musste sie eine Zeit lang herumfahren, bis sie schließlich drei Blocks entfernt einen Parkplatz am Straßenrand fand. Dank der siebenunddreißig Grad und der hohen Luftfeuchtigkeit an diesem Tag kam sie verschwitzt bei Nabil an. Die Jalousien in den meisten Räumen waren heruntergelassen. Vielleicht zog Nabil sie inzwischen gar nicht mehr hoch, denn er bewohnte nur Küche, Bad, Wohnzimmer und einen der Schlafräume im Obergeschoss. Der Rest stand leer.

„Schön, dass du dich an einen alten Freund erinnerst", begrüßte er sie verschnupft, nachdem er die Haustür geöffnet hatte.

Freund, dieses Wort hallte in ihr wider. Sie bekam ein schlechtes Gewissen. Eigentlich suchte sie ihn auf, um herauszufinden, ob er etwas mit Kimoras Verschwinden zu tun hatte. Sie befand sich in einer Zwickmühle. Gerade war sie im Begriff, ihren besten Kumpel als möglichen Täter in Betracht zu ziehen, und das für einen Mann, der selbst inhaftiert gewesen war. Sollte sie Nabil nicht vielmehr verteidigen?

Amy trat ein und lächelte ihn entschuldigend und hoffentlich einnehmend an. Dann fiel die Tür hinter ihr ins Schloss. Sie standen im recht düsteren Flur, Nabil war für ihren Geschmack viel zu dicht bei ihr. Sein Gesicht konnte sie nicht sehen, nur seinen Atem hören.

Ihr fiel ein, dass dieses Haus einen Keller besaß, was in New Orleans selten war, da die Stadt unterhalb des Meeresspiegels lag und auf Sumpfgebiet gebaut worden war.

Plötzlich bekam Amy Angst.

25. KAPITEL

August dieses Jahres
New Orleans, Nabils Haus

„Entschuldige, dass ich kein Licht anschalte, aber ich muss sparen. So ein großes Haus ist teuer." Nabil legte ihr die Hand auf den Rücken und übte sanften Druck aus, um ihr zu bedeuten, dass sie vorausgehen sollte.

Amy war gar nicht wohl dabei. Normalerweise machten ihr seine Berührungen nichts aus, aber an diesem Tag ging sie absichtlich einen Schritt schneller, um den Kontakt zu lösen. Der Gang führte an der Küche vorbei. Eine milchig weiße Schüssel mit einer Flüssigkeit stand auf dem Tisch. Daneben lag ein gelbes Tuch. Abrupt blieb sie stehen, um in den helleren Raum einzutreten, doch Nabil schob sie energisch weiter.

„Ins Wohnzimmer, bitte." Er griff ihren Oberarm und führte sie. Klang er kurzatmig, oder bildete sie sich das nur ein? „Das ist der einzige kühle Raum. Dort steht eine portable Klimaanlage. Du weißt ja, dass meine Eltern nie Aircondition im Haus installiert haben. Sie waren die Hitze aus Pakistan gewöhnt, behaupteten sie jedenfalls. Ich glaube eher, dass sie das Geld zusammenhalten mussten. Die Wärme in unserem Heimatland ist nämlich trocken und viel besser auszuhalten als die Schwüle in Louisiana."

Warum war er so aufgeregt? Schämte er sich, oder verbarg er etwas vor ihr? Sie besuchte ihn selten, weil sie sich meistens in Downtown New Orleans trafen oder er zu ihr kam. Bisher war ihr das recht gewesen, zumal Nabil meinte, ein Gentleman würde immer der Lady einen Besuch abstatten und nicht umgekehrt. Doch nun fragte sie sich, ob das Absicht gewesen sein mochte. Verbarg er etwas? Zum Beispiel in seinem Kellergeschoss?

Im Wohnbereich wurde Amy von Kälte willkommen geheißen. Im ersten Moment fror sie, aber schon nach einer Minute wusste sie das kleine Kühlgerät zu schätzen, das wohl die Dollarscheine auffraß, die Nabil einsparte, indem er so wenige Lampen wie möglich anknipste. So hell, wie das Gebäude durch den zitronengelben Anstrich von außen wirkte, so dunkel war es im Innern. Zum einen lag das an den kleinen Fenstern, zum anderen an den schweren Vorhängen, die noch von Nabils Mutter stammten. Er hatte nichts neu gekauft, nichts abgehängt und auf dem Dachboden verstaut. Das gesamte Mobiliar seiner Eltern stand noch so da wie zum Zeitpunkt ihres tragischen Todes. Wie ein Schrein, in dem er lebte, zur Erinnerung an sie. Er war nicht gut darin, loszulassen. Eine treue Seele. Aber manchmal fragte sie sich, ob dieses Festhalten nicht manische Züge annahm. War das ein Wunder? Erst hatte er seine Mutter und seinen Vater verloren, dann Marnie, seine große Liebe.

Nun fiel ihr wieder ein, was er einmal zu ihrem Cousin und ihr gesagt hatte, nachdem seine Tränen getrocknet und seine Trauer von Enttäuschung und Wut abgelöst worden waren: „Marnie hat mich verlassen, Skyler hat recht. Ich schwöre euch, das wird nie wieder passieren. Ich werde niemals wieder den Kürzeren ziehen!“ Wie hatte er das gemeint? War Kimora zum Ziel seiner Begierde geworden? Hatte sie ihn zurückgewiesen, worauf er sie entführte, um sie zu besitzen?

Amy nahm auf dem Sofa mit dem altmodischen Überwurf Platz und rieb sich über die Stirn, als könnte sie mit dieser Geste die anstrengenden und verstörenden Gedanken wegwischen. Sie wollte nicht, dass Nabil etwas mit Kimoras Verschwinden zu tun hatte. Alles sollte wieder so werden wie früher, bevor Lorcan in ihr Leben getreten war. Friedlich.

Aber dann wurde sie sich bewusst, dass sie sich selbst belog. Schon vor Lorcans Erscheinen waren schreckliche Dinge geschehen. Im Sommer des vergangenen Jahres hatte sich Marnie in Luft aufgelöst, und im November war sie selbst beinahe vergewaltigt worden. Von friedlich konnte keine Rede sein. Lorcan war nicht der Auslöser allen Übels. Außerdem liebte sie ihn. Allerdings hatte auch Nabil einen Platz in ihrem Herzen.

Sie tauchte aus ihren Gedanken auf und bemerkte, dass Nabil sich neben sie gesetzt hatte, den Oberkörper kerzengerade aufgerichtet und seine dünnen Beine eng nebeneinandergestellt. Es wäre ihr lieber gewesen, er hätte den Sessel ihr gegenüber gewählt. Schweigend beobachtete er sie, das machte sie nervös.

Ein kleines Trinkglas stand umgedreht auf dem Tisch vor ihnen. Ein totes Insekt lag darunter. Amys Augen weiteten sich. „Du konntest doch früher keiner Fliege etwas zuleide tun."

„Ich habe sie nur fangen und draußen wieder fliegen lassen wollen, weil sie doch im Haus nichts zu fressen findet." Entschuldigend zuckte er die Achseln. „Dann bin ich zur Arbeit gefahren. Hab vergessen, sie ins Freie zu bringen. Als ich heimkehrte, lag sie auf dem Rücken."

Amys Rachen war so trocken, dass ihre Stimmbänder sich wie Schmirgelpapier anfühlten. „Ihr ist wohl die Luft ausgegangen."

„Du weißt ja, wie ich manchmal bin." Sein Lächeln wirkte verzerrt.

Gedankenlos, antwortete sie stumm, sprach den Tadel

jedoch nicht aus, sondern nickte zaghaft. Unweigerlich erinnerte sie sich daran, wie er Skyler versehentlich den Arm gebrochen hatte, als sie noch Kinder gewesen waren, und sie bei einem Rettungsversuch beinahe im Mississippi ertränkt hatte.

Er erhob sich, nahm einen Blumentopf mit einer rosafarbenen Azalee von der Fensterbank und stellte ihn auf den Couchtisch. „Ich habe vor, die Fliege hier drin zu beerdigen. Oder doch lieber im Garten? Was meinst du?"

Neben Marnie und Kimora? Amy stöhnte leise. „Nimm den Topf."

Er ließ sich wieder neben ihr nieder und wandte sich ihr zu. „Du hast nicht auf meine SMS geantwortet."

Das war ein Vorwurf, keine Frage, das erkannte sie, ging jedoch nicht darauf ein, sondern machte ihrerseits eine Anspielung. „Es waren so viele. Ich wusste nicht, wo ich anfangen sollte."

„Marnie habe ich auch immer mit meiner Aufmerksamkeit überschüttet." Er schaute zu einem Foto, das in einem einfachen Eichenholzrahmen auf dem Sideboard neben den Bildern seiner Eltern stand. „Ob ich sie damit vergrault habe?"

„Viele Frauen wünschen sich, derart auf Händen getragen zu werden."

„Du nicht."

Auch wenn sie sich damit in Gefahr brachte, sie musste offen mit ihm sprechen. Für sie war er in erster Linie immer noch ihr bester Freund und erst an zweiter Stelle ein Verdächtiger. „Ich kann und möchte nicht Marnies Platz einnehmen."

„Natürlich nicht. Ich habe sie geliebt wie keine Frau zuvor und werde auch nie wieder für jemanden so intensive

Gefühle hegen.“ Er lehnte sich zurück, legte den Kopf in den Nacken und schaute zur Zimmerdecke, als würde er dort nach den richtigen Worten suchen. „Es gab eine Zeit, in der ich geglaubt habe, aus unserer Freundschaft könnte mehr werden, aber ich lag falsch. Ich war verstört, einsam und bin es immer noch. Seit Marnie mich verlassen hat, trudle ich umher wie ein Schiff ohne Anker. Ich hatte gehofft, du wärst mein Hafen.“

„Nabil, ich …“

„Lass mich bitte ausreden.“ Mit feuchten Augen sah er sie an. „Ich schaffe es nicht mehr, Frauen an mich ranzulassen, weil ich Angst habe, erneut verletzt zu werden. Aber wir kennen uns von klein auf, wir standen uns schon immer nah, daher fiel es mir leicht, mich dir zu öffnen und dich in mein Herz zu lassen. Aber der leichte Weg ist nicht immer der richtige. Du liebst diesen Stadtstreicher …“

„Ich habe nicht vor, wieder mit dir über ihn zu diskutieren.“

„Er gehört nicht an deine Seite.“ Flehend legte er seine Handflächen aneinander. „Er wird dich kaputtmachen.“

Gereizt sprang sie auf.

„Solche Typen sind wie Vampire. Sie saugen Frauen aus und ziehen zum nächsten Opfer.“

„Und was ist mit dir?“, schoss es aus Amy heraus, bevor sie darüber nachgedacht hatte. „Bist du so viel besser? Du hast mich recht schnell angebaggert, nachdem Marnie verschwunden war.“

„Das war ein Fehler, es tut mir aufrichtig leid.“ Langsam, als ob er befürchtete, sie mit einer zu schnellen Bewegung zu verjagen, erhob sich Nabil. „Ich hoffe, wir können das vergessen und wieder Freunde sein. Falls dein neuer Lover das zulässt.“

Genervt verdrehte sie die Augen, ließ sich aber nicht dazu provozieren, Lorcan zu verteidigen. „Wenn du mit mir geflirtet hast, dann kannst du das auch mit anderen Frauen."

Er schüttelte heftig den Kopf. „Vorerst möchte ich keine neue Beziehung haben. Für One-Night-Stands war ich eh nie zu haben, das weißt du. Ich brauche eine längere Pause."

Wo ließ er dann seinen sexuellen Druck ab? Im Keller? „Herrgott, warum ist das Leben auf einmal so kompliziert?"

Ungehalten erhob sie sich und verließ postwendend das Wohnzimmer, um den düsteren stickigen Korridor entlang zum Ausgang zu gehen. Ohne Verstärkung würde sie keinesfalls die Treppe hinabsteigen. Und Nabil direkt auf Kimora anzusprechen empfand sie als zu riskant. Dieser Besuch hatte sich nicht gelohnt. Sie hatte rein gar nichts erfahren. Solange sie an seiner Aufrichtigkeit zweifelte, konnte sie sich nicht mit ihm versöhnen.

Als sie an der Küche vorbeikam, erwachte ihre Neugier erneut. Spontan trat sie in den Raum ein, bevor Nabil sie davon abhalten konnte. Auf dem Küchentisch fand sie neben der Schüssel, in der ein Stück Alufolie schwamm, und dem Tuch, auch eine Packung mit Speisesalz und Silberschmuck vor. Halsketten. Feingliedrige, großgliedrige, kurze und lange – akkurat lagen sie auf einem Spitzentuch, liebevoll drapiert und glänzend.

Amy wurde schwindelig, obwohl ihr Puls raste. Instinktiv hielt sie sich an einem Stuhl fest. Sie bekam die Lehne aber nicht richtig zu fassen und warf ihn um. Erschrocken zuckte sie zusammen. Nabil stützte sie und lächelte unpassenderweise. Vielleicht war er froh über den Körperkontakt oder darüber, den Retter spielen zu können.

Er schob sie zur Wand, sodass sie sich daran lehnen konnte, hielt sie mit einer Hand fest und hob mit der anderen den Stuhl auf. „Wann hast du das letzte Mal etwas gegessen? Soll ich dir ein paar Eier in die Pfanne schlagen?“

„Nein, danke. Seit wann trägst du Ketten?“ Das letzte Wort blieb ihr fast im Hals stecken. Sie musste es förmlich herauspressen.

„Die waren von meinem Dad.“ Sachte versuchte er sie auf einen Sitz zu drücken, aber sie entwand sich seinem Griff. „Ich habe gerade Silber geputzt, als du geklingelt hast.“

Sie fing sich langsam wieder. „Gefällt dir so etwas auch?“

„Ich finde sie hübsch, aber in der Öffentlichkeit würde ich sie nicht tragen. Das sieht mir zu sehr nach schwul oder nach Zuhälter aus.“ Verlegen lachte er und bedeckte den Schmuck mit dem Poliertuch.

Er stand öffentlich nicht zu seinem Geschmack, das kam ihr bekannt vor. Was hatte Skyler noch gleich erzählt?

„Ich hatte Nabil im letzten Sommer Aufnahmen von Subs gezeigt, die Harnische und Mundspreizer trugen. Er ist hart geworden, hat einen angewiderten Blick drauf geworfen und das Magazin dann in hohem Bogen weggeworfen, als wären die Seiten plötzlich in Flammen aufgegangen. Später habe ich ihn dabei erwischt, wie er SM-Bilder auf meinem Rechner angaffte, dieser kleine Scheißer, dabei sollte er im Internet nur eine Adresse für mich raussuchen“, hatte sich Skyler aufgeregt. „Ich hasse diese Doppelmoral! Die Typen, die zetermordio schreien, sich heimlich Pornofotos ansehen und sich dabei einen runterholen, sind die Schlimmsten. Vor denen muss man sich in Acht nehmen, nicht vor uns, die ihre Neigung offen zugeben.“

„Ich muss hier raus.“ Draußen war es zwar ebenso heiß und feucht, aber wenigstens nicht so stickig und immerhin heller als in diesem Haus. Zum ersten Mal kam es ihr vor wie eine Gruft.

Sie bemühte sich, langsam zur Haustür zu gehen, damit Nabil nicht merkte, dass sie vor ihm flüchtete, aber das gelang ihr nur mäßig. Im Freien atmete sie tief durch. Der Feierabendverkehr floss noch immer zäh über die beiden Hauptstraßen, an denen das Grundstück lag.

Da fiel ihr Blick auf das „Zu verkaufen"-Schild im Vorgarten. Ihr kam eine Idee. Endlich sah sie ihre Chance gekommen. Kaum pumpte neues Adrenalin durch ihre Adern, ging es ihr besser.

Amy fühlte sich wieder sicher auf den Beinen, als sie sich umdrehte und mit unschuldigem Augenaufschlag fragte: „Buckley Real Estate Agency? Warst du nicht mal bei einer anderen Immobilienfirma?"

„Bei Buckley MacConmara." Er nickte, blieb am Treppenabsatz stehen und steckte die Hände in die Hosentaschen. „Das Unternehmen hatte zwei Eigentümer. Mr MacConmara soll mit der Ehefrau von Mr Buckley fremdgegangen sein und sie aus Eifersucht getötet haben, wurde aber nie verurteilt. Komplizierte Sache. Jedenfalls trennten sich die Geschäftspartner. Mr Buckley, der mich betreute, zahlte Mr MacConmara aus, und ich …"

„Moment mal, er bekam Geld?" Amy glaubte, sich verhört zu haben.

Nabil schnaubte. „Ich verstehe das auch nicht. Ein Mörder wird für seine Tat auch noch fürstlich belohnt. Er muss ganz schön abgesahnt haben, wenn ich bedenke, wie gut es dem Laden ging. Mr Buckley dagegen blutet gleich auf zweierlei Weise."

Lorcan war stinkreich, Amy konnte es nicht fassen! Womöglich besaß er irgendwo im Mississippidelta ein Penthouse, und sein Mercedes parkte in der Tiefgarage, während er ihr vorgaukelte, ein armer Schlucker zu sein, dem das Leben verdammt übel mitgespielt hatte.

Und sie war ihm auf den Leim gegangen.

Sie hatte ihm abgenommen, dass er alles verloren hatte – seine Existenz, seine Freunde und seinen Ruf. Wie dumm und naiv sie gewesen war! Was musste er sich über ihre Verliebtheit, ihre Hilfsbereitschaft und ihre Sorge um ihn amüsiert haben!

Nichts von dem, was Lorcan betraf, entsprach der Wahrheit. Das hätte sie schon erkennen müssen, als sie den Indianer im Walmart getroffen und er ihr gestanden hatte, dass sein brutaler Überfall fingiert gewesen war. Sie konnte ihre Wut kaum zügeln.

„Ich kannte diesen MacConmara nicht", fuhr Nabil fort. „Muss ein ganz schönes Schwein gewesen sein, denn es wird gemunkelt, dass Mrs Buckley schwanger von ihm war."

„Schwanger?" Ihr Herz rutschte ihr in die Hose. Diese Neuigkeit traf sie wie ein Schlag. Hatte er seine Geliebte umgebracht, weil er das Kind nicht wollte? Oder weil Kimora angekündigt hatte, ihrem Mann den Seitensprung zu beichten? Amy fühlte sich, als hätte man ihr den Boden unter den Füßen weggezogen.

Doch schon im nächsten Moment ballte sie die Fäuste und stapfte zornig zu ihrem Auto. „Na warte!" Boxer hin oder her, sie würde ihn hochkant rauswerfen und ihm dabei noch kräftig in den Hintern treten.

In rasantem Tempo fuhr sie wie von Sinnen von New Orleans nach Waggaman und rannte den kleinen Weg zu ihrem Haus hoch. Polternd trat sie ein und fegte wie ein Tornado durch das Wohnzimmer. Sie knallte die Tür zu. Aufbrausend warf sie ihre Tasche gegen die Vitrine. Das Porzellan ihrer

Großmutter, das darin ausgestellt war, schepperte.

Lorcan saß auf dem Sofa. Er zog die Brauen zusammen und legte das Magazin aus der Hand auf den Platz neben sich.

Breitbeinig stellte sich Amy vor ihn. „Raus aus meinem Haus, und zwar sofort!“

26. KAPITEL

August dieses Jahres
Waggaman, Shotgun House

„Beruhige dich erst einmal. Du bist ja völlig außer dir.“ Lorcan erhob sich und kam auf Amy zu, aber sie riss abwehrend beide Hände hoch. Stirnrunzelnd blieb er zwischen Couch und Tisch stehen. „So kenn ich dich gar nicht.“

„Dass auch in mir Feuer tobt, passt so gar nicht zu dem Bild, das du dir von mir gemacht hast, nicht wahr?“, fragte sie sarkastisch. „Auf dem bin ich doch in unschuldiges Weiß gehüllt und trage einen Heiligenschein.“

Er lächelte frivol. „Von deiner schmutzigen Seite weiß ich nicht erst, seitdem du mir von Dixie erzählt hast.“

Nichts lag ihr ferner, als jetzt über Sex zu sprechen. Er wollte nur ablenken und sie auf andere Gedanken bringen.

Amy bebte vor Zorn. Sie fühlte sich nicht nur ausgenutzt, sondern vor allen Dingen verletzt und erniedrigt. Bald würde sie nur noch ein Häufchen Elend sein und hemmungslos weinen. Unter keinen Umständen wollte sie ihm die Genugtuung geben, sie am Boden zu sehen. Sie musste stark sein wie eine Amazone, wenn auch nur für den Moment. Musste ihm die Meinung geigen und ihn vor die Tür setzen, weil sie zu all dem keine Kraft mehr haben würde, wenn sie erst einmal zusammengebrochen wäre.

Anscheinend sah er ihr an, dass sie sich erst beruhigen würde, wenn sie herausgelassen hatte, was sie gegen ihn aufbrachte. „Was ist passiert?“

„Du bist passiert“, spie sie ihm wild gestikulierend vor die Füße. „Alles, was dich betrifft, war gelogen.“

Er schwieg und wirkte betroffen. Oder wurde er sich

bewusst, dass alle seine Lügen aufgedeckt waren und sein Plan, sie als Basislager mit Wohlfühlfaktor zu nutzen, gescheitert war?

„Ich habe deinen Sparringspartner aus dem Jefferson Parish Correctional getroffen." Mit Genugtuung beobachtete sie, wie er überrascht seinen Mund öffnete. „Der Indianer hat mir von eurer kleinen Scharade erzählt."

Seine Kiefer mahlten. „Es tut mir leid. Ich ..."

„Spar dir deinen Atem. Ich habe keine Lust auf Ausflüchte und Heucheleien." Sie war selbst erstaunt, wie leicht es ihr mit einem Mal fiel, die Karten auf den Tisch zu legen und ihm die Stirn zu bieten. Ihr Zorn machte das möglich. Sie ließ ihm freien Lauf, denn er taugte als Zündstoff. „Hast du dich wirklich nur bei mir eingeschlichen, um Gavin und Nabil in Ruhe ausspionieren zu können?"

Er kam auf sie zu, hielt jedoch inne, als sie zurückwich. „Woher weißt du von Nabil?"

„Ich weiß noch so einiges mehr." Es bereitete ihr eine diebische Freude, ihn zappeln zu lassen. Sie machte ihn langsam nervös, das erkannte sie am Spiel seiner Bizepse, die er immer wieder kurz anspannte.

„Kennst du meine komplette Liste mit Verdächtigen?" Sorgenfalten traten auf seine Stirn.

Das war bestimmt nur ein Bluff, um sie zu verunsichern. Sie ging nicht darauf ein. „Bei deinem Vorhaben diente ich nur dazu, dir ein behagliches Nest bereitzustellen und die Beine für dich breit zu machen."

„Sag so etwas nicht!" Blitzschnell stand er vor Amy, packte sie bei den Oberarmen und schüttelte sie sanft. „Nabil war unter anderem der Grund. Aber ich wäre niemals mit dir intim geworden, wenn ich dich nicht attraktiv gefunden hätte. Du erregst mich mit deiner Art."

„Mit meinem Kleinstadtimage, sag es ruhig“, spöttelte sie und riss sich los. „Wolltest du es zerstören, das weiße Kleid beschmutzen und den Heiligenschein herunterreißen? War es das, was dich reizte?“

„Red keinen Unsinn! Du steigerst dich in etwas hinein.“ Er machte eine wegwerfende Geste. „Als ich sagte, ich habe mich in dich verliebt …“

„Davon will ich nichts hören.“ Sie wandte sich von ihm ab, nur um sich sofort wieder zu ihm zu drehen und ihn grimmig anzublinzeln. „Du setzt deine Flammenzunge nicht nur beim Liebesspiel ein, sondern nutzt sie auch, um mir mit Worten meinen Verstand zu rauben. Deine aufgesetzte Leidenschaft prallt ab sofort an mir ab!“ Seltsamerweise tat ihr diese Abfuhr selbst weh.

Lorcan raufte sich die Haare, brachte wieder etwas Abstand zwischen sich und Amy und setzte sich auf die Sofalehne. „Es ist meine Schuld. Ich habe alles verdorben. Es tut mir aufrichtig leid. Wenn ich könnte, würde ich es ungeschehen machen, aber das kann ich nicht.“

„Das ist wohl wahr, denn es geht nicht nur darum, wie du mich dazu gebracht hast, dich mit zu mir nach Hause zu nehmen.“ Als wäre sie plötzlich zu kraftlos, um aufrecht zu stehen, beugte sie sich vor und stützte sich auf den Oberschenkeln ab. War das ein erstes Zeichen für den mit Sicherheit bevorstehenden Nervenzusammenbruch? Sie musste sich beeilen, bevor die Tränen flossen, denn Lorcan durfte ihre Schwäche nicht mitbekommen. „Wie ich erfahren habe, bist du stinkreich.“

„Wie bitte?“

„Gavin war gezwungen, dich bei Buckley MacConmara auszuzahlen, um dich als Geschäftspartner loszuwerden. Nun sitzt du wie Dagobert Duck auf einem Haufen Geld.

Spielst du den Clochard zum Vergnügen? Macht dich das geil? Oder sollte dieses Detail ebenfalls mein Mitleid erregen, wie die Blutergüsse und die Schrammen?“

Lorcan schnalzte mit der Zunge, dann schüttelte er den Kopf. „Ich habe dir die Wahrheit gesagt. Als ich aus der Vollzugsanstalt entlassen wurde, stand ich vor dem Nichts. Meine Freunde hatten sich von mir abgewandt, meine Wohnung war sogar schon neu vermietet worden, obwohl der Wohnungsbesitzer das rechtlich gar nicht gedurft hätte. Meine Möbel hatte er in ein angemietetes Lager gebracht, die Rechnung dafür schickte er mir auch noch zu. Ich habe den ganzen Plunder verschenkt. Zu dem Zeitpunkt war mir alles egal.“ Er sprach immer leiser. „Gavin wollte mich unter keinen Umständen weiter in der Immobilienfirma haben, und ich nehme ihm das nicht übel. Ich hätte an seiner Stelle genauso reagiert. Fertig mit meinem alten Leben, unterschrieb ich den Vertrag, den sein Anwalt mir vorlegte. Ich hätte auch unterzeichnet, wenn ich kein Geld bekommen hätte. Gavin hat viel mehr verloren als ich.“

„Aber du schließt nicht aus, dass er etwas mit Kimoras Entführung zu tun hat“, warf sie skeptisch ein.

„Leider ja, die Möglichkeit besteht.“ Gedankenversunken kraulte er seinen frisch gestutzten Kinnbart. „Ich habe das Konto nie angerührt. Mir noch nicht einmal angeschaut, ob die korrekte Summe überwiesen wurde. Es interessiert mich einfach nicht im Geringsten. Vielleicht klebt Kimoras Blut daran. Ich werde mich erst damit beschäftigen, wenn ich sie gefunden habe, tot oder lebendig.“

Er flunkerte doch schon wieder. Wie sollte er ihr so schnell in die NO Public Library gefolgt sein, wenn er seinen alten Wagen nicht noch besaß? Er hatte von seiner Wohnung und seinen Möbeln gesprochen, aber sein Auto nicht erwähnt, vermutlich weil er noch damit unterwegs war. Für ein Fahrzeug brauchte man Sprit, und um Benzin zu kaufen, benötigte man Geld. Aber Lorcan bezog keine Unterstützung vom Staat, und von ihm bestohlen worden war sie auch nicht, darauf hatte sie während der Zeit, die er bei ihr wohnte, genauestens geachtet. Das konnte nur bedeuten, dass er sich sehr wohl an dem Blutgeld, wie er es nannte, bedient hatte. Er hatte sie erneut angeschwindelt. Ihre Enttäuschung war groß.

„Hast du dich ihretwegen derart in die Suche verbissen?" Amy machte eine Pause, damit ihre nächste Frage wie eine Bombe einschlug: „Oder wegen dem Kind, das sie von dir erwartete?"

Lorcans Züge entgleisten.

Rasch rechnete Amy zurück. Wenn Kimora zum Zeitpunkt ihrer Verschleppung im Januar schwanger gewesen war, war die Wahrscheinlichkeit hoch, dass sie längst entbunden hatte. Falls sie lange genug gelebt hatte. „Du hast selbst gesagt, dass du von einer Familie geträumt hast. Kimora bestimmt auch, aber nicht mit dir. Wollte sie das Baby abtreiben lassen? Hat dich das so zornig gemacht, dass du …"

Als er sich erhob, verstummte sie ängstlich. Doch er blieb, wo er war. „Wie kannst du so etwas von mir denken?"

Obwohl sie aufgebracht war, bekam sie ein schlechtes Gewissen. Vielleicht beschuldigte sie ihn tatsächlich zu Unrecht. Es konnte durchaus sein, dass Gavin von dem Kuckuckskind erfahren hatte, ausgerastet war und seine Ehefrau ermordet hatte. Schließlich schien er sie vergöttert zu haben.

Auf der anderen Seite hatte Amy ihn kennengelernt. Gavin war nicht der Typ Mann, der einen Tobsuchtsanfall bekam. Sie schätzte ihn eher so ein, dass er alle Probleme mit sich selbst ausmachte und still litt. Aber wie sagte ihre Mutter immer so schön? „Man kann einem Menschen nicht in den Kopf hineinsehen.“ Wahrscheinlich konnte man jeden bis aufs Blut reizen.

Amy atmete tief durch. „Ich kenne dich doch gar nicht, Lorcan MacConmara. Vom ersten Augenblick an warst du unaufrichtig zu mir. Auch was deine Gefühle für Kimora betrifft.“

„Sie hat keinen Nachwuchs erwartet“, stellte Lorcan trocken klar. „Das ist nur ein Gerücht.“

Abfällig zuckte sie mit den Mundwinkeln und richtete ihren Oberkörper auf. „Ja, sicher.“

Hilflos schaute er sich um, stieß die Luft aus seinen Lungen aus und ließ die Schultern hängen. „Du weißt doch, wie das ist. Es wird viel geredet, und jeder dichtet etwas dazu, wie ein Schneeball, der zu einer Lawine wird. Der Vorfall wurde ausgeschmückt, damit er noch dramatischer klingt, und immer mehr aufgebauscht.“

„Als ob deine Lebensgeschichte das nötig hätte.“ Sie verschränkte die Arme vor dem Bauch.

„Gehässige Lästereien. Manche Leute fühlen sich besser, wenn sie hören, dass einer, der den finanziellen Hintergrund hat, um sich ein Apartment in Treme mit Blick auf den Louis Armstrong Park zu leisten, erst im Zuchthaus und dann auf der Straße landet.“ Angewidert rümpfte er die Nase.

„Du bist kein Stadtstreicher, sondern nur jemand, der so tut, als wäre er arm.“ Und vielleicht tat er auch nur so, als wäre er das Opfer, obwohl er der Täter war. Wer wusste das schon?

Amy war durcheinander. Stöhnend rieb sie sich übers Gesicht. Ihre Gefühle fuhren Achterbahn. Noch immer empfand sie viel für Lorcan. Nein, für den Mann, der er vorgab zu sein. Der wahre Lorcan war ein Betrüger und Lügner.

Nun, da sie die Wahrheit kannte, gab es kein Zurück mehr. Sie musste sich von dem Wunsch verabschieden, dass alles wieder so werden könnte wie Anfang August. Morgen war der erste September. Bei Sonnenaufgang würde Lorcan bereits zu ihrer Vergangenheit gehören. Warum machte sie diese Unausweichlichkeit nur so fertig?

„Ich werde für eine Stunde zu meinen Eltern fahren." Mist! Ihre Stimme zitterte bereits. „Wenn ich wiederkomme, wirst du weg sein und alles, was dir gehört." Dennoch würde er Spuren in ihrem Leben hinterlassen.

„Amy, bitte."

Sie taumelte aus dem Haus, benommen von der Verzweiflung, die ein Loch in ihren Brustkorb riss. In dieser Verfassung konnte sie unmöglich Auto fahren, stellte sie missmutig fest. Die Gefahr, einen Unfall zu bauen und nicht nur sich, sondern auch andere zu gefährden, war zu groß.

Heulend klopfte sie an Skylers Haustür. Er öffnete und sagte etwas, aber die Worte drangen nicht zu ihr durch. Schluchzend warf sie sich in seine Arme. Er zog sie tiefer in die Diele hinein. Die Tür fiel laut ins Schloss, er musste sie zugestoßen haben. Erst streichelte er ihr über den Rücken. Dann küsste er ihr Haar, legte seine Wange auf ihren Kopf und wiegte sie wie ein kleines Kind.

Nach einer Weile schob er sie ein Stück von sich weg, damit er ihr ins Gesicht sehen konnte. „Hat Lorcan dir etwas angetan?"

Ihr Schweigen deutete er wohl als Bestätigung, dabei wusste sie nur nicht, wo sie mit ihrer Erzählung beginnen sollte. Zu viel war vorgefallen. Seine Miene verfinsterte sich.

Wie ein Soldat, der soeben seinen Kampfbefehl erhalten hatte, marschierte er zum Ausgang und schrie: „Ich werde ihn umbringen!"

27. KAPITEL

„Das ist gehörig in die Hose gegangen“, murmelte Lorcan. Wie ein begossener Pudel starrte er auf die Haustür, aber sosehr er es sich auch wünschte, Amy kehrte nicht zurück.

Die Stille im Haus bedrückte ihn. Er nahm seinen tarnfarbenen Rucksack, der neben der Couch lag, schlurfte ins Schlafzimmer und blieb vor dem Schrank stehen, in dem Amy seine wenigen Kleidungsstücke verstaut hatte, als gehörte er in ihren Haushalt – zu ihr. Aber das tat er nicht. Er war ein Eindringling, ein unauffälliger Verbrecher, der sich seinen Einlass mit einer List erschlichen hatte.

Gequält stöhnte er auf und ließ den Beutel mit den aufgenähten Buchstaben R.E.B.E.L.L. fallen.

„Diese verdammte Klimaanlage ist schrottreif“, brüllte er plötzlich. Und obwohl er wütend auf sich selbst war, schimpfte er weiter: „Gleich morgen werde ich sie als Punchingball benutzen und Amy eine neue besorgen.“

Dann fiel ihm ein, dass es kein Morgen für ihn in diesem Haushalt geben würde.

„Du Idiot!“ Er presste die Handballen gegen seine Stirn. „Warum hast du es immer wieder aufgeschoben, mit ihr zu reden?“

Ihm war heiß, schrecklich heiß, obwohl er nur Shorts und ein Hemd trug, aus dem er die Ärmel herausgerissen hatte, weil seine ausgeprägte Muskulatur die meisten Oberteile sprengte. Als würde er jeden Moment innerlich verbrennen, eilte er ins Bad und wusch sich das Gesicht, doch das Wasser war nicht kalt genug.

Während er sich abtrocknete, grübelte er weiter. Er hatte Amy aufklären und einweihen wollen. Doch nun, da sie selbst herausgefunden hatte, dass nicht sie der ursprüngliche Grund für ihre Liaison war, sondern Kimora, fühlte sie sich verständlicherweise verletzt.

„Würdest du dir das verzeihen?", fragte er sein Spiegelbild, das daraufhin den Kopf schüttelte.

Aufbrausend warf er das Handtuch auf den Boden, hob es jedoch sogleich wieder auf und packte es zur Schmutzwäsche, weil er Amy nicht noch mehr gegen sich aufbringen wollte. Aber machte das noch einen Unterschied?

„Wohl kaum", murmelte er und betrat die Küche, als wolle er alle hintereinanderliegenden Räume des Hauses noch einmal durchwandern, um sich zu verabschieden. Er öffnete den Eisschrank, steckte den Kopf hinein und schloss die Augen. Wie gut das tat! Den Schmerz in seiner Brust linderte die Kälte jedoch nicht.

Er hatte nur vorgehabt, Nabil und seine männlichen Freunde zu beobachten. Dabei war Amy ihm aufgefallen.

Eigentlich sah sie zu sehr nach Vorstadt aus, um schlagartig sein Interesse zu wecken. Sie trug meistens legere Oberteile, ihre Röcke waren nicht so knapp wie die der Städterinnen, und ihre Haare hingen herunter, als würde sie nicht allzu viel Zeit in ihr Äußeres investieren.

Aber vom ersten Moment an hatte ihn irgendetwas an ihr gereizt. Vielleicht hatte ihn gerade neugierig gemacht, dass sie so gelassen mit ihrem Äußeren umging und nicht in jeden Spiegel schaute. Außerdem hatte er herausfinden wollen, welche Rundungen sich unter den weiten Klamotten verbargen.

Was letztlich ausschlaggebend gewesen war, vermochte er nicht zu sagen. Alles, was er wusste, war, dass ihre Blicke, scheu und dennoch glühend, sein Blut in Wallung brachten.

In ihm war ein irrwitziger Plan gereift. Er hatte ihre Nähe gesucht, um Nabil und seine Kumpels genauer unter die Lupe nehmen zu können. Mehr hatte er nie vorgehabt. Der Sex war einfach passiert. Kaum hatte er sich in Amys unmittelbarer Nähe aufgehalten, war der Wunsch, sie zu kosten, zu halten und zu lieben, überwältigend geworden. Das war der Anfang vom Ende gewesen. Er kam nicht mehr von ihr los.

Genauso schleichend und unbewusst, wie sein Interesse an ihr erwacht war, war das sexuelle Begehren zu etwas viel Größerem herangewachsen, als er jemals für eine andere Frau empfunden hatte.

Nicht einmal für Kimora? fragte er sich, richtete den Oberkörper auf und warf die Kühlschranktür zu. Möglicherweise belog er sich selbst und wollte sich nur in Amy verlieben, weil er Kimora niemals haben konnte. So dachte Amy, zumindest nahm er das an.

Als sie ihn mit nach Hause genommen hatte, war es noch sein Plan gewesen, sie nach ein paar Tagen wieder zu verlassen – aber dann hatte er es nicht gekonnt. Weil der Täter womöglich in ihrem Umfeld lebte und sie in Gefahr sein könnte, hatte er sich eingeredet. Obwohl dieses Risiko durchaus bestand, lag der wahre Grund doch eher darin, dass er sich immer mehr zu ihr hingezogen gefühlt hatte. Und nun hatte er sie verloren, für immer. Er fühlte sich elend. Als wäre sein Körper ausgedörrt. Aber er brachte keinen Schluck herunter, nicht einmal Leitungswasser, denn seine Kehle war wie zugeschnürt.

Träge schlurfte er ins Schlafzimmer zurück. Er öffnete den Kleiderschrank, schaffte es jedoch nicht, seine Hände dazu zu bringen, seine Hosen und Hemden herauszunehmen und in den Rucksack zu stopfen. Stöhnend strich er sich durchs Haar und ließ sich aufs Bett fallen. Er setzte sich auf die Bettkante, stützte sich mit den Ellbogen auf den Oberschenkeln ab und ließ den Kopf hängen.

Hatte Amy recht mit ihrem Vorwurf, dass er Kimora noch liebte? Immerhin richtete er sein ganzes Leben darauf aus, sie zu finden.

Lorcan schloss die Augen und rief sich ihr Gesicht in Erinnerung, aber es blieb ein leerer Fleck. Daraufhin griff er zu einem Trick, der ihm schon einmal geholfen hatte. Er stellte sich das Crescent City Blues and Barbecue Festival vor. Den Lafayette Square. Die Menschenmenge. Sie trug ihn immer näher zu Kimora hin. Er hörte die Rhythm-and-Blues-Klänge der Band, die gerade auf der Bühne stand, und beobachtete, wie Kimora die Hüften bewegte. Ihr voller Busen wippte leicht. Sie warf eine ihrer weizenblonden lockigen Strähnen über die Schulter nach hinten und lachte glockenklar. Kurz blieb sie stehen, trug neuen Lippenstift auf, und damals, im Oktober, hatte Lorcan sich gewünscht, sie würde das Orangerot abwischen, damit er sie küssen konnte.

Da endlich formte sich ihre Miene. Sie strahlte wunderschön wie die Sonne. Lachend drehte sie ihm den Rücken zu und schwang die Hüften. Laszív lockte ihr Hintern ihn. Doch als sie ihn über die Schulter hinweg ansah, frivol schmunzelnd, war es plötzlich Amy.

Überrascht wachte Lorcan aus seinem Tagtraum auf. Sein Herz klopfte aufgeregt. Noch heftiger pochte es zwischen seinen Beinen. Damit es aufhörte, so redete er sich ein, kniff er fest in seinen Schritt, doch das führte nur dazu, dass er endgültig hart wurde.

Seufzend tauchte er wieder in seine Fantasiewelt ein. Kimora keuchte erregt, nur weil er sich mit seinem anschwellenden Schaft an sie schmiegte, sich sogar an ihr rieb wie ein läufiger Hund. Tat Gavin das nie? War er zu sehr Gentleman, um sich gehen zu lassen? Jedenfalls machte Kimora auf Lorcan einen ausgehungerten Eindruck, als würde sie nicht oft hemmungslos gevögelt werden. Dabei drückte er sie doch nur, noch komplett angezogen, an eine Wand im Innenhof, auf den sie vom Festival geflüchtet waren. Für einen Moment verschwand sie im Schatten, den das Vordach warf. Aber es reichte ihm nicht, nur Kimoras Stöhnen zu lauschen, er wollte auch ihre Mimik verfolgen, da es ihn anmachte, zu sehen, wie seine Geliebte in seinen Armen dahinschmolz. Deshalb zog er sie wieder ins Licht der Straßenlampe, die auch den Hof erhellte, und fand plötzlich Amy in seinen Armen vor.

Diesmal schreckte Lorcan nicht aus seinem Traum auf, sondern lächelte glücklich. Kimora zu halten hatte sich falsch angefühlt. Amy dagegen gehörte zu ihm. Er begehrte sie nicht nur, wie er Kimora begehrt hatte, sondern er liebte sie. Amy war die Richtige, die Seine.

Im Gegensatz zu Kimora sah er sie gestochen scharf. Er kannte jeden braunen Sprenkel in ihren grünen Augen, jede Sommersprosse, die Wimper am rechten Lid, die in eine andere Richtung wuchs als die anderen, die Kerbe oberhalb ihrer linken Ohrmuschel und den Flaum an ihrem Haaransatz, an dem er so gern seine Nasenspitze rieb.

Mein, dachte er und küsste sie besitzergreifend, froh darüber, dass sie sich selten schminkte. Er ließ sie sein Verlangen deutlich spüren. Sein Kuss war hart und gierig. Seine Zunge drang fordernd zwischen ihre Lippen, und seine Hand vergrub sich in ihrem blonden Schopf, damit sie ihm nicht entkommen konnte. Leidenschaftlich, gar wild züngelte er mit ihr. Er zeigte ihr seine Macht über sie, aber in Wahrheit war er ziemlich verzweifelt, weil er wusste, dass sie nur ein Produkt seiner Fantasie war.

Bei Kimora war es ihm um die schnelle Befriedigung gegangen. Wäre er in dieser schicksalhaften Nacht mit Amy zusammen gewesen, hätte er sich viel mehr Zeit gelassen und es mit jeder Faser seines Körpers genossen.

Während er in der Realität im Sitzen sein Glied kräftig knetete, drückte er in seinem Traum Amy auf die Knie. Bereitwillig und mit glänzenden Augen öffnete sie den Mund. Er holte seinen Schwanz aus der Hose und schob ihn sanft in sie hinein. Sie hielt sich an seinen Beinen fest, presste ihre Lippen fest auf den harten Stamm und zog sich zurück, nur um ihn sogleich wieder tiefer in sich aufzunehmen.

Amy brachte Lorcan fast um den Verstand. Wie sie vor ihm kniete! So selbstverständlich, sogar stolz. Ihr Blick hatte etwas Unschuldiges, während sie ihn oral befriedigte. Ihr kleiner Mund besaß so eine Kraft. Vor Lust erschauerte er. Ihre Finger krallten sich in die Rückseite seiner Oberschenkel. Ihre Zunge kitzelte, als sie immer wieder über seine Penisspitze leckte. Er bekam eine wohlige Gänsehaut und legte seine Hände an ihren Hinterkopf. Amy ließ es zu, dass er den Rhythmus diktierte. Ihr Hals war locker, sodass er ihren Kopf vor- und zurückbewegen konnte. Er stieß nicht in ihre Mundhöhle hinein, sondern saß einfach nur da und lenkte sie. Sie waren das perfekte Team! Amy vertraute ihm wohl, dass er die Kontrolle über sie nicht ausnutzte und zu weit eindrang, und er würde sich selbst niemals verzeihen, wenn er sie in dieser Hinsicht enttäuschte.

Als er den Orgasmus spürte, führte er sein Glied so tief in sie ein, wie es für sie angenehm blieb. So verharrte er und hielt ihren Kopf in einer, zugegeben, machohaften Geste fest. Sein Körper erbebte, er ergoss sich in ihren Rachen und nahm wahr, dass sie schluckte. Diese unglaubliche Tatsache brachte ihn dazu, noch einige Male in sie hineinzustoßen, um auch den letzten Tropfen aus sich herauszuholen. Dann endlich gab er Amy frei. Doch sie schimpfte nicht mit ihm, sondern leckte seine Eichel genüsslich ab und küsste diese zum Abschluss.

Natürlich war das nur eine – seine – Fantasie, aber er war sich sicher, dass sich Amy genauso verhalten hätte. Was Erotik betraf, war sie sehr offen. Aber sie sah sich keinesfalls als Sexpüppchen, so gut kannte er sie. Daher erhob sie sich in seinem Tagtraum und forderte ihn auf, sich hinzuknien. Aufgeregt folgte er ihrer Anweisung, denn sie gehörte nicht nur ihm, sondern er auch ihr. Sie legte ihm ein Bein über die Schulter. Selbstbewusst wickelte sie den Saum ihres Kleides hoch, zeigte ihm ihre rasierte Spalte, denn sie trug kein Höschen und sagte kess: „Jetzt bist du dran, Cowboy."

Nun kam Lorcan auch in der Realität. Mit kräftigen Bewegungen massierte er von der Wurzel bis zur Schwanzspitze alles aus sich heraus und war dabei von Sehnsucht nach Amy erfüllt. So verliebt wie verzweifelt. Er glaubte sogar, den Duft ihrer Möse zu riechen. Ihr Geschmack lag ihm auf der Zunge. Er meinte, sie zu spüren, und öffnete die Augen, aber er befand sich noch immer allein im Haus.

Noch nie im Leben hatte er sich so einsam gefühlt.

Schwungvoll stand er vom Bett auf, eilte ins Badezimmer, wusch sich und zog eine Jeans über. Nein, ganz bestimmt empfand er nichts mehr für Kimora, dessen war er sich zu hundert Prozent sicher. Alles in ihm begehrte Amy. Er konnte ohne sie nicht mehr sein. Egal was es kosten würde, er musste sie zurückholen! Er liebte sie. Alles andere zählte nicht. Wenn eine Aussprache nicht half, war er bereit, seinen Stolz beiseitezuschieben und zu Kreuze zu kriechen. Er war dazu bereit, um sie zu kämpfen wie um nichts zuvor in seinem Leben, denn nichts war ihm so wichtig wie Amy LaBauve.

Adrenalin kochte in seinen Adern, als er das Shotgun House verließ, um ihr zu ihren Eltern zu folgen. Er würde seine Babydoll zurückgewinnen!

28. KAPITEL

August dieses Jahres
Waggaman, Skylers Haus

Amy raste an Skyler vorbei, stellte sich zwischen ihn und die Tür, als hätte sie auch nur den Hauch einer Chance, ihn davon abzuhalten, das Haus zu verlassen. Ein Trugschluss. Aber manchmal zahlte sich Mut aus, denn ihr Cousin blieb tatsächlich stehen.

Sie breitete die Arme aus, um ihn daran zu hindern, an ihr vorbeizukommen. „Lorcan hat mich nicht geschlagen, sondern mich nur schwer enttäuscht. Ich habe ihn rausgeworfen."

„Lass mich ihm noch den Rat mitgeben, deinen Weg nie wieder zu kreuzen." Mit grimmiger Miene schlug Skyler seine rechte Faust in die linke Handfläche, um anzudeuten, dass er nicht vorhatte, für sein Vorhaben Worte zu verwenden.

„Er ist die Mühe nicht wert." Ihr Cousin war zwar ein harter Brocken, aber insgeheim befürchtete sie, Lorcan könnte ihn zusammenschlagen, falls er tatsächlich so ausgezeichnet boxen konnte, wie der Indianer behauptet hatte. Um abzulenken, sagte sie: „Ich könnte jetzt ein Bier vertragen."

Zögernd rieb Skyler über seinen Schädel, den er sich zum einen aus reiner Bequemlichkeit kahl rasierte, zum anderen genoss er es, wenn die Menschen ängstlich vor ihm zurückwichen, da er mit seinen aufgepumpten Oberarmen, dem Stiernacken und der Glatze Furcht einflößend aussah. Wenn er allerdings lächelte, fiel das Bild in sich zusammen, fand Amy, denn dann wirkte er immer noch wie ein Junge, der nur Schabernack im Sinn hatte.

Amy schaute ihn mit einem Hundeblick an, der schon gewirkt hatte, als sie noch Kinder gewesen waren. Ihr Cousin hatte ihr jedes Mal sein Spielzeug gegeben. Für alle Fälle packte sie noch etwas Schmelz in ihre Stimme: „Bitte."

Er murrte etwas Unverständliches. Seine Miene entspannte sich zwar nicht, aber er nickte und ging in die Küche, die gleich links neben dem Hauseingang lag. Von dort aus gelangte man auch ins Wohnzimmer. Amy stellte sich in die Tür und beobachtete, wie er die letzten zwei Flaschen Coors aus dem Kühlschrank nahm.

Er öffnete sie und reichte Amy ein Bier. „Und ich Idiot habe ihm neulich meinen Wagen geliehen, weil er dir hinterherfahren wollte. Ihr hattet euch wohl gestritten. Wie ein Irrer klingelte er und schrie: ‚Leih mir deinen Wagen, sofort, schnell.' Ich Esel habe ihm meinen Autoschlüssel gegeben."

Wovon sprach er? Amy nahm einen Schluck und schaute zu, wie er den Eisschrank mit neuen Flaschen bestückte, die in einer Ecke auf dem Boden standen. Plötzlich ging ihr ein Licht auf. Das musste der Tag gewesen sein, als Lorcan ihr in die NO Public Library gefolgt war. Folglich war er doch nicht an sein Konto gegangen, um sein Auto betanken zu können.

Aber machte eine Lüge weniger einen Unterschied? Und was war mit Kimora?

Er musste sie noch lieben, sonst würde er nicht diesen Aufwand betreiben, sondern alles daransetzen, sich eine neue Existenz aufzubauen. Sie war der Grund, warum er sein ganzes Streben darauf ausgerichtet hatte, einen Verbrecher zu jagen. Er nahm sogar in Kauf, dass er sich selbst in Gefahr brachte. Sie war der Grund für all sein Handeln. Sein Leben drehte sich nur um Kimora.

Erneut wurden Amys Augen feucht. Damit Skyler nichts

davon mitbekam und doch noch ausrastete, drehte sie sich um. Während sie versuchte, ein Schluchzen zu unterdrücken, betrachtete sie ein Bild im Flur. Es bestand aus den unterschiedlichsten Blautönen, die meisten allerdings waren sehr dunkel. Schwarze Linien trennten die Farbtupfer. Erst als Amy genauer hinsah, erkannte sie, dass diese Linien das Kunstwerk nicht willkürlich durchzogen, sondern so geschickt angelegt waren, dass die blauen Felder die Form von Tränen bildeten. Verstörend, fand Amy.

Sie trank und genoss den Alkohol, der sich in ihr ausbreitete. Leider blieb die erhoffte Entspannung aus. „Die Leinwand ist neu, richtig?"

„Ich habe sie auf dem Flohmarkt erstanden."

„Wenn ich ehrlich sein darf, passt das Motiv gar nicht zu dir."

„Mir gefällt es. Es ist so kraftvoll, so voller Verzweiflung und Traurigkeit." Er lachte verlegen. Hinter Amy fiel die Kühlschranktür zu. „Es soll von einem Künstler aus New Orleans nach dem Hurrikan Katrina gemalt worden sein."

War er blind? Die Katastrophe hatte Louisiana Ende August 2005 schwer zugesetzt. Amy kniff die Augen zusammen und konzentrierte sich auf die untere Ecke des Bildes. Es war auf Juli des laufenden Jahres datiert. Das Datum fiel kaum auf, weil es ebenfalls in Blau aufgemalt worden war, ganz winzig, fast im selben Ton wie die Hintergrundfarbe.

Sie schmunzelte. Man hatte Skyler, der sich für clever hielt, übers Ohr gehauen!

Neugierig geworden, trat sie näher und legte den Kopf schief, denn plötzlich formten die aufgemalten Linien, die sich am Rand verästelten wie die Adern in einer Pupille, Buchstaben. Man erkannte sie nur, wenn man lange genug hinschaute und den richtigen Blickwinkel einnahm.

„Oh mein Gott", stieß sie entsetzt aus und machte einen Schritt rückwärts. Mit dem Rücken stieß sie gegen Skylers Brustkorb. Beinahe fiel ihr die Flasche aus der Hand, aber sie packte rechtzeitig fester zu und erstarrte vor Schreck.

„Was ist los?" Über ihre Schulter hinweg sah er auf die Stelle, die sie noch immer anstarrte. Er schnalzte mit der Zunge, aber es klang belustigt. „Diese Schlampe! Sie hat ihren Namen versteckt in das Bild gemalt."

Amy verlor die Fassung. Aufbrausend wirbelte sie herum. „Du hast Kimora entführt!" Lebte sie noch? Immerhin war dieses Kunstwerk nur etwas älter als einen Monat.

„Irgendein Hobby muss man ja haben." Seine Mundwinkel zuckten.

Die Ruhe, mit der er sein Bier trank, machte sie nervös. „Aber dein Haus hat keinen Keller."

Zuerst runzelte er die Stirn, dann grinste er boshaft. „Hier gibt es kein Kellergeschoss, aber das Sea Snake hat einen."

„Nein!" Sie keuchte.

In der kleinen Lagerhalle, die an das Gebäude des ehemaligen Wassersportverleihs angrenzte, hatten Lorcan und sie Skyler und Ebony beim Sex zugeschaut. Währenddessen war Kimora in ihrer unmittelbaren Nähe gewesen?

Entsetzt schüttelte sie stumm den Kopf.

Das durfte nicht wahr sein! Hatte die Gefangene sie womöglich durch ein Kellerfenster gesehen? Hatte sie versucht, sich bemerkbar zu machen, war gescheitert und hatte dadurch ihre letzte Hoffnung, die sie offenbar beim Bemalen der Leinwand noch gehegt hatte, verloren?

„Es ist nur ein kleines Loch, ein alter Stauraum", plauderte Skyler locker, als würden sie sich über etwas völlig Normales unterhalten und nicht über ein Verbrechen. „Mit der richtigen Ausstattung jedoch sieht es wie ein Verlies aus. Ein paar Haken hier, ein paar Ketten dort. Nach Hurrikan Katrina war das Zimmerchen unter der Erde voller Schlamm, aber ich habe es eigenhändig frei geschaufelt." Euphorisch nickte er wie ein Wackeldackel, und Amy wünschte sich, ihm würde einfach der Kopf von den Schultern fallen. „Allerdings ist es immer noch sehr feucht dort unten. Die Wände drohen einzubrechen. Das Sea Snake liegt einfach zu nah am Lake Pontchartrain. Aber noch halten sie, weil sie aus dickem Beton sind und ich sie zusätzlich mit Backsteinen verkleidet habe, wie in einem Kerker. Ich habe mir echt Mühe gegeben." Mit stolzgeschwellter Brust leerte er seine Flasche. „Marnie hat das nie zu schätzen gewusst, deshalb tut es mir auch nicht leid um sie." Lapidar zuckte er die Achseln.

„Marnie?" Amy spürte, wie jegliche Farbe aus ihrem Gesicht wich.

„Sie war mein erster Gast, aber sie brachte sich um, diese dumme Gans. Hat sich erhängt, einfach so. Wie undankbar, wo ich ihr doch meine ganze Freizeit geopfert hatte. Eine Abrichtung braucht halt viel Zeit."

Er machte einen Schritt auf Amy zu. Ängstlich packte sie den Hals ihrer Flasche, um sie schnell herumdrehen und ihn damit schlagen zu können, doch er stellte nur sein Bier auf der Kommode unter der Leinwand ab.

„Ich glaube das alles nicht", brachte sie atemlos hervor.

„Dir hätte ich mein Spielzimmer auch gezeigt, aber du wolltest ja nicht." Zärtlich strich er über das Bild. Auf Amy machten diese Geste und sein schwelgerischer Blick den Eindruck, als würde er die Schwermut und die Aussichtslosigkeit, die das Kunstwerk ausdrückte, mit den Fingerspitzen aufsaugen und sich daran ergötzen.

Sie schauderte. „Ich verstehe nicht."

Zu ihr gewandt, hob er den Saum seines Shirts an, schob den Hosenbund herunter und legte die Blinddarmnarbe an seinem Unterbauch frei.

Was sollte das? Ihre Nackenhaare stellten sich auf, und sie bekam eine Gänsehaut, da eine Ahnung in ihr erwachte, die so furchtbar war, dass ihr Gehirn sich weigerte, den Gedanken klarer werden zu lassen. Amy stellte das Bier auf den Boden, da ihr die Flasche aus der Hand zu rutschen drohte, so feucht waren die Innenflächen.

„Ich wurde nie am Blinddarm operiert." Mit dem Daumen zeichnete er die Narbe nach. „Die Stichwunde musste genäht werden, deshalb lag ich im Krankenhaus."

„Oh mein Gott." Ihr Magen drehte sich um. Bittere Galle stieg ihre Speiseröhre hoch und brannte in ihrem Rachen wie ätzende Lauge. „Du bist der Maskierte, der mich im letzten November brutal überfallen hat!"

Nein, nein, das durfte alles nicht wahr sein. Plötzlich spürte sie wieder die Hände des Angreifers auf ihrem Körper. Die Angst, als er ihr die Klinge vors Gesicht hielt, kehrte zurück, ebenso die Übelkeit, denn sie erinnerte sich an seine Erektion, die er sie hatte spüren lassen.

Warum gestand Skyler ihr das alles so freimütig? Das konnte nur bedeuten, sie würde keine Zeit mehr haben, es irgendwem zu erzählen.

Zuerst gehorchten ihre Füße ihr nicht. Ihr kam es so vor, als wären ihre Schuhsolen mit Blei gefüllt. Dann schaffte sie es endlich, rückwärts den Gang entlangzuflüchten, aber so langsam, als würde sie in Zeitlupe gehen. Das Grauen lähmte ihre Glieder. Sie hatte zwar Skylers Worte gehört, doch ihr Kopf war noch nicht in der Lage, das Gesagte zu verarbeiten. Ihr Verstand weigerte sich, diese Szenerie als Wirklichkeit zu akzeptieren.

Ohne Eile folgte Skyler ihr. „Die Vergewaltigung vor der Stadtverwaltung sollte dich nur demoralisieren. Sie wäre nur der erste Schritt deiner Erziehung gewesen. Danach wollte ich auf dich einschlagen, bis du entweder nicht mehr gewagt hättest, dich gegen mich aufzulehnen, oder es nicht mehr gekonnt hättest, und dich in mein Spieleparadies bringen.

Ich hatte mir das so schön überlegt. Nächtelang hatte ich im November über meinem Plan gebrütet und mir jedes Detail immer wieder ausgemalt, aber du hast alles kaputtgemacht. Das nehme ich dir übel, Amy, sehr übel. Ich werde dich dafür bestrafen müssen, nicht nur, weil ich selbst jetzt noch sauer auf dich bin, sondern auch, damit du folgsam wie ein Schoßhündchen wirst." Lächelnd rieb er die Handflächen aneinander.

Die Wölbung in seinem Schritt blieb ihr nicht verborgen. „Ich bin deine Cousine, verdammt."

„Behaupte nicht, dass du mich nicht auch geil findest! Das nehme ich dir nicht ab, sonst hättest du nicht in deinem Garten mit Lorcan gefickt. Du wolltest doch, dass ich euch dabei zusehe … dir zusehe. Lorcan war nur Mittel zum Zweck."

Also hatten sich die Gardinen im Obergeschoss seines Hauses tatsächlich bewegt. Sie war verwundert gewesen, dass Skyler nicht gekommen war, Lorcan von ihr heruntergezerrt und ihn verdroschen hatte. Daher war sie davon ausgegangen, sich getäuscht zu haben. Hatte sie leider nicht. „Das ist krank."

„Früher befürchtete ich das auch, aber inzwischen habe ich gelernt, mich zu akzeptieren, wie ich bin. Das gehört doch mit zum Erwachsenwerden dazu und wird überall gutgeheißen, ebenso wie Individualismus." Er breitete die Arme aus, als wollte er sagen: Ich bin das lebende Beispiel dafür, dass Selbstfindung funktioniert. „Denk doch an unsere unschuldigen Kinderspiele zurück. Dir haben sie auch Spaß gemacht."

Was hatte das denn damit zu tun? Amy biss sich schmerzhaft auf die Unterlippe.

„Minutenlang habe ich dich gekitzelt. Ich hörte erst auf, wenn du geweint hast. Am Anfang war ich erschrocken und hatte ein schlechtes Gewissen, denn ich bekam einen Steifen dabei. Ich habe versucht, die Finger von dir zu lassen, aber dir hat das Kitzeln genauso viel Spaß gemacht wie mir, und du hast mich immer wieder dazu animiert."

„Gib nicht mir die Schuld daran, dass du pervers bist", schrie sie ihn an, ein erstes Anzeichen von Panik. Sie musste ruhig bleiben, sonst hatte sie verloren.

Seine Miene verfinsterte sich, und Amy wünschte sich, den Mund gehalten zu haben. „Später habe ich dich absichtlich zum Weinen gebracht. Es war doch harmlos, nur ein bisschen Kitzeln. Ich habe dich ja nicht geschlagen oder so. Mit meinen starken Armen habe ich dich festgehalten. Ich habe dich eng an meinen Schwanz gedrückt, dich zum Lachen gebracht und so lange weitergemacht, bis deine Tränen flossen." Er stöhnte erregt.

Amy wich weiter ins Wohnzimmer zurück. Offensichtlich geilte er sich an den vergangenen Zeiten auf, was ihn noch unberechenbarer und gefährlicher machte. Ihre Nerven waren zum Zerreißen gespannt. Selbstverständlich erinnerte sie sich an das Herumbalgen. Ihr war damals nicht aufgefallen, dass es Skyler angemacht hatte. Allerdings hatte er irgendwann angefangen, sie in den Busen und sogar in den Schritt zu kneifen. Am Anfang hatte sie es für Spaß gehalten. Es tat weh und ging ihr zu weit, daher hatte sie die Kitzelspiele beendet, auch weil ihre Pubertät begann. „Du widerst mich an!"

Sie stieß gegen die Couch und warf einen flüchtigen Blick zur Terrassentür. Geschlossen. Würde sie es schaffen, sie zu öffnen und in den Garten zu laufen, bevor Skyler sie packte? Oder sollte sie lieber versuchen, durch die Küche zum Vordereingang zu gelangen?

Um ihren Cousin abzulenken, während sie sich einen Fluchtplan zurechtlegte, fragte sie: „Wie hast du Kimora überhaupt kennengelernt?“

„Ihr Mann, diese Null, ist Immobilienmakler und versucht seit einer halben Ewigkeit, Nabils Elternhaus zu verkaufen, ist dabei aber so erfolgreich wie ein Esel beim Kacken von Dukaten. Anfang Dezember kam er abends mit Interessenten vorbei, um ihnen das Haus zu zeigen. Seine Frau war auch dabei, weil die beiden sofort danach zu einem Geschäftsessen fahren mussten. Ich spürte, dass zwischen den beiden dicke Luft war. Also machte ich ihr einen Tee in Nabils Küche, während die anderen sich die Zimmer anschauten. Ich habe sie zum Lachen gebracht. Sie errötete, als ich sie intensiv ansah. Das hat was zu bedeuten, dachte ich, wusste aber, dass sie das niemals zugeben würde, wenn ihr Alter dabei war.“ Cholerisch schlug er auf die Rückenlehne der Couch.

Amy erschreckte sich so sehr, dass sie aufschrie, nach hinten auswich, über eine Teppichkante stolperte und beinahe in die Vitrine gefallen wäre, in der Skyler die verschiedenen Baseballkappen der New Orleans Saints aufbewahrte. Im letzten Moment gewann sie ihr Gleichgewicht zurück.

Er lachte schallend über ihre Unbeholfenheit – und auch über ihre Angst, vermutete sie. „Ich fand heraus, in welcher Galerie sie ihre Bilder ausstellte, und schickte ihr Blumen dorthin. Das habe ich noch bei keiner Frau getan, aber sie ist auch ein ganz anderes Kaliber, nicht so leicht zu beeindrucken wie die anderen Weiber. Ich steh drauf, harte Nüsse zu knacken, das weckt meinen Jagdinstinkt."

Er sprach von ihr im Präsens. Lebte Kimora noch? Unauffällig schaute sich Amy nach etwas um, das sie als Waffe benutzen konnte. Aber Skyler legte keinen Wert auf Vasen und Nippes. Auf dem Tisch stand nur ein schmutziger Teller, leider ohne Besteck. Damit würde sie ihn nicht aufhalten können.

„Ich habe mich echt ins Zeug gelegt, habe ihre Handynummer herausgefunden und sie zum Essen eingeladen, nicht nur einmal, sondern so oft, dass es meinem Ego echt wehtat. Aber diese Hure hat mich immer wieder abgewiesen, wollte wohl auf das Geld ihres reichen Mackers nicht verzichten. Das hätte sie nicht tun sollen." Sein Kopf lief hochrot an. „Vielleicht hätte ich sie einmal gefickt und mein Interesse an ihr verloren. Oder wir hätten eine nette kleine Affäre gehabt. So jedoch wurde ich echt sauer. Und da ich eine zweite Bewohnerin für meinen Keller suchte, nominierte sie sich mit ihrem zickigen Verhalten selbst. Sie nahm deinen Platz ein, nur ihr hast du einen Aufschub zu verdanken. Aber wie sagt man so schön? Aufgeschoben ist nicht aufgehoben."

Lorcan war unschuldig. Die Gewissheit trieb Amy Tränen in die Augen. Vermutlich würde sie keine Chance mehr bekommen, sich bei ihm für ihr fehlendes Vertrauen zu entschuldigen. Sie hatte ihn eiskalt abserviert. Bestimmt hatte er längst ihr Haus, ihr Leben verlassen. Selbst wenn er ihr hinterhergelaufen war, weil er sich nicht damit abfinden wollte, dass sie ihn rausgeworfen hatte, so würde er zu ihren Eltern fahren. Er konnte nicht wissen, dass sie sich im Nachbarhaus befand.

Sie war auf sich allein gestellt. Und sie würde kämpfen.

Und zwar bis zum letzten Atemzug.

Den Garten könnte sie nur erreichen, wenn sie durch die Glastür sprang. Dazu konnte sie sich nicht überwinden. Sie musste durch die Küche nach vorn rennen und im Laufen bestenfalls ein Messer greifen. Ihr war zum Heulen zumute, aber sie rang ihre Tränen nieder. Sie kniff sich in die Oberschenkel, damit ihre Beine aufhörten zu zittern.

Vor ihr knetete Skyler seinen Schritt, und sie erkannte, dass er nicht nur offen mit ihr sprach, da er sie ohnehin in sein Verlies sperren würde, sondern auch, weil er sich an ihrem wachsenden Entsetzen aufgeilte. Sie ahnte, was sie in dem Loch unter dem Sea Snake erwartete. Ein Albtraum!

Panisch sprintete sie los.

29. KAPITEL

Ihr Herz pochte lauter als ihre Schritte auf dem fleckigen Fußboden. Sie lief um das Sofa herum. Gehetzt visierte sie die Küche an – ihr Etappenziel. Aus dem Augenwinkel sah sie Skyler heranrauschen. Für jemanden mit seinem massigen Oberkörper bewegte er sich ausgesprochen schnell. Zu schnell.

Seine Hand schoss nach vorn.

Er versuchte, Amy zu packen.

Im letzten Moment wich sie aus und schob ihre Hüfte beiseite.

Nur knapp verfehlte er sie.

Lauthals fluchte er. Amy keuchte vor Anspannung. Sie lief in den angrenzenden Raum und sah sich hektisch um, ohne anzuhalten. Unter den Bergen von schmutzigem Geschirr in der Spüle musste doch auch benutztes Besteck liegen! Sie hoffte auf ein Messer, würde sich aber auch mit einer Gabel zufriedengeben. Ein kraftvoller Stich in Skylers Visage würde ihr die nötigen Sekunden verschaffen, um einen Vorsprung herauszuholen und zu fliehen.

Sie dachte zu viel nach und war automatisch langsamer geworden. Das wurde ihr unglücklicherweise erst bewusst, als Skyler ihr Oberteil von hinten packte.

Sie wurde zurückgerissen.

Verzweifelt versuchte sie, sich am Herd festzuhalten. Dabei riss sie einen verkrusteten Kochtopf herunter, der scheppernd auf die Fliesen fiel. Das Geräusch klingelte Amy in den Ohren. Die Pfanne, die sie ebenfalls erwischt hatte, blieb mit dem Griff an einem Kessel hängen, der mit leeren Dosen gefüllt war.

Mit aller Kraft stürmte Amy nach vorn, aber ihre Hoffnung, der Blusenstoff würde reißen, erfüllte sich nicht. Skylers Lachen klang schaurig. Noch während sie versuchte, sich die Bluse aufzuknöpfen, um sie rasch abzustreifen, legte er seine Hände um ihren Hals und drückte zu.

Amy gab einen erstickten Laut von sich. Sie bemühte sich, seine Finger zu lösen, schaffte es jedoch nicht. Hilflos hieb sie auf seine Arme ein. Sie kratzte ihn, trat nach hinten aus und bewegte sich ruckartig hin und her, bis ihre Gegenwehr erlahmte.

Sie bekam keine Luft mehr.

Skyler presste sie mit dem Rücken gegen einen Schrank und musterte ihren Oberkörper. „Ah, du ziehst dich für mich aus. Das lob ich mir. Lass mich dir helfen."

Er ließ von ihrem Hals ab und riss ihre Bluse entzwei. Gierig sog Amy Luft in ihre Lungen. Bevor sie jedoch in der Lage war, etwas zu unternehmen, würgte er sie wieder, wenn auch nicht so fest wie zuvor.

„Woher weißt du von Kimora?" Sein Gesicht kam ihr unangenehm nah.

Kraftlos stemmte sie sich gegen seine Schultern. Vergeblich. Sie kam sich vor wie David, der gegen Goliath kämpfte. Was konnte sie im übertragenen Sinne als Steinschleuder einsetzen? Nichts befand sich in ihrer Reichweite, das Skyler hätte verletzen können.

„Aus der Zeitung natürlich", brachte sie mühsam hervor. Sie flunkerte, um Lorcan nicht zu Skylers nächstem Opfer zu machen. „Mrs Buckley wird vermisst. Ihre Leiche wurde nie gefunden."

„Ihr Verschwinden ist acht Monate her. Da erinnerst du dich noch an ihren Namen?"

Sie schlotterte, als er über ihre Wange leckte, und presste angeekelt die Lippen aufeinander. „Er ist außergewöhnlich."

Plötzlich klopfte jemand ans Fenster. Skyler flog herum. Selbst seine Glatze färbte sich rot vor Wut. „Nein!"

Amy vermochte ihren Kopf nur ein Stück weit zu drehen, aber das reichte, um Lorcan zu erkennen. Wild gestikulierend stand er im Vorgarten. Er riss die Augen weit auf und machte Skyler durch Drohgebärden klar, dass er Amy sofort loslassen sollte. Ihr Cousin ließ sich jedoch nicht einschüchtern und erhöhte den Druck auf Amys Kehle.

Wimmernd zuckte sie, als stünde sie unter Strom.

Es rauschte in ihren Ohren.

Ihr Rachen brannte.

Sie versuchte zu atmen, aber es gelang ihr nicht.

Erschöpft schloss sie ihre Lider. Das Pochen an der Haustür klang, als käme es aus einem anderen Universum. Lorcans Geschrei schien sich immer weiter zu entfernen. Ein Poltern war zu hören, Holz splitterte, aber der Würgegriff lockerte sich nicht.

Angst lähmte sie. Sie wollte weinen, aber nicht einmal dazu war sie fähig. Wie eine Maus hing sie in der Falle und wusste, ihr letztes Stündlein hatte geschlagen. Sie verabschiedete sich von ihrem Leben. Ihre Furcht verschwand, die Verzweiflung löste sich in nichts auf, was blieb, war Traurigkeit.

Resigniert ließ sie die Arme hängen.

Plötzlich brach das Schloss der Haustür. Skyler fluchte und gab Amy frei. Röchelnd riss sie die Augen auf. Sie hustete, würgte, holte so tief Luft wie nur möglich und bemühte sich, die Orientierung wiederzufinden.

Doch schon fühlte sie Skylers Hand in ihren Haaren. Brutal zerrte er sie vom Schrank weg und schlug ihre Stirn mit voller Wucht auf die Arbeitsplatte. Stöhnend fiel Amy zu Boden und blieb benommen liegen. Sie ächzte unter dem dröhnenden Kopfschmerz.

Lorcans Brüllen erschallte auf dem Korridor. Amy, unfähig, die Augen zu öffnen, hörte Skylers nackte Füße auf den Fliesen; die Schritte bewegten sich rasch von ihr weg. Dann folgten Kampfgeräusche. Die beiden Männer rangen miteinander. Einer von ihnen wurde gegen die zerborstene Eingangstür geschleudert und stöhnte, aber Amy vermochte nicht zu sagen, wer es war.

Sie mobilisierte ihre letzten Kräfte und stemmte den Oberkörper hoch. Das schmerzhafte Pulsieren unter ihrer Schädeldecke nahm augenblicklich zu. Gequält aufstöhnend lehnte sie sich mit der Schläfe gegen den Ofen und verharrte in dieser Position.

Amy schaute zum Flur. Lorcan schleuderte gerade ihren Cousin gegen Kimoras Bild. Skyler kippte zur Seite und riss die Leinwand mit sich. Aber er fing sich, bevor er stürzte. Blitzschnell drehte er sich herum, griff das Kunstwerk und hieb es Lorcan über den Kopf. Zumindest war das sein Plan gewesen. Lorcan jedoch wich leichtfüßig aus. Anscheinend machte sich das Boxtraining bezahlt.

Skyler hatte das Bild noch nicht losgelassen, da traf Lorcans Faust schon auf sein Kinn. Die Wucht schleuderte ihn nach hinten. Lorcan machte einen Schritt nach vorn, boxte Skyler in den Bauch und blieb über ihm stehen. Doch Skyler stand nicht mehr auf. Wimmernd lag er im Korridor und krümmte sich. Er tastete seinen Kiefer ab, rührte sich ansonsten jedoch nicht mehr.

Wäre Amy nicht so erschöpft gewesen, hätte sie applaudiert. Wie sich nun zeigte, befand sich in Skylers aufgepumptem Oberkörper nur Luft. Mehr schöner Schein. In Lorcans Muskeln jedoch steckte durch das Boxen Kraft.

Lorcan eilte zu Amy und nahm sie vorsichtig in den Arm.

Dann legte er seine Handflächen an ihre Wangen und küsste ihr Gesicht unzählige Male.

„Wie hast du mich gefunden?" Ihre Stimmbänder fühlten sich an wie Schmirgelpapier. Das Sprechen bereitete ihr große Mühe. „Du musstest doch denken, dass ich zu meinen Eltern gefahren bin."

Er half ihr beim Aufstehen. „Dein Wagen stand noch am Straßenrand. Wo konntest du sonst sein, wenn nicht bei deinem Cousin?"

Natürlich! Daran hatte sie nicht gedacht. Manchmal waren die Dinge so einfach. Schluchzend schmiegte sie sich an ihn. „Ich bin so froh, dich zu sehen. Ohne dich wäre ich jetzt ..."

„Scht", machte er und streichelte ihren Rücken. „Denk nicht einmal daran."

„Wie rührend! Ich könnte kotzen", spöttelte eine vertraute Stimme hinter ihnen.

Lorcan flog herum, ohne Amy loszulassen, die ein verzagtes Krächzen von sich gab.

Ungehalten fuchtelte Skyler mit einem Revolver herum. „Leider, leider muss ich das traute Paar nun trennen. Geh von ihr weg, Penner, zum Küchentisch, sonst schieße ich euch beide über den Haufen. Dann hast du sie auf dem Gewissen."

„Das ist mein Colt." Eindeutig. Amy erkannte das altmodische Modell wieder – den Perlmuttgriff, der an einer Stelle einen Riss hatte, und den zerkratzten Lauf, als hätte ihr Großvater ihn früher einmal mit Stahlwolle abgerieben.

Skyler betrachtete die Waffe, als sähe er sie zum ersten Mal. Aber er spielte nur mit ihnen, denn im nächsten Moment lachte er fies. „Ich dachte, es wäre sicherer, die Pistole an mich zu nehmen, wo dein neuer Mitbewohner doch auf der Suche nach mir war."

„Wovon redest du?" Lorcans Brauen zogen sich zusammen.

Amy staunte nicht schlecht. „Du weißt, wer er ist?"

„Weg von ihr, sage ich!", brüllte Skyler.

Da Lorcan sich immer noch nicht rührte, schoss er. Aber er hatte offenbar nicht vorgehabt, sie zu treffen, denn die Kugel drang über ihren Köpfen in die Wand ein, obwohl er nah vor ihnen stand. „Wenn du nicht willst, dass ich sie auch umlege, tu, was ich sage."

Ihr Cousin hatte vor, Lorcan zu erschießen. Panisch hielt Amy ihren Geliebten fest. Doch Lorcan drückte ihr aufmunternd den Arm, löste sich sanft aus ihrem Griff und bewegte sich langsam von ihr fort.

„Ich hätte ihn gleich aus dem Weg räumen sollen." Skyler schnaubte. „Aber ich machte mir einen Spaß daraus, zu sehen, wohin das kleine Räuber-und-Gendarm-Spiel führt. Das war ein Fehler, das sehe ich jetzt ein, daher werde ich ihn korrigieren."

„Nein!", schrie Amy. Ein Ruck ging durch ihren Körper. Sie wollte zu Lorcan eilen und sich schützend vor ihn stellen, aber er bedeutete ihr, dort, zwischen Herd und Arbeitsplatte, stehen zu bleiben, zumal Skyler nun den Lauf auf sie richtete. Entsetzt erstarrte sie.

„Ich habe große Pläne mit dir. Die totale Unterwerfung." Bei den letzten Worten machte er eine Geste, als würde er seine letzten drei Worte als Schriftzug auf Plakaten und somit als Motto einer Werbekampagne sehen. „Ich träume davon, eine Frau abzurichten, bis sie freiwillig für mich ins Feuer geht, einfach nur weil ich es ihr befehle. Der ultimative Kick."

Skyler war völlig von Sinnen. Er wollte aus ihr eine fleischgewordene Marionette machen. Das konnte Amy nicht zulassen. Eher würde sie sterben. Sie ließ den Blick umherschweifen. Der Küchenstuhl war zu weit weg, um sich damit zu verteidigen. Aber die Pfanne befand sich in Reichweite. Unauffällig schob sie die Finger näher heran.

„Das hast du schon mit Marnie und Kimora versucht, erfolglos, nicht wahr?", äußerte sie mutig ihre Annahme. Nabils große Liebe war an den Grausamkeiten zerbrochen und hatte sich umgebracht. Und an Gavins Ehefrau hatte sich Skyler bisher wohl die Zähne ausgebissen, denn nach acht Monaten in seiner Gefangenschaft schien er ihren Willen noch immer nicht gebrochen zu haben. Bisher hatte sie Kimora als Konkurrenz betrachtet, doch jetzt fühlte Amy sich durch die Erkenntnis mit ihr verbündet.

„Kimora?", fragte Lorcan außer sich und machte einen Schritt auf ihn zu, worauf Skyler wieder ihn mit der Waffe anvisierte.

„Sie wird nicht länger alleine in meinem Kellerverlies sein, das sollte dich doch freuen." Maliziös schmunzelte Skyler. „Ich werde schon wieder hart bei der Vorstellung, ihr Nadeln unter die Fingernägel zu stechen, während Amy zusieht. Ich werde meinem Cousinchen die Hände hinter dem Rücken fesseln, damit sie sich nicht die Ohren zuhalten kann. Gekreische und Gewinsel sind am besten. Dann werde ich Amy mein Zeichen einbrennen, während Kimora meinen Schwanz lutscht. Hab mir extra ein Brandeisen mit den Initialen SC herstellen lassen."

Mit zorngerötetem Gesicht stürmte Lorcan auf Skyler zu und ignorierte den Colt. So schnell, wie ihre restliche Energie es zuließ, nahm Amy den Griff der Pfanne, holte aus und schlug sie gnadenlos gegen Skylers rasierten Hinterkopf. Bewusstlos sackte er zusammen.

Sein Finger kam an den Abzug des Revolvers.

Ein Schuss löste sich.

Lorcans Hemd färbte sich rot.

Und Amys Schrei gellte durch die Küche.

EPILOG

September dieses Jahres
New Orleans, Tulane Medical Center

Als Amy das Zimmer betrat, saß Gavin Buckley an Lorcans Krankenbett.

„Störe ich?", fragte sie leise und wunderte sich, dass man in Kliniken immer mit gedämpfter Stimme sprach. Das gefiel ihr nicht. Es war, als würde jemand im Sterben liegen, dabei machte dieser Patient einen sehr munteren Eindruck.

„Selbstverständlich nicht. Komm rein." Lorcan winkte sie näher. „Ich habe dich vermisst."

„Ich war doch heute Vormittag erst bei dir."

Er schaute auf die kleine Uhr, die auf dem Beistelltisch stand. „Das ist schon drei Stunden her."

Sie sah Gavin an, verdrehte die Augen und lachte. Nachdem sie am Tag zuvor Skyler niedergeschlagen und sich versichert hatte, dass Lorcans Gesundheitszustand stabil war, hatte sie die Polizei und die Ambulanz gerufen.

Während Lorcan ins Tulane Medical Center gebracht worden war, hatte sie die Cops zum Sea Snake geführt. Tatsächlich hatten sie Kimora in dem versteckten Kellerverlies gefunden, lebendig und den Umständen entsprechend wohlauf. Dann hatte sie Gavin angerufen.

Als sie aufeinandertrafen, hatte er sie sofort wiedererkannt. Sie hatte ihm gestanden, dass sie nur aus Liebe bei der Buckley Real Estate Agency herumgeschnüffelt hatte, um Lorcans Unschuld zu beweisen, worauf Gavin ihr verziehen hatte, ihn verdächtigt zu haben. Sie hatten sich darauf geeinigt, Lorcan nichts von Amys eigenmächtiger Recherche zu erzählen und die Vergangenheit ruhen zu lassen.

„Ich komme gerade vom Police Department." Amy nahm auf einem Stuhl neben dem Bett Platz und legte ihre Handtasche auf ihre Oberschenkel.

Lorcan reichte ihr die Hand. „Gibt es Neuigkeiten für Nabil?"

Seufzend schüttelte sie ihren Kopf. „Die Polizei hat das gesamte Grundstück am Lake Pontchartrain umgegraben, Marnies Leiche jedoch nicht gefunden. Jetzt setzen sie Taucher ein, weil sie davon ausgehen, dass er sie beschwert und ins Wasser geworfen hat."

„Skyler Castille hat einer Menge Menschen Unheil gebracht", bemerkte Gavin und öffnete den obersten Knopf seines dunkelblauen Hemdes. Sanft drückte er Lorcans Schulter. „Überleg es dir noch einmal. Ich könnte einen gleichwertigen Partner in meiner Immobilienfirma gebrauchen. Genug Arbeit ist vorhanden."

„Das hatten wir doch schon." Als wäre ihm kalt, zog Lorcan die Bettdecke höher und schob einen Arm darunter.

„Und es hat gut funktioniert. Wir waren auf dem Weg nach ganz oben."

„Man kann die Zeit nicht zurückdrehen, Kumpel. Es ist zu viel vorgefallen."

Gavin gab einen enttäuschten Laut von sich. „Es tut mir leid, dass ich dachte, du hättest Kimora etwas angetan. Ich hätte es besser wissen müssen. Wir kennen uns schließlich seit fast zwanzig Jahren."

„Ich war ein Esel. Ich fühlte mich gekränkt, nicht etwa weil alle Aufmerksamkeit dir galt, sondern weil du besser im Job warst als ich, Gavin. Deshalb war ich neidisch auf alles, was dein war."

„Und ich war ein Hornochse, weil ich keine Aussprache mit dir gesucht habe."

„Ich bin der Esel, du der Ochse, einigen wir uns darauf." Sanft boxte Lorcan ihn an die Schulter.

„Die Betonung liegt auf *war*", korrigierte Gavin ihn schmunzelnd, doch dann wurde er wieder ernst. „Ich habe sehr gute Kontakte, und ich werde nicht zögern, sie für deine Rehabilitierung zu mobilisieren. Deine Weste wird reingewaschen werden, dann kannst du von vorne anfangen, was auch immer du machen möchtest."

„Danke. Wo wir gerade bei Kontakten sind." Lorcan schaute kurz zu Amy. „Sie hat eine Geschäftsidee. Diese mag keine Millionen einbringen, aber ich wittere eine Marktlücke."

Überrascht riss Amy die Augen auf. „Ich?"

„Lass hören." Gavin stützte sich mit einer Hand auf dem Oberschenkel ab und nickte.

„Gemeinsam mit Amy möchte ich Shotgun-Häuser renovieren und als Wohnungen mit Kultstatus anbieten. Ein geschichtsträchtiger Charakter, kombiniert mit einem modernen Ambiente. Vielleicht stoßen wir einen neuen Trend an. Wer weiß?" Lorcan zuckte die Achseln, stöhnte vor Schmerz und legte die Hand auf den Verband, dorthin, wo die Kugel seine Seite durchbohrt hatte. „Das Kapital für die Sanierung habe ich aus dem Auflösungsvertrag von Buckley MacConmara. Später beim Verkauf könnten wir allerdings Starthilfe gebrauchen."

Amy konnte kaum glauben, dass er sich daran erinnerte, was sie lieber täte, als in der Stadtverwaltung von Waggaman zu arbeiten. Überglücklich sprang sie auf, umarmte Lorcan vorsichtig und küsste ihn innig. „Es ist keineswegs sicher, dass wir damit Erfolg haben werden. Hast du wirklich Lust, dieses Vorhaben mit mir umzusetzen?“

„Ich habe Lust auf dich.“ Er zog sie zu sich heran und schob seine Zunge zwischen ihre Lippen. Ein erregendes Prickeln floss durch sie hindurch. Dennoch riss sie sich verlegen los und setzte sich wieder.

„Danke, dass du die Suche nach Kimora niemals aufgegeben hast, Lorcan.“ Gavins Stimme klang nicht mehr so kraftvoll wie zuvor. Offenbar merkte er das selbst, denn er räusperte sich, als hätte er einen Frosch im Hals, und strich sich nervös durch sein rotes Haar.

„Amy hat sie gefunden“, stellte Lorcan klar.

„Kimora bat mich, dir von ganzem Herzen ihren Dank auszusprechen, Amy. Das sollte ich auf keinen Fall vergessen, hat sie mehrfach wiederholt“, sagte Gavin, und Amy sah ihm an, dass er bewegt war. Nicht nur Kimora bekam psychologischen Beistand, sondern auch er, denn, wie Amy von Lorcan wusste, ertrug er kaum, was Skyler seiner Ehefrau angetan hatte. „Sie möchte sich noch persönlich bei dir … bei euch bedanken, aber sie braucht Zeit, um sich von den Strapazen zu erholen. Einige Narben werden sie für immer an die Gefangenschaft erinnern.“

„Es gibt Methoden, um Narbengewebe zu glätten, bis es fast nicht mehr sichtbar ist.“ Das hatte Amy in einem Magazin gelesen.

„Die Ärzte haben ihr das auch schon vorgeschlagen, aber sie hat abgelehnt.“ Als Gavin die Luft aus seinen Lungen ausstieß, zitterte sein Atem hörbar. Er stand kurz davor, zu schluchzen, erkannte Amy und bekam feuchte Augen. „Noch geht es ihr schlecht. Aber sie hat sich geschworen, eines Tages wieder sie selbst zu werden. Die Narben sollen ein Zeichen dafür sein, dass sie gegen ihren Peiniger gewonnen hat.“

„Wie Kriegsverletzungen?“, warf Lorcan nachdenklich ein.

„Dieses perverse Schwein hat sie nicht brechen können. Acht Monate hatte er sie in seiner Gewalt und ihr Dasein bestimmt. Unter keinen Umständen will sie zulassen, dass er Einfluss auf den Rest ihres Lebens nimmt.“ Gavin massierte seine Schläfen und machte eine leidvolle Miene, als hätte er Migräne. „Das ist ein toller Vorsatz, doch ich bin nicht sicher, ob sie es schaffen wird, ihr Martyrium jemals zu verarbeiten.“

„Nach allem, was ich gehört habe, ist sie eine starke Frau.“ Amy freute sich darauf, sie näher kennenzulernen.

„Ja, das ist sie.“ Gavin zog die Mundwinkel nach oben, aber seine Augen blieben traurig. Schwerfällig erhob er sich. „Ich werde dann gehen und euch Liebende allein lassen.“

„Wir sind für euch da“, rief Lorcan ihm nach.

„Werde du erst einmal selbst gesund. Du hattest großes Glück, dass es ein glatter Durchschuss war und die Kugel keine inneren Organe beschädigt hat.“ Zum Abschied hob Gavin die Hand und verließ den Raum.

Plötzlich trat der Schalk in Lorcans Gesicht. „Ich habe ein Problem.“

„Was meinst du?“ Sie blinzelte, denn irgendetwas stimmte nicht.

Anstatt zu antworten, lüftete er seine Decke.

Kopfschüttelnd betrachtete sie sein halb erigiertes Glied. Sie fühlte ein Kribbeln zwischen den Beinen, aber sie würde ihn auf keinen Fall sofort wissen lassen, wie groß auch ihr Verlangen nach ihm war. Dies waren weder der richtige Ort noch die richtige Zeit, um auf Tuchfühlung zu gehen. „Wie kannst du nach dem Gespräch mit Gavin erregt sein?“

„Ich sagte doch, ich habe dich vermisst.“

„Denkst du bei mir bloß an Sex?“

„Ich liebe dich, sonst hätte ich mich wohl kaum in den Lauf einer Pistole gestürzt, um dein Leben zu retten.“

„Akzeptiert“, gab sie wohlwollend von sich und lehnte sich zurück, worauf er unzufrieden seufzte. Offenbar hatte er damit gerechnet, dass sie bereitwillig auf sein Angebot eingehen würde. Das wollte sie sehr gern, aber sie ließ ihn noch ein wenig zappeln.

Lorcan winkelte ein Bein an. „*Er* freut sich nur darüber, dass dir gestern nichts passiert ist.“

„Und *ihm* ist nach Feiern zumute, habe ich recht?“ Sie beugte sich nach vorn und strich über den zarten Flaum auf Lorcans Oberschenkel. Sein Schaft richtete sich noch weiter auf. Mit den Fingerspitzen zog sie immer kleiner werdende Kreise um sein Geschlecht. Schließlich strich sie an dem aufrecht stehenden Penis empor. Er zuckte.

Stöhnend legte Lorcan seinen Kopf in den Nacken. „Er wächst, seitdem du den Raum betreten hast. Ich habe ihn schon die ganze Zeit unauffällig unter der Decke mit der Hand heruntergedrückt, damit Gavin nichts merkt.“

Amy prustete. „Jemand könnte hereinkommen.“

„Das ist ein Privatzimmer. Gavin besteht darauf, die gesamten Kosten des Klinikaufenthalts zu tragen. Hier klopfen die Ärzte und Pfleger an, bevor sie eintreten.“

Das machte es zwar auch nicht besser, aber die Gefahr, erwischt zu werden, gab dem Ganzen durchaus einen Kick.

Sie streifte ihren Slip ab, hockte sich aufgeregt über Lorcan auf das Krankenbett und führte sein Glied ein. Ihr Puls beschleunigte sich. Während sie den Blick durchs Fenster über New Orleans schweifen ließ und sich fragte, ob man sie von einem der umliegenden Gebäude aus sehen konnte, ritt sie ihn behutsam, damit seine Wunde nicht aufplatzte.

Auf dem Flur unterhielt sich ein Patient lautstark mit einem Pfleger. Die Tür des Nachbarzimmers fiel ins Schloss. Und Amy hielt Lorcan den Mund zu, als er kam, denn für gewöhnlich stöhnte er lauter als sie. Sein amüsiertes Lachen kitzelte sie an der Handfläche.

Nur unwesentlich nach ihm erschütterte der Orgasmus auch sie. Sie presste die Lippen zusammen und ließ sich noch einige Male auf seinem Schwanz nieder, um den Sex auszukosten, da sie nicht wusste, ob sie noch einmal den Mut finden würde, es in einem Krankenzimmer zu treiben.

Lorcan zog sie an seine Seite und küsste ihr Haar. „Ich bin noch immer obdachlos."

„Du lügst schon wieder." Gespielt böse sah sie ihn an.

Ihre Antwort bestürzte ihn sichtlich. Er runzelte die Stirn.

„Du wohnst bei mir, schon vergessen? Den Schlag auf den Kopf hat doch Skyler bekommen, nicht du."

„Na warte, bis es mir besser geht." Er drehte sich zu ihr, aber der Schmerz war zu groß, sodass er sich wieder auf den Rücken legen musste. „Dann treibe ich dir deine Frechheit schon aus."

„Ich bitte darum", sagte sie, legte ein Bein über ihn und rieb ihre Spalte, die von ihrem und seinem Geschlecht feucht war, an seinem Schenkel.

– ENDE –

Sandra Henke
Jenseits aller Tabus
Band-Nr. 35039
9,99 € (D)
ISBN: 978-3-89941-895-8
448 Seiten

Sandra Henke
Die Maske des Meisters
Band-Nr. 35027
8,95 € (D)
ISBN: 978-3-89941-665-7
384 Seiten

Sandra Henke
Opfer der Lust
Band-Nr. 35021
8,95 € (D)
ISBN: 978-3-89941-504-9
464 Seiten

Janet Mullany
Dirty Talk
Band-Nr. 35046
9,99 € (D)
ISBN: 978-3-86278-465-3
eBook: 978-3-86278-535-3
432 Seiten

Alison Kent
Sündige Sommernächte
Band-Nr. 35042
9,99 € (D)
ISBN: 978-3-86278-308-3
eBook: 978-3-86278-392-2
288 Seiten

Megan Hart
Anonym – Briefe der Lust
Band-Nr. 35040
9,99 € (D)
ISBN: 978-3-89941-958-0
eBook: 978-3-86278-120-1
432 Seiten